听凭风雨来

——老詹人生的七个拐点

詹国枢　著

三联书店

图书在版编目（CIP）数据

听凭风雨来：老詹人生的七个拐点 / 詹国枢著. --
北京：生活·读书·新知三联书店, 2023.3
ISBN 978-7-108-07496-6

Ⅰ. ①听… Ⅱ. ①詹… Ⅲ. ①回忆录 – 作品集 – 中国
– 当代 Ⅳ. ①I251

中国版本图书馆CIP数据核字(2022)第167239号

策　　划　知行文化
特邀编辑　张炜煜
责任编辑　马　翀
封面设计　李尘工作室
版式设计　阮全通
责任印制　卢　岳
出版发行　生活·讀書·新知 三联书店
（北京市东城区美术馆东街22号）
网　　址　www.sdxjpc.com
邮　　编　100010
经　　销　新华书店
印　　刷　河北品睿印刷有限公司
版　　次　2023 年 3 月北京第 1 版
2023 年 3 月北京第 1 次印刷
开　　本　880 毫米×1230 毫米 1/32　印张 11
字　　数　188千字
印　　数　0，001-9，000册
定　　价　48.00元
（印装查询：010-64002715；邮购查询：010-84010542）

前　言

出一本既“好看”又“有用”的书

正准备出书，听到一则故事。

前些日子，一同事到废品站卖报纸，看到地上散落着一堆书。捡起一本，是某著名作家的新作！翻开扉页，有作家签名，以及“请某某雅正”等字样。

同事不胜感慨，好家伙，如此珍贵一书，还有作者签名，谁想到竟落得来同废报纸为伍！

听完这个故事，老詹不由联想，假如我出书，会是同样下场吗？

恐怕很难说哪！

那又怎么办呢？

我以为，出书要有价值，不被当成废品，须下功夫的，在以下两点。

其一，好看。

只有好看，人家才会掏钱。因为，阅读完全是自主行为。书不好看，你总不能拔出枪来，逼着人家买一本吧？

其二，有用。

只有有用，才有存在的价值，人家才会保留下来，随时翻翻，或许从中受到一些启迪，触发一点灵感。

那么请问老詹，你出这本书，能够做到既“好看”又“有用”吗？

不敢打包票，尽量争取吧！

我的方法，其实很简单，就是，将内容分为两部分，以实现不同功能。

本书上篇为第一部分，讲述亲身经历——插队时的备尝艰辛，结婚时的甜蜜温馨，进京时的孤寂彷徨，挂职时的难以适应……不但真实可信，而且曲折有趣，想来应该比较“好看”。至于面临人生拐点，老詹如何选择，选择是否正确，大约也是一个看点。

本书中篇为第二部分，集纳思想观点——既有积数十年经验之“写作秘诀”，又有厚积薄发的“思想随笔”，还有年过七十方才明白的“老年感悟”……不但见解独到，而且风趣幽默，估计一些读者会觉得“有用”，从中受到些许启发。

此外，本书收录了老伴杨乔勋（昵称杨乔）的几篇文章，作为下篇。

走笔至此，谈一点体会吧！为编辑此书，我将所有文章，仔仔细细，捋了几遍。真心觉得，其中一些文章，的确比较好看，而且相当有用！老詹并非自恋之人，既然自己感觉不错，想必读者感受也不会差到哪儿去吧？

需要补充说明的是，此书大部分文章，是从公众号“码字工匠老詹”精选而来。六年多来，老詹殚精竭虑，绞尽脑汁，撰写了近千篇原创文章。喜欢这些文字的读者，曾不止一次建议将其汇编成册。但我心里明白，文章即使再精彩，凑在一起亦杂乱。所以，迟迟未曾动手。自从琢磨出“人生拐点”之框架，捋顺了“上中下三篇”之结构后，不同时期的文章，全都各归其位，一下子变得顺溜而有灵气了。

为增强“自传体随笔”之特点，我又增补若干篇什，记述一些逸闻趣事，以便让这七个拐点都比较充实，形成前后统一的风格。

站在读者角度看，此书独特之处有二：一是，单独看，每篇文章皆自成一格，可供赏析。二是，串起来，全部文章又形成整体，相互关联。

这样的书，市面尚未多见，亦算一种创新吧。

这样的书，好看兼而有用，或许有些价值呢。

最后，要感谢三联书店的领导与责任编辑马翀同志，没有他们的支持鼓励，这本书是不可能这样快就摆在读者面前的。

自　序

我的一生都在证明这八个字：大命由天，小势可为

我的一生都在证明八个字：大命由天，小势可为。

可不是嘛，老詹七个人生拐点中的任何一个拐点，都若隐若现地会有“大命”的存在与制约，也都会有“小势”的努力与改变。

比如，第一个拐点，插队。

知识青年上山下乡，是毛主席他老人家发出的号召。当此时也，神州大地任何青年，只要符合条件，都得上山下乡。这就是大命，谁都得接受。但是，同样是下乡插队，是积极主动地认真体验，还是消极被动地得过且过，显然是两种不同的人生态度。所幸的是，我自觉地选取了第一种态度，下乡插队便成了我人生难得的历练，为我逐步树立不畏艰苦、积极进取的人生观打下了基础。

又如，第三个拐点，读书。

1977 年秋，全国恢复高考，这无疑为千千万万年轻人提供了一个难得的上学机会。这就是大命，上天的赐予。没有中央此举，你的愿望再迫切，也只能是空想。当此时也，我已成家立业，有一个幸福美满的小家庭。按说，这辈子可以安安稳稳甜甜蜜蜜地过小日子了。但是，在妻子杨乔的极力鼓励下，我夙兴夜寐，刻苦复习，满怀信心走上考场，终于成了复旦大学新闻系一名学生，也成就了我人生命运的一次重大转折。

再如，第六个拐点，调动。

1982 年春，我从复旦毕业分到经济日报社（当时叫中国财贸报社）后，兢兢业业，埋头苦干，只问耕耘，不问收获，非常顺利地一步一步走上领导岗位，先后担任了部主任、编委、副总编辑。但是，自从担任副总编辑后，先后两次升迁机会，皆与我擦肩而过。由于人所共知的原因，我这个没有任何背景的四川小县城来的孩子，要想处处都获得所谓“公平”，确实并不现实，这便是大命。但是，即便如此，我也坦然以对，并无怨言。新班子成立以后，我主动带队下到河南，与年轻人一道采写了近三十篇生动而有深度的一线报道，并下功夫撰写了长篇通讯《一个农业大省的转型之路》，受到省委书记的批示表扬并在《河南日报》头版头条转载……由于我的勤勉努力，积极进取，第二年秋，上级决定调我到人民日报社担任编委兼海外版总编辑。此时我已 57 岁半，快过了“七上八下”的提拔杠杠。此番不寻常的调动，“小势”起了非常重要的作用。

最后，说说第七个拐点，退休。

退休是任何从业者步入老年后的必经之路，此乃大命，未可违逆。但是，退休之后干些什么，此一小势，又完全掌握在自己手中。我自知一无所好，且一无所长，便将写作作为自己最好的娱乐与休闲方式，先后开了微信公众号和头条号。每天总要抽出时间，关注民生，留意时事，畅所欲言，直抒胸臆。这不但让自己退休后的每一天都过得充实愉快，而且也让我与现实世界心心相印，紧密相连，将自己的退休生活打造成了充满活力的人生第二春。

大命与小势，是每一个人必须随时面对的一对矛盾。

相信大命由天，你会在大的波折和打击面前坦然以对，决不纠结。

信奉小势可为，你会在纷繁琐细的日常生活中毫不懈怠，自强不息。

倘若能将大命与小势完美地结合在一起，那么，你这一生也就不再有什么遗憾了。

目 录
CONTENTS

拐点二：结婚

1973 年秋，我与杨乔从相识相知到步入婚姻殿堂。
十分庆幸：结婚是人生第二次投胎，男女都一样。

拐点三：读书

1977 年秋，恢复高考后我考入复旦大学新闻系。
终于发现：从金沙江边到上海滩，眼界突然打开了！

拐点四：进京

1982 年春，我毕业后被分配到中国财贸报社（经济日报社前身），开启新闻职业生涯。

从此认定：记者，是世界上最值得从事的职业之一！

拐点五：挂职

1992 年春，我到河北保定市挂职担任副市长近一年多。
曾经坦言：在市长与记者之间，我宁愿选择后者！

拐点六：调动

2006 年冬，我被任命为人民日报社编委兼海外版总编辑。
非常感慨：这是我一生中心情最舒畅、干得最顺心的日子！

拐点七：退休

2010 年春，我退居二线并于两年后退休，但并未闲着。始终坚信：人生下半场，完全可以活得更加精彩。

中　篇：观点集粹

写作秘诀

新闻精品

思想随笔

老年感悟

下　篇：拙荆美文

七个拐点

上篇

SHANG PIAN

拐点一：插队

拐点二：结婚

拐点三：读书

拐点四：进京

拐点五：挂职

拐点六：调动

拐点七：退休

拐点一：插队

1969 年冬，我到四川会东县大崇公社插队当了知青。

深切体会：吃过那样的苦之后，什么样的苦都不在话下！

拐点二：结婚

1973 年秋，我与杨乔从相识相知到步入婚姻殿堂。

十分庆幸：结婚是人生第二次投胎，男女都一样。

拐点三：读书

1977 年秋，恢复高考后我考入复旦大学新闻系。

终于发现：从金沙江边到上海滩，眼界突然打开了！

拐点四：进京

1982 年春，我毕业后被分配到中国财贸报社（经济日报社前身），开启新闻职业生涯。

从此认定：记者，是世界上最值得从事的职业之一！

拐点五：挂职

1992 年春，我到河北保定市挂职担任副市长近一年多。

曾经坦言：在市长与记者之间，我宁愿选择后者！

拐点六：调动

2006 年冬，我被任命为人民日报社编委兼海外版总编辑。

非常感慨：这是我一生中心情最舒畅、干得最顺心的日子！

拐点七：退休

2010 年春，我退居二线并于两年后退休，但并未闲着。

始终坚信：人生下半场，完全可以活得更加精彩。

最后的晚餐

按语：这篇特写，记述的是在1969年深秋下乡插队前夕，在县城工作的小伙伴们为我送行的场景。如今读来，不胜感慨！一个原本可以考上名牌大学、对前途充满憧憬的地区重点高中毕业生，突然被抛到社会最底层！而且，我马上就要去到金沙江边，有可能在那里当一辈子农民！当时的心情，可以说非常沮丧，相当糟糕！正因此，这一顿“最后的晚餐”，一辈子忘不了！

残阳如血。

县政府机关宿舍后门，弯弯曲曲的小河，闪烁着点点碎金。河水极浅，且脏，早不似儿时那般清澈、透明。

顾不得这许多了。我蹲在河边，双手撩起水来，浇淋到赤裸的上身，把脖颈、胸膛、臂膀上的汗渍、泥屑，统统冲洗掉；又撩起水，再冲一遍，再以手抚肩，顺着胳膊，一路往下，把水珠“赶”下去……

我晓得，此时的我，看上去一定非常狼狈！

几位伙伴——家寿、崇文、含润，正站在河边，等着我。

他们做了一顿晚餐，为我饯行。

那是1969年深秋，一个令人困惑、无奈而又无助的日子。

三年前，我还是西昌地区重点中学一名高中生，对未来充满憧憬，填报了中国科技大学、复旦大学等全国重点大学志愿，正一个心眼准备高考。突然，一夜之间，停课了，串联了，当“红卫兵”了，到北京见伟大领袖了……

到末了，一切的一切都渐渐消失了、破灭了！

我从学校所在地西昌，回到父母工作的金沙江边小县城会东。母亲为我在机关宿舍找了一间只有几平方米、没有窗户的小屋。

每日，除了看书、闷坐，就是自学二胡。

我不愿意也没有兴致跟儿时的伙伴来往。

记得初中毕业时，几位要好的伙伴，都因考得不太好而被录取到地区农专和地区卫校。当时，他们失望得差点赌气不肯入学！谁料阴差阳错，毕业以后，纷纷回到县城，有了一份不错的工作。

而我，曾经以为大有前途的我，却待业在家，无所事事！

实在烦闷、无聊！正好，一家农民建筑队来给机关宿舍打围墙，我加入了他们的队伍，当了一名小工。每天挑土、扛泥、挖坑、砌石……拼命干活10小时，可得工钱一元二角。

伙伴们知我心情不好，常抽空来看我。下午，他们会约我去打打篮球。傍晚，有时还会为我送来电影票。

我常常借故推托。我说，我累了，不想动，想休息……

几天前，伙伴们得知我已报名到金沙江边大崇公社当农民，便凑钱买来罐头、花生、啤酒，含润还在宿舍门口自己垒的小灶头上，烧出几盘小菜，为我饯行。

我到小河边洗去泥屑，披衣上路！

酒，喝了一杯又一杯。

菜，吃了一盘又一盘。

那天，我的话特别多，特别稠，又说又笑，滔滔不绝……

平时活跃开朗的伙伴们，却沉默不语，拼命替我夹菜……

残阳如血。

如血的夕阳，缓缓地，正从县城屋瓦后消失。

那是一幅油画。

一辈子忘不了。

生产队的哲学家

刚到生产队，一切都新鲜，啥也没有多想，就想老老实实当个农民。

然而，时间久了，冷静下来，晚上睡不着觉，有时也在琢磨，难道我就在金沙江边当一辈子农民？像隔壁杨大爷宋大妈一样，面朝黄土背朝天，从早到晚苦扒苦做，默默无闻，终此一生？

似乎心有不甘！但又无可奈何，没有别的出路，也只能如此了，先这样干着吧。

但即使就这么干着，也不能浑浑噩噩，懵懵懂懂，啥也不琢磨，啥也不学习吧？

于是，便开始学哲学。

为什么学哲学？因为哲学是聪明学呀！当时，全国正号召学习浙江省江山县勤俭大队的经验，掀起学哲学用哲学热潮！那些同样在土地里刨食的农民大伯大婶们，尚且能够从哲学中悟出些道理来，指导自己战天斗地喜获丰收，我这货真价实的高中生，难道不可以学学哲学，让自己脑子再聪明一点吗？

除了阅读《人民日报》刊登的勤俭大队学哲学用哲学的故事外，趁回城机会，我到书店里买了几本学哲学用哲学的普及读物。每逢收工回到知青小组，吃过晚饭，我便借着灯光，认真学习哲学。

哲学，当然要学，关键还得会用。如何用哲学呢？先从身边小事做起吧！

知青下乡插队，时间长了，男娃儿头发是要长长的嘛。怎么办呢？不用到理发店，我可以理呀。

你理得好吗？

当然，因为我学过哲学呀！我已经从理论上把理发的原理琢磨透了！

理发的本质是什么呢？本质就是，把原来已经长长的头发，一根一根，给剪短了！

关键是，怎样才能做到，让每一根头发都剪得差不多一样长，让剩下的头发既剪短了，又保持原来的形状呢？

我找到一个办法。那就是，每一剪刀下去之前，我都会用梳子将头发梳得直立起来，让它们与头皮垂直，这样，一剪刀下去，剪得不就都一样长了吗？

这里的关键，是垂直二字！

每一梳子下去，都得把那一撮头发扯起来，同生长的头皮完全垂直，这样，就可以保证剪下的头发一样长，留下的头发，也就一样长了。结果呢，理完发后，发型不就没有改变了吗？

我为自己的理论探索感到欣慰，甚至有些兴奋！

实践一次又一次证明，我的理论是完全正确的！

从此，我成了公社知青中理发理得最好的师傅！

实践的成功，增添了我学哲学用哲学的信心和勇气。事隔未久，一起下乡的妹妹国林下田栽秧时不小心，小腿上划了条口子，没几天就感染化脓了！

咋办呢哥？国林问我，要不要去找块纱布包起来，别再下田了呀？

我说不用！如果用纱布包起来，会将细菌也沤在里面，恰恰好不了！你每天还是照样下田，不用管它，回来再用清水冲一冲，不用几天，肯定会好的！

果然，妹妹天天坚持下田，没过多久，腿就好了！

这，我也把它归结为哲学的胜利，因为，哲学让我透过现象看到了本质！

类似故事，还有不少。我的日记本，记得满满的。

生产队学哲学用哲学，对我日后分析处理问题，确实大有帮助。

和“牛鬼蛇神”在一起的日子

那天收工回到知青小组，邻居告诉我，喂，小詹，陈书记找你！

陈书记，陈继禄，个子矮小，办事果断，平时不苟言笑，知青们都有点怕他。进了门，陈书记一边给我倒茶，一边说，你爸爸常问起你的情况，我说国枢表现不错，在这里干得很好，你放心吧！爸爸和陈书记曾一起在县财政局工作过，下乡时特地给陈书记打招呼，希望他关照我和妹妹国林。

陈书记说，今天找你来，有一件事情，公社要建电站，这是个大工程，全公社都得动员起来。我们组织了一个劳动队，有40多人，都是各生产队的五类分子（地、富、反、坏、右），公社决定派你去当队长。你的任务，就是把他们管好，别出事情。

第二天，我到了电站工地。工地在深山沟里，40多人，已经到齐，大家住在山下沟边一间废弃的仓库里。这些“牛鬼蛇神”，大都是五六十岁的老头，也有几个年纪稍轻的中年人。每天，我带着他们上到工地，抬石，挖土，打夯，砌墙，都是些重体力活。

这些人看上去老实巴交，都不爱说话，只埋头干活，歇气时，偶尔相互打趣，讲个黄段子，边讲边看我脸色。见我笑了，便也放肆起来，讲得更没边了！当时，我们在建电站宿舍，一排干打垒房子。先将土挑来，倒在两个墙夹板里，填满，用木杵使劲搐。夯实一层，再将墙夹板上移，又搐下一层……就这么着，土墙就一层一层，长高上去。

我不会搐土，便跟着大伙儿挑土，满满两撮箕（北方称簸箕）土，有一百来斤吧，顺着搭在墙夹板上的斜梯，弯着腰，一步一步挑上去，相当吃力，也很危险！老头们见我不惜力，不怕死，便对我另眼相看，刚踏上斜板，便有人伸手护着，生怕我跌下来。

相处日久，大家熟了，晚上临睡前，读几段报纸，我会教他们唱歌。刚开始是学《沙家浜》选段“朝霞映在阳澄湖上”。样板戏旋律，人人都熟悉，我一教，大多数人跟着唱，竟然学得很快！我将手往斜上方一举，做出郭建光标准帅气的动作，大家在下面齐声跟唱，虽然调子参差不齐，声音却是相当洪亮，还真有股子豪迈之气！

唱完歌，该睡了，众人和衣而卧，不一会儿便鼾声四起。我想家，睡不着，翻身起来，拿一支笛子，顺山沟往上走，来到一处僻静地方，四野寂寥无声，只有微风徐徐，仰望天空，繁星点点。我掏出笛子，吹着“洪湖水浪打浪”“谁不说俺家乡好”……自我感觉声音清亮悠扬，传得很远很远，在那样一个日子，那样一个傍晚。

这些老头们，有各种习惯，有的睡觉时鼾声如雷，大得吓人。有的一睡着嘴里就念念有词，咿里哇啦，手舞足蹈，直至天明。那天工地打牙祭，吃烟熏老腊肉，每人碗里，能分到两大块肥得透明的腊肉，就着苞谷饭，好吃得很！我见一老头往嘴里扒一大口苞谷饭，再将一块腊肉放进去，囫囵吞下，急急又扒几大口苞谷饭，一副心满意足的样子！我问老头，咋这么个吃法？老头笑笑说，这样吃，腊肉夹在苞谷饭中间，顶事，管饱！

除了劳动，还得开会！那天公社召开大会，“牛鬼蛇神”中有两个老头和一中年人，被拉去站在台前，低头接受批判。大会结束，接着游行，每个被批判者反扭了双手，后面站两名身强力壮的小伙，推着他们往前走，一路几乎在小跑！跑至小街，当日正是赶场，街上十分热闹。到了一个小摊前，中年人竟不再走了，停下脚步，问卖瓜子的小姑娘，妹子，你这瓜子好多钱一斤嘛？小姑娘尚未回答，中年人已被推着小跑而去，跟上了队伍！晚上回到工地，这家伙跟没事人一般，照样苞谷饭三大碗，倒头便睡，不一会儿，鼾声大作。

那个夜晚，北风呼啸……

到金沙江边当农民，没多久便已适应，插秧打谷砍甘蔗，啥活儿都会了。

然而，更苦更累的活儿，还在后边！

那天收工回来，唐队长通知我们，队里要盖新房，上面批下砍树指标，你们知青小组五个男娃儿，收拾收拾，过两天一起上山伐木头！

说走就走，第二天清晨，我们小组五个男知青，与队里四个壮劳力一起，动身上山！

金沙江边的山，那可真叫山哪，又高，又陡，抬起头来，脖子望酸了还看不见山顶！我们一行九人，一大早从江边动身，顺着崎岖蜿蜒的之字小路，慢慢往上行走，快到中午才爬到山顶，再顺着缓缓的平坡继续前行一个多小时，目的地终于到了。

这是一片郁郁葱葱的原始森林，一棵一棵高大挺拔的山松，将天空遮得严严实实，枝丫间偶尔露出一条缝儿，有阳光洒下。松树周围，长着密密的灌木丛。灌木丛中，开着星星点点不知名的野花。空气湿润，透出松针的清香，以及野花散发出的蜂蜜般的甜味儿……

今天晚上，就住这儿了！唐队长指着前面不远处一牛棚说。不知哪个生产队，竟把牛棚建在这里！几十头牛，关在一层，上面二楼，由木板搭建，透过木板缝隙，可以看见下面牛在咀嚼，一股浓烈的牛粪味儿，飘了上来！我们将行李打开，往木板上一铺，实在太累了，倒头便睡。

次日清晨，开始伐木！先得外出选材，寻找那些枝丫较少，长得笔直却又不是特别粗的。找准了，先将周围灌木丛清开，几位农民挥起斧头，将松树根部横着砍出一个大缺口，大声呼叫，众人躲开，再从一面使劲用脚一踹！那松树便如受伤的战士一般，顽强地、慢慢地向另一方倒下，呼啦啦扫荡着周围树木和灌木丛，发出沉重的叹息！

树木倒下，接着清理，将枝枝丫丫统统砍掉，把树干剔得光光生生，剩下圆乎乎一根，再将其切成三四米长的原木，便动手将这一根一根原木，拖到牛棚前空地。大家七手八脚，架起几副架子，再将原木抬上架子，这就进入关键环节，锯木板了。

锯木板，当地人叫“解（gǎi）大料”。两人手持一把一人多长巴掌多宽的大锯，一人站一边，顺着原木的纹路横切进去，你拉过去，我拉过来！你拉过去，我拉过来……就这么着，从原木的这一头拉到那一头！恐怕要拉几百甚至上千个来回吧，这才可以锯下一块木板！一节原木，可以锯七八块板子。这些板子，拉下山就可以盖房了。

此后数日，我们便开始“摇肝摆肺”地拉大锯！从早晨拉到中午，喝一口酸菜汤，吃两碗苞谷饭，接着又拉！直拉到太阳落山，方才收工，胡乱洗洗，回牛棚倒头便睡！几位同来的小伙伴，或因衣服带得不够，或称家里有事，先后回生产队去了，只留下我与唐队长等四位农民，继续在山上拉大锯。

那天，一不留神，左小腿被划拉出一个长长的口子，很快就感染了，开始流脓。晚上刚刚躺下，感觉肚子隐隐作痛，哗啦直响！估计是喝多了生水！山上又没有厕所，还得跑到牛棚外面空地解决。那天晚上，风特别大，嗖嗖的，刮得牛棚快要倒了！肚子一扯一扯，痛得实在忍不住，只好跑出牛棚，蹲在北风呼呼的野地，一次又一次，解决问题。

隐隐约约，听到不远处传来狼的嚎叫声……

那个夜晚，北风呼啸，我蹲在野地里，实在难受极了……

这记忆，深深地刻在脑际，每每碰到有啥苦处难处，或者夜深人静，常常会记起那个夜晚。

心想，如今吃这点苦，算得什么苦呢！

或许，这就是生活的馈赠吧。

一杯糖水

一杯糖水，让我与杨乔结缘。

1971 年秋，我从金沙江畔大崇公社调回县城，结束知青生涯，在文化馆当了一名美工。同寝室的另一位，是专搞雕塑的王老师。

王老师，30 多岁，沉默寡言。爱人在西昌教书，相隔近 200 公里，一年探亲一次，只 12 天。到了夜里，熄了灯，他便躺在床上，吸烟，沉思。有时，我俩也聊聊天，主要听他聊，听他聊人生，聊家庭，聊如何处世，如何选择爱人。

小詹，今年二十多，该谈对象了吧？

嗯。

我劝你，一定得找个心眼好的。两人处一辈子，磕磕碰碰的，不容易。

是的。

我遇见过一个心眼特别好的人，她这样的人，不多。

哦，是吗？

见我来了兴致，王老师摸出火柴，把烟点燃，深深吸一口，说道：

她叫杨乔，是自贡知青，在联合公社当广播员。这人有个特点，心地特别善良，而且非常单纯。一个公社，十几个干部，差不多全是男子汉，邋里邋遢的。杨乔见了，也不言声，把大家洗被子的事儿全包了！不但洗，还晒得蓬蓬松松，缝得巴巴适适（巴适，蜀语，熨帖之意）。有意思的是，不管谁到广播室来，她都会热情接待。小杨不会喝茶，便舀出白糖，化一杯糖水，请别人喝。

每个人去，都这样吗？

差不多吧！知青做客不用说了，城里干部出差，小学教师开会，老社员上公社办事，认识不认识的，只要去广播室歇脚，小杨见了，肯定给你化一杯糖水！

这样的人，还真不多呢。

只是可惜，你们不认识。

其实王老师不晓得，我和杨乔是认识的。不过，仅仅认识而已。上年县文化团到西昌会演，我与文化馆美工郑挺老师一起，到西昌为他们画布景。当时，杨乔曾托我带信到城里邮局，我们知道了彼此的名字，算是认识了吧。但没多久，杨乔便回公社当广播员去了。

说来也巧，就在与王老师聊天后不久，联合公社王书记——我父亲的一位老同事，托人介绍，让我与杨乔“认识认识”。后来我才知道，此事是父亲的主意。他曾同母亲到大礼堂看电影，杨乔正好坐旁边，主人公的命运，让杨乔感动得直抹眼泪！父亲留下印象，知道这孩子善良，心肠好。正好杨乔在联合公社当广播员，于是便托王书记做了牵线人。

那日清晨，雨后初晴，阳光明媚，我身背一顶草帽，挽着裤腿，登程上路。

联合公社距县城十来里地，坐落在小山坳里，绿树环绕，很是幽静。走进公社大门，左拐，上楼梯，再右拐，左首第一间小屋，就是广播室。

敲门，杨乔正在里面，瘦瘦的背影，弯着身子，好像在复制录音带。见了我，她脸有些红，大概已经明白来人是谁。我当然也知道她是谁。彼此有些尴尬，有些局促。

杨乔说，口渴了吧？麻利地提起水瓶，倒出滚烫一杯开水，放在桌上，又从装“宝塔糖”的敞口大玻璃瓶里，舀出满满两勺白糖，放进去，咣当咣当，用小匙不停地搅，不停地搅！

晶莹的一颗一颗糖粒儿，便打着旋儿，在透明的玻璃杯里，不停旋转……

喝吧，我这里没得茶叶！

嗯，我不爱喝茶。

你喝，这是糖水！

好的。

一杯糖水，一杯浓浓的、甜极了的糖水。平生，我还没喝过这么甜的糖水！

1973 年，我们在县城举办了简朴的婚礼。

我的选择没有错。

自贡探亲记

与杨乔交往之后，了解越来越多，感情越来越深，大有相见恨晚之感。

杨乔说，詹国枢，我准备回自贡探亲，你陪我去吧，见见我的父母！

我说好呀，要得要得！心想要见岳父岳母大人了，感情这不又上一新台阶了吗？一边应承着，一边琢磨，带些啥礼物好呢？

说起带礼物，真还不大好整！那是20世纪70年代初，工资挣得不多，生活也不富裕，一些好的物品，市面很难买到，有的还得凭票！不过这样也好，物以稀为贵嘛，好东西不好买，不更显得珍贵吗？

当我俩准备动身时，高高的竹背篼里，已经塞得满满登登：肥皂、猪油、白糖、碗碗糖（红糖）……全是些珍贵东西！我掂了掂，好家伙，恐怕得五六十斤吧，举起来往背上一搁，差点直不起腰！

詹国枢，不要背这么多好不好！身体重要还是红糖重要？少背点我爹妈就不认你啦？杨乔把东西一件一件往外拿！拿出一件，我又放回一件……看我如此犟，杨乔不再说话，转身忙别的去了。

出了门才晓得，我的犟让我吃了大苦头！

清晨动身，坐上汽车，中午到了德昌县城，这里有火车通往成都。下车后，坐火车还得有两小时。汽车颠簸了大半天，我们已经又累又饿。我将背篼卸下，放到公路边，打开铝饭盒，取出准备好的凉面鸡腿，吃完后，口很渴，我让乔娃等着！正好前面水田中有一口井，盛了半饭盒水，我俩喝下，背起背篼，直奔火车站！

背篼实在太沉，我步履蹒跚，紧赶慢赶，速度老是快不起来！杨乔小跑着先跨上火车，在车厢门口拼命喊快点快点，我紧赶几步，她伸手将我一拉，刚进车门，便听到"呜——"的一声笛鸣，咣当咣当，火车启动了！

或许上天要考验我这准女婿吧，到自贡，下火车，天已经全黑，顶上背着天然气大包的公共汽车早已收摊。杨乔有些着急，我说没得关系，都到自贡了，我们就走回家吧！杨乔说，也可以，不过路很远哦，你可得做好思想准备！

要说路远，还真是远！下火车的地方叫自流井，是自贡一个区，杨乔家在贡井，属另一个区，隔着十几里地，还得爬一个土地坡！

走过郭家坳，我们开始爬坡，此时，头顶已是满天星斗！这是一条老路，沿途没有路灯，好在与我们同行有一对长征机床厂的夫妻，二人随厂从北京迁来自贡，刚从首都探亲归来。我们边爬坡边聊天，不知歇了多少回，过了虎头桥，终于看见灯光闪烁，贡井马上就要到了！

进入贡井大街，杨乔家还在上面一个叫作院子坝的院里。走进院门，杨乔有些激动，环顾四周告诉我，这个院子，就是她从小长大的地方！刚敲房门，门打开了！杨乔的六弟光着膀子跳出来，高兴地喊杨二鬼你回来啦？回头大叫老爹老娘，你们的二女儿回来了！这下子整个屋子全开了锅，三妹、四妹、五弟全都起来，开亮了灯，烧锅做饭，嘘寒问暖……

当天晚上，睡到半夜我就睡不着了，不是兴奋，而是感到背上热辣辣地疼！杨乔母亲过来看了说，哎呀你们唧个搞起的嘛，国枢背上，都磨起好几个背瘩了！

此后的日子，我这个准女婿享受着丈母娘家热情万分的招待，吃了最好吃的自贡佳肴，逛了自贡最有名的去处。三妹、四妹、五弟、六弟，“詹哥”长“詹哥”短地围在身边，对我这个未来姐夫挺有好感。我很是感动，却又无以为报，便让杨乔找出三妹四妹照片，各画了一张素描人像。我问杨乔，怎么样？杨乔说，有点走样，不过，她们很高兴。

探亲期间，杨乔母亲曾悄悄问她，国枢有什么嗜好？反问，啥叫嗜好？答，抽烟，喝酒。杨乔说，他不抽烟，也不喝酒。后来杨乔告诉我，这次回家，原本是要让爸妈审查审查，看看这个准女婿到底合不合格。当晚一看我背上那几个背瘩，通过了！

新婚之后

1973 年 10 月 1 日，我与杨乔在县城文化馆举办了婚礼。

婚后没有多久，便是春节。春节放假三天，全公社从书记到社长到武装部长，全走光了！蚕桑员秀娃、会计刘华意、妇女主任钟新红，三位女同胞，全都是知青，平日里和杨乔挺谈得来，此时也回家去了！偌大一座院子，空空荡荡，只留下杨乔一人，放广播，守总机。白天忙忙碌碌，倒也罢了，晚上，偌大一个院子，只她一人，孤零零的，相当害怕。

大年三十下午，我肩挎一包年货，来到公社，与杨乔共度除夕。

晓得我要来，杨乔早早等在大门外，接过肩上挎包，兴奋地说，今年有你陪我，简直太高兴了！你不晓得，往年我一个人有多害怕！大门锁紧了，还得用门杠抵上，院子里黑黢黢的，总觉得有啥子东西……

我说，所以我才来陪你嘛！这下不怕了吧？

当然！杨乔高兴地点点头，不停地忙出忙进，煮了腊肉，炸了花生，用食堂留下的酥肉煮了一锅汤，还特地做了两盘相当有特色的菜。

一盘，是刚从老中医地里拔的新鲜马齿苋（一种中药），用开水焯成半熟，拌上辣椒、花椒和咸盐，绿莹莹的，摆进小盘。

另一盘，是从食堂留下的青蒜头上切下长长的根须，洗得干干净净，放一点儿酱油、白糖和醋，白生生的，也码在小盘里。

两盘绿莹莹白生生的物儿，成了饭桌上的耀眼明星。

此时，公社大院，已经空寂无声。饭桌，就摆在院子正中。

一切准备停当，年夜饭即将开始。

夜幕，悄悄降临，天空，繁星点点。

没有电视——那会儿还没电视呢，更没什么春节联欢晚会。

没有音乐——索性，连收音机也不打开。

只有我和杨乔，静静地坐在偌大的院子里，坐在小桌前。

只有眼睛与眼睛的对视，心灵与心灵的默契，以及对彼此深深的祝福！

我俩端起杯子。

干！我说。

干！她说。

突然觉得，眼眶有些湿润，心里有股暖流，缓缓地往上走……

我相信，人生是会有至善至美至纯时刻的！

那一刻，你什么都没有感觉，什么都会忘记，心里只满满地充盈着两个字：幸福。

1974 年 8 月 8 日，儿子詹越出生。

一家三口，开始了新的生活。

那一场改变命运的高考

1977 年秋，一个寻常的日子，正在金沙江畔“搞中心”的我，傍晚无事，独自在江边散步，一边慢慢走着，一边听收音机。

突然，一个声音，让我浑身一激灵，热血沸腾！

国家决定，恢复高考，凡符合条件者，均可报名。

恢复高考，均可报名？

也就是说，我也可以参加高考，实现自己的大学梦了？

是的，当然，明明确确，没得问题！

于是，激动不已！立即给远在县城的杨乔打电话。杨乔说，我也正听这消息呢！你回来吧，请几天假，复习复习，也去高考！

于是，立即向工作队请假，很快回到县城，回到自己那间温馨的小屋。

一推门，傻了！杨乔躺在床上，面如菜色，她病了！病得还不轻，急性肾炎！

怎么啦？怎么病了？看医生没？好好休息，我来照顾你！

别的，已无须多说，也并不重要。重要的是，妻子的身体，这是当下最要紧的！

你别管我，我不要紧！杨乔说，就这两天不大舒服，过几天会好的。你回来就好，赶紧复习吧，别耽误了高考！

考什么考？你这么个情况，即使考了，我怎么放心出去读书？你一个人，还带着儿子！

叫你别管就别管嘛！杨乔有些生气。你多年的愿望，眼看就要实现，这么好的机会，怎么能够放弃！

杨乔和我，都当过知青，吃过苦，都忠厚老实，淳朴善良。就凭这，我们一见如故，结婚成家，相亲相爱，相敬如宾。后来，又有了儿子，天真可爱，父母也在县城。一家人和和睦睦，过着令人羡慕的平凡踏实的生活。

然而，假如我参加高考，外出读书，这一切都将被打破，重新安排！尤其是杨乔身体本就不大好，收入也不高，又带着一个3岁的儿子，分居两地，生活该有多么艰难！

杨乔不是不知道这些，但她是个明事理的人，毅然决然支持我参加高考！

那些天，杨乔身体稍稍好些，便起了床。每天清晨，吃过早饭，背上儿子，去到公社，又是下乡劳动（公社干部是要参加体力劳动的），又是搞计划生育（公社中心任务，每人分片包干），又是晚上开会传达文件（不知文件咋那么多，几乎隔三岔五就来一个文件）……

杨乔一早出门，背着儿子，瘦小的身子，行走在乡间小路上，一边走，一边教儿子背顺口溜：唐僧骑马咚那个咚，后面跟着个孙悟空……儿子回来，爸爸还在复习，他就一句一句，背给爸爸听。

县城很小，单位不多。听说我要参加高考，一同事笑了，考什么考？小詹呀，闹着玩的！杨乔听了，也笑笑，仍是早出晚归，带着儿子。我听了，没有笑，继续埋头复习，从早到晚。

高考那天，回到已经多年没有回去过的中学，走进曾经上课已经有些陈旧的教室，一切都还那么熟悉，却又有些陌生。毕竟，已经是 28 岁的人了。毕竟，已经成家立业，当了爸爸，早已过了上学读书的最佳年龄。

考得还算顺利。只是，考数学时，有一道题，左算右算，总是不对。当天傍晚，杨乔陪我散步，我坚持说，肯定是高考卷子出错了，我算了好多遍都不对！杨乔说，你呀，还是那么瞎自信！人家全国出的题，怎么可能错嘛！

后来，渐渐传出消息，小詹在全西昌地区考了个总分第一。又渐渐传出消息，前来四川录取新生的已经回去，只等着发录取通知了。

人们已经渐渐意识到，小詹迟早要离开金沙江边这座小小县城，到遥远的外地去读书。几位一起下乡的朋友，相约到家里聚会。杨乔使出浑身解数，做了一桌好菜，还特地买回饮料、啤酒。大家正要举杯，隔壁王老师说，小詹，邮局叫你去取邮件！

是录取通知书！我兴奋得立即放下筷子，说了声你们等着，便飞快向邮局跑去！果然，录取通知书！深黄的马粪纸信封，下面印着红红的四个大字：复旦大学。

颤抖着将信封撕开，一看，复旦大学新闻系录取通知！说了声谢谢，立即飞快往家里赶。进了门，一桌子菜，原封未动，大家一看我这兴奋劲儿，啥也甭说了，齐声祝贺，干杯干杯！

杨乔也将酒杯举到我的面前。我看到，她眼中充盈着泪水！是高兴？是意外？是欣慰？是不舍？

或许，都有点吧。

这一别，就是四年。

四年后，分配工作，又是两地分居，不知还要等多少年！

只记得，在复旦，杨乔每月汇给我 40 元。我俩全部工资才 74 元，她只留下不足一半！我成了班上的富裕户，不但可以经常在食堂吃大排（上海人叫大扒），还可以买自己喜欢的参考书。家中的她则节衣缩食，一分一分省着过。儿子上学看到小朋友们带了糖果，哭着也要。杨乔只好从泡菜坛里抓出几根泡菜，让儿子带着，去吧，在路上吃！

只记得，在复旦，每逢周四，我总要给杨乔写一封信，这是我们的约定。到了再下个周四，总会接到杨乔回信。她亦如是，每逢周四，总要步行到县邮局，取信一封，再寄信一封。邮局柜台的王大姐总是笑嘻嘻看着她，将信递过去说，乔娃，你真准时！喏，你们小詹的“中篇小说”！

杨乔满面笑容，连声道谢，回到家中。她高兴地说，那一整天，她都是“心儿在歌唱”！一封信，反反复复读，在家中读，上班读，上卫生间也读，直读到信封磨旧，边角发毛，又等再下个星期四，再取回另一部“中篇小说”。

那真是令人难以忘怀的日子——高考和高考后读大学的日子。

高考，改变了我的命运，改变了我们全家的生活。

高考，留下那么多美好的回忆。

睡在一个寝室的我的兄弟

1978年春，进入上海复旦大学。

原本应该秋天入学的，全国首次恢复高考，各地有些准备不足，拖到秋季开始考试，因此，春季才能入学。

刚刚到上海，一切挺新鲜！

毕竟，从金沙江边小县城，第一次来到大上海！

下了火车，有人来接，到了学校，远远看见“复旦大学”几个字，很是亲切，觉得似乎早就见过，这是世界上写得最好的四个字，怎么看怎么舒服！

报到以后，分配宿舍。复旦新闻系77级，代号为7713。男生全住6号楼，一个寝室住七人。这七个人，便成了睡在一个寝室的兄弟，将在一起，生活四年。

先见到的是小潘，潘玉鹏，一个瘦瘦的、斯斯文文、戴着眼镜的小伙。他那眼镜一看度数就不低，镜片厚厚的，颇有分量。

小潘是上海人，来得早，热情招呼我说，你愿意睡在哪里，自己找个位置吧。

我看了看，寝室四张床，上铺下铺，八个床位，靠窗四个床位，已经有人住下，我便挑了靠门右边上铺。打开行李，小潘帮着我，递这递那，很快，床铺已收拾妥帖。小潘说，还得买饭票呢，食堂也不远，我陪你去吧！

刚到学校，突然与六个与自己素不相识但年纪差不多的年轻人朝夕相处，便有了不少新鲜感，一到晚上，熄了灯，你一句我一句，聊不完的天，说不完的话题。

不用几天，七人全熟了。

我的下铺朱光明，也是上海人，也戴眼镜，比起小潘，内向些，说话声音不大，带有上海口音，看上去文质彬彬。

靠门左边上铺，我的对面，住的是何恒运，湖南郴州人，一脸浓密胡子，天天在刮，却仍是黑乎乎看得见毛茬，我们便叫他大胡子。

靠窗四人，除潘玉鹏外，朱大建和顾万明也是上海人，还有一人，来自西藏，名叫晋源，脸色略黑，头发卷卷的，举止言谈，慢条斯理，很是沉稳。

七人住在同一寝室，自然而然，形成一个集体，小组学习，参加劳动，总是几个人在一起。因为大家曾经被耽误了青春，一上大学，学习都抓得很紧，上课认真听讲，详细做好笔记。下午吃过晚饭，便各奔东西，或到图书馆占座看书，或到阶梯教室自己复习。直到9点半钟，这才回来，稍加收拾收拾，10点整，学校就要关灯。

我读大学时，已经结了婚。妻子杨乔，远在四川，只有靠鸿雁传书，联络感情。几乎是，每隔一周的周四下午，总有一封信寄自四川，厚厚的，十好几页。几位弟兄渐渐摸准我这规律，到了这个日子，总会拿我打趣道：嚯，今天小詹如此高兴，肯定会有好事发生！我并不言语，只是一笑，赶紧看信。

读书之时，心无旁骛，连走路都在背单词。然而，一到寒假，是最难熬的日子。虽然可以“带薪学习”，毕竟我和杨乔，每月37元，都是最低工资。杨乔善良克己，坚决给我寄40元，娘儿俩就靠34元度日！上海到四川，远隔几千里，来回路费，不是一笔小数。每个寒假，我便不再回家，一个人，孤零零住在空荡荡的大楼里。上海冬天挺冷，却又没有暖气，夜里盖上棉被加上大衣棉裤，早上起来，脸盆已经结冰。

上海几位同学，晓得我这情况，每逢春节，必来请我，一家一家，非常热情。记得那年先到朱大建家。室外寒风嗖嗖，进门温暖如春！大建一家人，见我格外亲，不一会儿，一个大圆桌，摆满了热气腾腾的上海菜！记得当时有点不争气，竟然想方便，却又不好说。大建看出来了，笑笑，将布帘一拉说，喏，就在里面！回校后，聊起此事，几位上海同学说，嗨，这算什么，上海都这样！

小潘家，只小两口，斯斯文文，东西弄得素净可口。光明家是高级知识分子，住一幢西式洋楼，闹中取静，院中绿树成荫，地板擦得锃亮，可以照见人影。小顾家给我留下深刻印象，房很小，很窄，顺木楼梯上去，面积不大，摆满了东西。一抬头，上面还有一小阁楼！小顾带我爬上，屋顶下面，铺着床单。小顾说，我要是回家，就住在这里。

那些日子，每逢春节，因了同学的热情照顾，我没有想家，也没感到孤独，仿佛这里也还有家，以及那么多亲人！后与杨乔聊起此事，她说，有你这么几个好兄弟，我就放心了，这是你的运气。只要说起同寝室几位同学，杨乔都如数家珍，知道得清清楚楚。

晋源的“庐山真面目”，是开学一段时间才被发现的。原来，他是全国人大常委会副委员长阿沛·阿旺晋美的儿子。寝室七人中，他年纪最小，却举止文雅，说话做事，比较得体，毕竟在特殊环境中长期熏陶。我毕业分配到京第二年，杨乔和儿子也被从四川调来，一大堆家具杂物，全堆在晋源家里！我曾应邀到他家中吃饭，这是第一次到国家领导人家里。这才晓得，他们弟兄几个，一大排房子，各住各的，兄友弟恭。毕业后，晋源回到西藏，从事公益基金工作，为内地支援西藏奔走效力，如今任西藏自治区政协副主席。

大胡子何恒运，和我关系最好，毕竟我们都来自小地方，脾气相投，有共同语言。每年寒假，大胡子回校，总要带些好吃的，满满一饭盒香肠腊肉！我俩到复旦校园捡来一些干树枝，在 6 号楼洗漱房里，找两个砖头，将饭盒支上，烧得呼呼直冒热气，我俩吃得满嘴流油，连呼过瘾！大胡子毕业后，在湖南日报社郴州记者站工作，工作非常出色，敢于仗义执言，在当地群众中威望很高，但却恰恰因此，没有被调到省城。大胡子来京时，我们总要见面，他感慨极多，有一肚子话要说，喝酒以后，脸红红的，有时会流下泪来。没想到的是，数年前传来大胡子去世的消息，他还那么年轻，原本不该走的！

复旦，你给了我什么

作家柳青曾经说过，人生的道路虽然漫长，但紧要处常常只有几步，特别是当人年轻的时候。

是的，人这一生，是会有几个转折点的，这转折点走得如何，决定了你的一生。

复旦大学，就是我人生的转折点。

因为复旦，我走出金沙江畔小小县城，来到上海。

因为复旦，我分到经济日报社，后又到了人民日报社。

因为复旦，我与报纸结缘，成为一辈子的媒体人。

我常常想，复旦，你给了我什么呢?

其一，给了我文凭。

当今社会，是一个文凭社会。

文凭是你人生学历的最简单标识。没有文凭，虽然不至于寸步难行，但是，有了文凭，尤其像复旦新闻系这样的文凭，进入新闻单位就会顺理成章，甚至理直气壮。

记得毕业那年，1982 年，全国新闻系，只有两个半。一个在复旦，一个在人大，另外半个，是北大中文系新闻专业。感谢复旦给了我那样一张过硬的文凭，我才能从金沙江边小山沟，来到亿万人民向往的首都。

我常常想，为什么千千万万农村孩子，历尽千辛万苦，千方百计都要考入大学呢？

那是因为，文凭是改变他们命运的出路，甚至，是唯一出路。

其二，给了我知识。

文凭，不过是一张名片，内瓤，才是真正的实力。

一旦进入报社，你有何种文凭，哪个大学毕业，已经不再重要，甚至，没人会问你是大学生还是博士生。人们看到的是，作为媒体人的你，写出了什么文章，编辑了什么版面，策划了什么活动……

当此时也，你的知识，便会闪耀异彩。没有知识储备，写不出那样神采飞扬的文章，编不出那般卓越不凡的版面，策划不出令人耳目一新的活动！

当然，知识，并非仅仅课堂上老师教的 ABC。更重要的恰恰是，在不上课的更多时间里，你在图书馆、在自习室、在自己寝室，主动学到的各种知识。

还记得，每天晚饭后，复旦图书馆，从二楼蜿蜒而下，直排到门外数十米的占位同学。

还记得，心理学、逻辑学、社会学、经济学……一本本笔记，记得满满登登，如饥似渴！

书到用时方恨少，知识从来不嫌多。

其三，给了我见识。

知识与见识，似乎是一回事，又不全是一回事。

知识往往是死的，有所记录，可以查找。

见识则是活的，长在脑子里，无迹可循。

一事当前，知识可以作为铺垫，为你的微观行动打下基础，见识则会让你站得更高，看得更远，迅速勾勒出宏观对策。

见多，则识广。见识与一个人的阅历、轨迹、眼光关系密切。

还记得，到南昌晚报社实习时的兴奋与不安；

还记得，到湖北日报社实习时的充实与自信。

假如没有到上海读书，假如没有在复旦深造，我将永远是金沙江边小县城一名小小公务员，固守着山沟沟思维，所思所想，飞越不出四川盆地。

当我来到上海，见识了大海，我便知道天地该有多辽阔！

复旦毕业前夕，我在日记本扉页写下一段话：复旦四年，让我知道了这个世界应该是什么样子，这是我最大的收获。

其四，给了我友情。

大学四年，同一班级，50位同学，大家来自五湖四海，从互不相识到成为同窗好友。

四年，48 个月，1400 多天，在人的生命力最旺盛、最渴求知识的年月，这样的友谊，令人印象深刻，是一辈子抹不去的。

尤其是同一寝室的七位室友，那么亲密，那么贴近地每天二十四小时生活在一起，亲如兄弟，甚至，比亲兄弟还要亲！

最难忘记，四年中的每一个春节，因为节约，也因为时间短、路途长，我无法回家，独自一人，居住在那间冷得结冰的寝室。朱大建、潘玉鹏、顾万明、朱光明四位上海同学，热情相邀，在他们温暖如春的四个家庭中，举杯相祝，度过了此生难以忘怀的四个春节！

亦难忘记，湖南同学，人称大胡子的何恒运，寒假回沪第一件事，便是拿出满满一饭盒腊肉香肠，用两块砖头支着，用复旦校园捡来的枯枝，将火烧得红红的、旺旺的。闻着那扑鼻香味，我俩大快朵颐，吃得满嘴流油，满脸灿烂笑容……

我爱复旦，对复旦充满感情，一个学子对自己大学那种特殊的感情。

复旦是我记忆里的一块铁，那么结实，那么温馨，始终陪伴着我，一辈子！

上海开往成都的绿皮火车

1978 年春，我进入复旦大学新闻系。时年 29 岁，已经成家。爱人杨乔，儿子詹越，远在金沙江边小小县城，小县城名叫会东。

每到暑假，才可以回家，与亲人团聚。为了这一天，盼了整一年。因为寒假时间太短，来回一趟，花钱不少。所以，只好待在学校，寒窗苦读。确实苦哇！上海冬天没有暖气，宿舍大楼，空空荡荡。我们那间寝室，只有我一个人。睡觉时盖上棉被，加上大衣，身上还穿着秋衣秋裤，把自己裹得严严实实的。早上醒来，还是冻得发抖，脸盆里的水，早已成冰！

暑假就好了，可以回家了！给杨乔和儿子带点什么呢？此事放在心上，早就在做准备。

每逢周末，总要坐上公共汽车，到繁华的南京路，一家一家店铺，慢慢逛，仔细看。看杨乔穿的衣服、鞋子，看儿子要的玩具，以及上海小吃。衣服比了又比，鞋子看了又看。鞋子买回宿舍，同学看了，评价说不行，太老气。于是下个周末，又到南京路，换双时髦的！那年月，时兴穿的确良，总算给杨乔选好一件，浅绿碎花，清淡素雅。回到宿舍，比了又比，看了又看，想象着杨乔穿上的样子，心里美滋滋的，高兴好几天！

好了，终于放假了，离校了，上火车了，要回家了！那时，全国全是绿皮火车，车速很慢很慢！上海到成都，需三天两夜。虽然买有坐票，但是，一直坐呀坐，直坐到第二天傍晚，腰非常酸，屁股也坐痛了，浑身都不得劲儿，很是难受！

于是，学着别人的样子，找出一张塑料布，铺到座位下面，人再慢慢钻进去，躺在底下，闭眼睡觉！刚开始还行，因为太累，呼呼呼呼，便睡着了。然而，睡至半夜，觉得浑身生疼！座位下面太窄，根本翻不了身，仿佛鼻子再高一点，都会碰到上面的座椅。只好慢慢爬出来，直直腰，举举手，让身子伸展伸展，稍微舒服些了，再钻进座位下，躺下，接着睡觉！

如此旅行，人生头一回，印象太深刻！

到了成都，拖着行李，还得再转火车，坐到永朗站，下了火车，又上汽车，颠颠簸簸，五六个小时，才能到达会东县城！

到家就好了！杨乔早已准备了热腾腾的饭菜，儿子缠着爸爸，要看买回了什么东西！

喏，衣服，鞋子，这是你妈妈的！玩具，糖果，饼干桶，全是你的！还有一件小玩具，挺有意思，那是我到工厂参观，看到车床上车下的螺丝卷，长长的、弯弯的、亮亮的，特好玩，于是要了一根，包好拿回来，送给儿子！

晚上洗脚，这才发现，双腿已经肿得不行！一摁一个小坑，袜子也脱不下来！

哎呀，咋个整嘛，杨乔心疼得几乎落泪！

我说不要紧呀，坐了三天两夜，血液循环不畅，慢慢就会好的！烫乎乎一盆水，脚伸进去一泡，红通通的，舒服极了……

接下来的日子，是最幸福的日子。清晨起来，提起小铝锅，到广播局买早饭，豆浆，油条，小包子，馄饨，咸菜，豆腐乳，一家三口坐小桌前，吃得那叫温馨，那叫高兴！

问杨乔，平时我不在家，谁去打早饭？儿子呀！别看儿子小，你走时才 3 岁多，提着个小铝锅，小脚板噔噔噔噔，照样把饭买回来，一点还不带洒的！

杨乔说，咱们儿子，真是懂事，我推了汤圆粉子，晒在院子里，他拿着一根小竹竿，站在那儿赶麻雀，一站好几个小时，一点不喊累！中午，我下生产队抓工作，背着儿子，一路给他哼着歌，唐僧取经咚那个咚，后面跟着一孙悟空……唱着唱着，儿子睡着了！

挺温馨的故事，杨乔还没讲完，眼里已经有了泪水……

我知道，我走后，她吃了不少苦。半夜三更，儿子发烧，背着儿子上医院，医生一量体温，哎哟杨乔，咋个搞的嘛，你烧得比儿子还厉害！

早上上学，儿子不肯走，因为别人家的孩子带了饼干糖果。为安慰儿子，杨乔从泡菜坛里抓出一撮泡豇豆，给儿子包上，儿子高高兴兴地上学去了！

唉，要说难也真够难的，我俩工资 74 元，杨乔只留下 34 元，娘儿俩过日子，怎么能不紧紧巴巴？

我问杨乔，这回回来，我做点啥？杨乔说，你有力气，多锯点柴吧！

于是，将一根根木柴锯短、劈开，整整齐齐，码在院子里。儿子见了，也来帮忙，短短的小手，抱着短短的木柴，一根一根，认真码上去。

杨乔端来糖开水，喝吧喝吧，先歇一歇！一家三口，擦着汗水，喝着糖水，其乐融融，为了共同的小家，为了大家的幸福！

假期实在太短，转眼就要开学。临别之际，杨乔打开抽屉，让我看写给她的信，一封一封，码放得整整齐齐。

晓得吗？每天都盼着你来信！到了日子，从邮局取回来，回家看，上班看，晚上睡觉前看……直看到下一封来了，信皮子都要磨烂了！

又指着墙上的“上海市三好学生”奖章，晓得吗？这个奖章，我天天睡觉前看，上班前看，一天要看好几遍！你知道，它给了我多大安慰！

我说晓得晓得，杨乔呀，这个家，多亏了你！

在我眼中，此时的她，那样高大，那般美丽！

送君千里，终有一别！

在永朗站上了火车，汽笛声中，车轮缓缓转动……看着窗外渐渐远去的村落、河流、小山，想着两百里外县城杨乔娘儿俩，心里酸酸的，一股说不出的难受，涌上心头！

有那么一刻，突然闪出一念头，下车去，赶快下车！这书再也不读了，回到会东，回到杨乔和儿子身边！

这念头，执着地缠绕心中，久久挥之不去，直至山已走远，村庄、河流，再也看不见……

师母炒菜的快慢，改变了老詹的命运

一看这标题，有人会说，老詹，你呀，又弄标题党？

No，错！我说，这不是标题党，是俺亲身经历。

这个故事，老詹曾在多种场合讲过，为了说明一个道理。啥道理？先不说，先来讲故事。

话说，那是 1981 年初冬。对于“文革”后恢复高考的首届大学生，当此时也，正是毕业前夕，也是人人关心、人人操心、人人不甘心而又人人不得不安心的日子。

毕业以后，分到哪里？人生面临重大抉择！

那些日子，我也纠结得很，心情相当矛盾。是到北京发展，还是分回四川？是只顾自己事业，还是兼顾家庭？天天都在权衡，天天都在焦虑，天天都睡不好觉，几乎弄成精神病！

最后，终于定下来了，还是回四川！要么，到四川日报社当记者。要么，到四川大学当教师，中文系正筹建新闻专业，急需一位学新闻的大学生。

正在此时，中国财贸报社（经济日报社前身）副总编辑王浩天到复旦挑人。大局已定，他就要返京，临别之际，应邀到复旦老同学、新闻系张世维教授家做客，共进晚餐。

王总到了张教授家，师母正在炒菜。张教授说，再等一会儿，老同学，你先坐，喝点水。

王总坐在客厅沙发上，看到茶几上堆有一摞论文，信手拿来，随便翻翻。

这一翻，翻到一篇论文《孟子的论辩艺术》，打开细读，越读越觉得写得不错，越读越感到很有些功底！不由想，这样的学生，倘若到了报社，立即能用，可挑大梁，何不把他要过来呢？

世维，这个叫詹国枢的学生，情况怎样？是否有了工作单位？

他嘛，嘿嘿，你说晚了！小詹是四川人，已经决定回四川了！

啊？是这样！可不可以同他联系一下，就说我们报社很需要他，问问他愿不愿意到中国财贸报社来？

好的，我打个电话。

当时，已经由焦虑纠结渐渐复归平静的我，接到张教授的电话，心中不由得再起波澜。

到北京，当然可以！我说，但希望能满足我一个条件，尽快把妻子调到一起，我们分居两地，已经好多年！

这个嘛，王总的回答，只有一句话：如果干得好，那就调得快。

潜台词即是，倘若干不好，那就很难说。

好的，我去！没有丝毫犹豫，我马上答应了！因为我相信，我一定会干得很好，妻子一定也调得很快！

果然，1982年春，我到中国财贸报社报到。1983年底，妻子杨乔调到了北京，儿子詹越随迁！

这说明什么？说明一是老詹确实干得不错，二是中国财贸报社确实讲信用。

不由暗暗感慨，人的命运转折，往往就在瞬间。

确实，师母炒菜的快慢，决定了老詹的命运哪！

讲完这故事，明白一道理，人的命运，常常身不由己。一些你所不知晓的哪怕很小很小的因素，也会与你的命运密切相关！

类似例子，还有许多。

如此说来，人的命运就太难把握了！那么，自己的努力，自己所做的一切，还有用吗？

当然有用，肯定有用！

就说老詹我吧，如果平时不努力，毕业论文能写得那么精彩吗？论文不精彩，王总能看上我吗？王总看不上，我能来北京吗？

归根结底，这不还是和自己的努力有关吗？

但是，话说回来，倘若师母炒菜非常利索，没有那天发生的一切。老詹如约分回四川。那么，四川日报社老詹的命运，就真的不如在人民日报社这个老詹吗？

我看未必，真的未必。

那年，我们四川考入复旦的另一同学，罗晓刚，毕业后也是分回四川，到了川报社。他很能干，也很肯干，人品又不错，最终，当了四川日报社总编辑。工资不比老詹拿得少，生活不比老詹过得差。（成都人的生活，那叫一个巴适，确实让人羡慕！）不也挺好的吗？

老詹当年如果回去，不谦虚地说，当个晓刚的副手，四川日报社副总编辑，应该没什么问题吧，命运不也不错吗？

说了一通，最后，想送给各位一句格言，非常管用，能在关键时刻起作用的格言，这就是：大命由天，小势可为。

可别小瞧这八个字，它把人这一生，基本说透了，既强调了客观环境作用，又兼顾了个人主观努力。二者形成合力，这才能够成事。

那年，我曾想逃离北京

1982 年春，我从复旦毕业，分来北京。

时年 32 岁，却是孤身一人，妻儿还在四川，远隔千山万水。

刚到报社，在国内政治部当编辑，住虎坊桥集体宿舍。

我们房间位于六楼，三室一厅，住八个大学生。每天清晨起床，乘公交车，来到西四皇城根九号院，与国家农委政研室同楼办公。匆匆吃过早饭，立刻接着上班。

工作紧张忙碌，这在预料之中，没料到的是，先得到总编室夜班实习，从校对干起。

校对也没什么干不了的，简单、琐碎、重复，只要有责任心就成。

然而，身体出毛病了！过去从没上过夜班，猛然间黑白颠倒，从下午 4 点，直干到半夜两三点甚至四五点，有时还得通宵。

回到宿舍，本该洗洗睡了，却睡不着！一是生物钟没调过来，二是非常想家！越想越清醒，越清醒越想，直到东方发白，天空大亮！

就这么着，竟得了神经衰弱，虽属轻微，但也到了医院，看了医生，拿了药。

晚上想些什么呢？想老婆孩子。想起1977年，恢复高考，本就身体瘦弱的妻，又得了急性肾炎，却咬牙支持丈夫去考大学！虽说带薪学习，两人工资，加起来也只有74元。妻省吃俭用，每月寄我40元，自己拉扯孩子，只留下34元！

唉！当时不知咋想的！咋就这么自私这么不懂事呢！怎么就没有想想，34元妻子和儿子怎么过？自己拿着40元竟浑然不觉，心安理得！

现在想想，真太混账，太不懂事！

又回想起，刚结婚时，妻在郊区公社当广播员，离城十多里地，本不算远，我竟然实行“两地分居”——星期六下了班，这才赶到公社。周一天蒙蒙亮，又匆匆赶回县城！

咋没想到买辆自行车，每天骑到公社，天天与妻在一起呢？是思想单纯、觉悟高，还是趣味单调、工作狂？

其实，啥都不是，是不懂事，真不懂事！

还记得，儿子出生后，妻回到公社，既当广播员，又要管伙食，还带着牙牙学语、不会走路的儿子，那得有多难哪！周六，到了公社，妻早把一切收拾停当，不用我操任何心，只晓得逗逗儿子，一家人坐一起，吃顿晚餐，虽是粗茶淡饭，倒也其乐融融！

当时就没有想到，帮妻到井里去提一桶水，或者，去村中买一把菜！也没想到，从县城给娘儿俩带点什么吃的、穿的、用的！

就这么粗粗拉拉，懵懵懂懂！

终于，大学毕业了，然而也没深想，怎么早日团聚、结束两地分居，怎么一家人尽快在一起。却只想着自己的前程，毅然舍弃四川，来到首都北京，不就图个什么劳什子名和利，要干出一番所谓的事业，扬名立万，光宗耀祖吗？

想到这些，非常后悔，心中翻江倒海，五味杂陈！

唉，说啥都没用了，只有反思，只剩后悔，只有唉声叹气！我开始动摇，是不是不该来北京，是不是应该回四川，一家人早日团聚？

20世纪80年代初，北京没有雾霾，没有高房价，也没有交通拥堵，但是，金沙江边小县城一文化馆美工，乍入京城，还是有诸多不适应。

首先，工作不适应。上夜班上得昏天黑地，整天晕晕乎乎，干什么都提不起劲。

其次，生活不适应。宿舍没有食堂，还得自己开伙，每天回来，又得买菜、又得煮饭、又得洗碗……烦琐，而且无趣。单位伙食也一般般，中午稍微好些，晚上没几个人在食堂用餐，全是剩菜剩饭，又凉又难吃。

最后，人际关系不适应。上班各自为政，彼此界线分明。下班各自回家，老死不相往来。集体宿舍住了八人，同一幢大楼，全是报社职工，虽然上班时打打招呼，但下班以后，没一人到房间来，更别提嘘寒问暖，表示关心了！

大城市就是这样吗？北京就是这样吗？人与人之间就是这样吗？这辈子就是这样吗？开始反思，到北京来到底图个啥？这辈子就在这样的地方待下去吗？

很是动摇，也很纠结，唉，好不容易才读了大学，好不容易才分来北京，就这么灰溜溜地回去，就这么老婆孩子热炕头，安安心心过一辈子，又有些心不甘。

天亮了，睡不着。起来，找出日记本，撕下一张，中间画一直线，左边，记下留京的种种好处，一、二、三、四。右边，记下回川的各种利处，A、B、C、D……几乎每天都在纠结，都在考虑，一页纸两边，记了一条，又记一条！

想起哈姆雷特著名的一问：To be or not to be,that's a question. 逃离还是留下，这是个问题。

纠结半年之后，终于鼓起勇气，找到报社分管人事的领导，一位胖胖的、和蔼的、颇有领导风范的女副社长时原。

时原给我倒杯水，叫我坐下，看着我，说，小詹哪，你想回四川？真想好了吗？你在这里，不干得蛮好的吗？

确实，当时，虽然不适应夜班，不适应大城市生活，但工作还是拼命干，认真干，半点不含糊！不但写出了有分量的通讯、消息，而且还抽空在副刊发表了几篇有特点的散文杂文，自己主持的专版，也有声有色，颇受好评。

社长，我……我是真的想回四川！我和爱人两地分居已经多年，她身体又不大好，还拖着个孩子……

你的这些情况，我们都很清楚。时原说，这样吧，你先好好干着，安心干着。我们再想想办法，两地分居呢，解决起来也不是那么容易，年轻人，眼光看远一点，也别太着急，好吗？

话说到这份儿上，我无言以对，退了出来。

第二年，1983 年秋，人事处通知，爱人杨乔从四川调入北京经济日报社，儿子詹越，随迁入京。

事后我才得知，为了将我留下，时原副社长亲自到人事部做工作，前前后后，跑了好几趟。这位部长夫人，据说还动用了先生的力量。

每每想到这些，心里十分感慨。

那年，1982 年，我曾想逃离北京。

这篇文章让我一炮而红

1991 年初夏，一个闷热难耐的日子。

正埋头写稿，感觉身后有人。回头一看，老范！

经济日报社总编辑范敬宜，正笑眯眯站在我身后。

老范！我立即站起来，您来了，有事吗？

没事就不能来走走吗？老范又是一笑，今天还真有一件事情，得找你这工交部主任！

原来，老范刚到国家经委开完会，会议主题：怎样把国有企业搞活。

喏，就这题目，怎样把国有企业搞活？虽然是老话题了，但是这回，你可得动动脑筋，争取写出新意来！

临出门，老范补充一句，不要着急，三天交稿！

老范走了，我放下笔，陷入沉思。

怎样把国有企业搞活？嘿嘿，怎样把国有企业搞活？……这话题，不知已经写过多少回了！几乎每年上面开会，都离不开这话题！

想想也是，一面是“千方百计搞活国有企业”的强烈呼吁，一面是“国有企业总是搞而不活”的严峻现实。你叫政府咋能不急，怎能不反复强调？

可是，要想写出新意，到底从何入手呢？我立即到资料室翻阅资料，找出近些年有关搞活国有企业的资料、数据、新闻，反复阅读、摘抄、思考。

回到家里，夜里躺在床上，不禁浮想联翩。

我想起，前些年，投资膨胀，经济过热，呼啦啦你上马我开张冒出成千上万企业；如今呢，治理整顿，宏观紧缩，市场的两头——原料和产品，再容纳不了这么多张嘴巴。你想活，我也要活，咋办呢？抽肥补瘦，劫富济贫，大家只好都窝窝囊囊憋憋屈屈地活下来呗。

我想起，我国的彩电厂、冰箱厂、洗衣机厂，还有大大小小的棉纺厂、卷烟厂、羊毛衫厂……建起来一个又一个，产品几乎全都供大于求。然而，由于国有企业历来不能破产，所以大家都勉强活着，虽然活得都很憋屈、很难受。

为什么不可以让一些企业死去呢？

我们总在琢磨怎么搞活国有企业，怎么不琢磨琢磨怎样搞死一些企业，让更多的企业活下来，从而活得更好一些呢？

对呀！怎样把企业搞死？这不是一个非常新颖、非常有针对性的题目吗？

我非常兴奋，翻身起床，奋笔疾书！

两天后，当我把一篇近3000字的述评交给老范时，心怀忐忑，静静地看着这位令人尊敬的领导。

“国枢呀，”老范将文章看完，不动声色地看着我，“政府正琢磨怎么把企业搞活，你却来了篇《如何把企业搞死》，这不是成心和政府对着干吗？”

“这个……”未等我回答，老范笑了，笑得那样慈祥，“国枢呀，你这文章，写得太好了，非常有新意！这样，你先回去，想个题目，我也想想，咱们取一个精彩的、有哲理的标题，争取上头版头条！”

回到部里，我并未多想，因为我知道，我想也是白搭。老范在带头想题目，我何必还瞎操这份闲心？他想的题目，指定比我的强多了。

果然，第二天到老范办公室，只见桌上写有一行字，潇洒娟秀的“范体字”：少数企业“死”不了，多数企业“活”不好。

怎么样？老范笑眯眯看着我。

太好了，简直太好了！

第二天，《少数企业“死”不了，多数企业“活”不好》刊发于头版头条，一炮而红，在全国激起强烈反响！

当天，编辑部不断接到读者来电。下午，一位中央领导同志的秘书又专门打来电话，向老范表示祝贺，一再称赞文章很有新意，非常大胆，应该好好表扬！

老范把我叫去，传达上级意见。我笑了：“老范，标题是你取的呀，没有你这精彩标题，我这文章，恐怕早扔废纸篓里去了！”

“是吗？”老范拍拍我的肩膀，我俩相视而笑。

自那以后，这篇文章成了我的“代表作”，让我一战成名，以至第二年参加中央党校地厅班干部培训时，培训教材中赫然列有这篇《少数企业“死”不了，多数企业“活”不好》！

班上同学说，咦，老詹，这不是你写的文章吗？

我嘿嘿一笑，心里美滋滋的。

自那以后，“国有企业破产”成了有关部门反复研究的课题，而且在实践中逐步有了突破。

15年后，2006年8月27日，《中华人民共和国企业破产法》由全国人大常委会第二十三次会议通过。

那次演讲，我拿了总分第一

老詹，你当一辈子记者，有新闻“成名作”吗？一年轻同行问我。

嗯，这个嘛……我想想，好像还真有！

《从煮饺子说到规模经济》——1990 年 12 月 8 日，《经济日报》头版头条述评，应该算我的“成名作”吧。

说起这篇文章，还有一段故事。

1990 年 12 月，某日中午，我正埋头写稿，副总编杨尚德来到部里（当时，我是工交部主任），递我一摞材料。

“小詹，这是国家计委开会拿来的。你看能否写篇文章，谈谈规模经济的道理？如今，好些企业连这基本的道理都弄不明白呢！”

厚厚一沓材料，摆在我的面前。

翻了翻，是国家计委召开全国规模经济研讨会发下来的。

材料共分三部分：

一是专家学者关于规模经济的理论论述；

二是计委及有关部门领导关于规模经济的讲话；

三是各地规模经济搞得较好企业的典型材料。

文章写些什么呢？主题，当然得讲规模经济，但从何入手？写成一篇什么样式的东西呢？

不消说，只能写述评。

通过文章讲清一个道理，最好的方式，就是述评，这是经济记者的常用武器。

写述评，就得讲故事，这是我的惯例。讲个什么故事，可以将规模经济这一概念说得比较清楚呢？

左思右想，绞尽脑汁。突然，灵机一动，想到了煮饺子！

大家都煮过饺子吧？这玩意儿其实很简单，只消买来面粉（做皮儿），再买来韭菜、虾仁、鸡蛋（做馅儿），然后，一个一个，将饺子包好，下到锅里……煮熟以后，捞出即可。

说来非常简单，但正因为简单，不正好被用来说明一个比较复杂的道理吗？

谁都晓得，要煮饺子，起码得煮一锅吧？没谁会这么傻，只煮一个饺子！因为一个饺子煮出来，成本可就高了去了！

嘿嘿，这不正是规模经济的道理吗？

太好了！我非常兴奋，立即展纸，奋笔疾书！一篇题为《从煮饺子说到规模经济》的述评，很快完工。

第二天，《经济日报》头版头条见报！

文章发表以后，反响相当强烈。

见报当天，编前会上，部主任们对文章大加赞赏，认为这是经济述评写作的有益探索，报纸就需要这样通俗易懂、生动鲜活的文章。

有读者打来电话，认为文章把什么是规模经济讲得非常明白，也把我们为什么要搞规模经济，怎么搞规模经济，都论述得十分清楚，是一篇生动而有针对性的好文章。

在经济日报社当记者时，我曾给自己的写作风格定位为八个字：通俗易懂，举重若轻。

这篇文章，应该算是一次有益尝试吧。

未过多久，报社举办业务演讲比赛。我以《第二种翻译》为题，以此文章为例，讲述如何尽量将经济文章写得通俗化、生活化，最好以生活中最浅显、最生动、最能让读者明白的例子，去说明比较深奥、读者不容易明白的道理。

演讲完毕，“去掉一个最高分，去掉一个最低分”，得了总分第一。

总编辑范敬宜亲自上台，颁发奖金300元！

恩师老范

恩师老范，范敬宜也，20世纪80年代初，由国家外文局调任经济日报社总编辑。老范为人宽厚，生性和蔼，一见面便吩咐大家，今后就叫我老范吧，不用叫总编辑。自此，人人直呼老范，沿袭至今，不再改口。

老范是江南才子，写得一手好文章，自然也很爱才。他有一句名言，你表现，我发现。一旦谁人写出好文，老范一准表扬，夸了再夸，比自己写的还要高兴。20世纪80年代中期，中国改革开放遭遇平台，推进不再顺畅，且有各种议论，指东说西。老范决定，《经济日报》要大张旗鼓，宣示改革开放伟大成就，先发一篇“本报观察家”，吹响冲锋号角！

文章由谁来写？编辑记者，谁写都行！碰头会上，小詹（时年三十有八，老范面前，不敢称老也）自告奋勇，挑灯夜战，三天三夜，撰成一文，名曰《改革，中国的第二次革命》。老范亲自审阅，连呼痛快，略加删改，放在头条。字号加大，断版横排，突出处理！自此，小詹头角初露，表现神勇而被老范发现矣。

1991年初夏，老范交代一紧急任务，要求写篇述评，小詹呈上《如何把企业搞死》，老范表示文章很好，但题目要斟酌。

第二天，老范打来电话，小詹推门，但见《少数企业“死”不了，多数企业“活”不好》，一行“范式”秀丽行书，已然置于案头。次日头版头条，隆重推出，果然一炮而红，读者好评如潮。中央某领导办公室也打来电话，称赞有加。老范很是兴奋，把小詹叫到办公室，好一通夸奖，喜形于色矣。

老范爱才，唯才是举。因小詹勤勉努力，吃苦用功，老范另眼相看，欲破格提拔，申报高级记者。然而当此之时，小詹主任记者职称，刚刚取得三年，欲评高级，尚差两载，且高级职称评定，须得外语合格。小詹未曾参加考试，自然没有成绩。

老范说，这个没关系，我来当老师，给你出考题。于是，亲自提笔，书写英文试卷一份，交给小詹，命其单独应考，并亲自判卷，递送上去。未久，小詹破格被评为高级记者矣。

老范心细，关心部下，无微不至。那年初冬，老范小詹皆入中央党校。老范读省部班，小詹念地厅班。一日傍晚，礼堂放映电影，散场已近10点，小詹返回宿舍，行至楼前，但见灯光之下，树丛之中，影影绰绰，好像有人走动。定睛望去，正是老范！

见到小詹，老范慢慢悠悠，从手提袋中取出一纸质餐盒，餐盒之中，有川味点心数枚。老范曰，今天下午，班上同学请客，我看桌上点心甚好，给你包几个回来，你且尝尝，是否正宗？冬夜寒风之中，点心早已冷却，小詹望着笑眯眯的老范，赶忙捏起一枚，送入口中，一股暖流，缓缓涌上心头矣。

老范赴韩国考察，点名携小詹、小庹等年轻记者随行，以开眼界，且长见识。先至香港转机，须等候三小时。报社翻译，一年轻姑娘，也不打个招呼，竟会熟人去也！直到快要登机，还不归来，险些误了大事！我们急得要命，将姑娘好一通数落！老范却是微微笑道，不急不急，没有误事就好。

到了韩国，行程很紧，每天会见外宾，马不停蹄。一到夜里，老范必拿出笔墨，写一书法斗方，我们再用礼品纸精心包装，即成贵重礼品。见了主人，老范谦逊随和，或引经据典，交流中华文化，或英语对答，辅以种种典故，听得对方连连点头，赞佩不已。随行一次，收获多多，潜移默化，大长见识矣。

老范爱才用才，亦舍得放才育才。20世纪90年代初，正是一批骨干风华正茂、干劲冲天之际，老范却将小詹、小庹送至保定、涿州，挂职任副市长，一去就是将近两年。挂职期间，老范让我们安心从事社会实践，再不参与报社业务。此种经历，对年轻人锻炼成长，殊为有利也。

挂职期间，老范得知党的十四大即将召开，社会主义市场经济将历史性被写入党的报告，于是决定，大会召开之前，写一重点述评，阐述市场经济道路之必然选择及深远意义。他将电话打至保定，小詹说，老范，文章已经写好，昨天邮寄报社，题目叫《市场赋》。可能我所写的，就是您要说的，请老范审阅指正！

老范喜不自胜，很快改定，签发头版头条，七千余字长文，好一篇市场经济之颂歌也。此为小詹又一良好表现，挂职回京，即被选入领导班子，成为经济日报社最年轻之编委矣。

老范办报，兢兢业业，卓有成效，被中央看中，调任人民日报社总编辑。临行之际，员工争相送行，大家依依不舍，几乎落下泪来。老范拍拍我们一干年轻人肩膀道，你们已经成熟，可以独当一面。好好干吧，年轻是最大资本，年轻有很多可能性，我很羡慕你们！推心置腹之语，言犹在耳，转眼过去二十余年矣。

人谓，大恩不言谢。此言差矣！既是大恩，必铭记在心，念兹在兹，时时感恩而不敢忘记。如今，小詹也已年过花甲，退居二线，人皆呼为老詹。回忆新闻从业经历，没有老范提携，哪有老詹今日？不胜感慨系之矣。

今生得遇老范，实乃三生有幸。缘分乎，上天所赐乎！古训有云，一日为师，终身为父。老范呀老范，今生遇您，心怀感激。祝您身体好，心情好，一切都好。弟子国枢，深致谢意，在此叩首。

与老范最后一次见面

按语：《恩师老范》发表以后，引起读者共鸣。有朋友建议，多写写与老范交往的故事吧，大家会喜欢看的。这倒让我想起，参加老范追悼会后，回到家中，心潮难平，曾打开电脑，写下《与老范最后一次见面》，记述了在北京医院与老范见面的情景。如今找出，再读一遍，往事历历，如在眼前……

10月中旬，人民日报社办公室秘书处小顾告诉我，老范又住院了！这次，情况不是太好。

回家后，与老伴商量，一定得到医院看望老范。

带点什么好呢？前些日子，曾吃到一种刚面市的血柚，肉红如血，汁甜似蜜，非常可口，给病中的老范带去，再合适不过！

于是，起一大早，与老伴杨乔来到西四环岳各庄水果市场，找到早已认识的小赵姑娘，左挑右选，买了一箱，又请小赵精心另做一个果篮。下午，来到老范住的北京医院。

小詹吗？电话里，老范得知我们就在楼下，高兴地说，来吧来吧，知道在哪间屋吗，我等着你们！

办手续，填单子，进大楼。

刚上电梯，老范又打来电话，喂，小詹，进来了吗？找到没有？

找到了，找到了！电梯里，我立即回答。

走进病房，见到老范，太高兴了！他正微笑着坐在床上，还是我们心目中那位慈祥、儒雅、宽厚的长者！见我们进来，老范一边招呼坐下，一边不好意思地说，刚洗完澡，袜子都没穿，光着个脚，多不礼貌。

没关系的，这样才随便呀。我们走上前去，伸出双手，与老范相握。

坐下仔细端详，老范比过去瘦些了，白头发也多了，但看上去精神很好，脸上微微泛着红晕。

老范说，见到你们，真是高兴！说着，欠了欠身子，想要坐直起来。杨乔急忙上前，垫上枕头，护工又将病床后侧摇起来。我们扶老范躺下说，这不蛮好嘛，又不是外人！您躺下吧老范。

好的，我听你们的。

老范微微一笑，像小孩一样顺从地斜躺下。说话间，护工找来小刀，我将血柚仔细剥开，一瓣一瓣，置于碟中，递到老范面前。他拿起一块，咂着嘴，津津有味地吃起来。

好吃吗，老范？

好吃，好吃。北京还有卖这个的呀？

当然有啦！说起买柚子，可有意思了。杨乔聊起了我们与卖柚姑娘小赵的交往。姑娘听说我们是去看一位受人尊敬的老领导，特地挑了又挑，选了又选，还只肯收我们不多的钱。

是吗？这小姑娘真好！老范兴致勃勃听我们聊天。这时，他是最开心的了。

与老范平静愉快地聊天，不由回忆起他在经济日报社当总编辑时那些激情燃烧的岁月。

记得老范到报社当总编是 1986 年。当时，他才五十出头，我们也是三十多岁风华正茂的小伙子。刚一见面，老范就说，以后，你们就叫我老范吧，都不要叫范总好吗？他那谦和的态度、儒雅的气质，一下就拉近了和我们的距离。

自那以后，作为报社一把手，老范带领报社编辑记者和全体员工，把报纸办得有声有色、风生水起！《经济日报》也被读者称为“中国改革开放的风向标”“全国最有影响力的经济类报纸”。发行量最高时达 160 多万！

我们聊起在全国影响极大、被评为中国新闻奖唯一特等奖的报道《关广梅现象》，聊起老范策划并手书标题的系列报道《香香臭臭说广东》《快快慢慢说上海》《穷穷富富说江西》，聊起令人耳目一新的《“小机”斗“大机”》《开封何时能“开封”》……

我说，老范，您走以后，大家都非常想念，觉得您在的时期，是《经济日报》最有活力、最有影响力，也是大伙儿干得最有意思、最有奔头的时期！

是呀，老范不胜感慨，微微眯眼，笑着说道，那也是我办报最有意思、最值得留恋的时期。那时，你们都还年轻，经济日报社出了多少人才呀！

后来，老范调人民日报社。再后来，退休后到清华新闻传播学院担任院长。我们见面虽然少了，联系却从未中断，只要发表一篇好文章，老范总要打来电话，鼓励一番。

记得那年，我曾精心采写了描写安徽农民来京打工的通讯《苏增喜一家的幸福生活》，发了半个版。老范读后，非常高兴，把我好一通夸奖！说小詹呀，记者就该好好关注这些社会底层的劳动者！我每天回家路上，也常常碰到一个收破烂的小伙子，骑着个板车，后面拉着老婆孩子，边走边谈，其乐融融，非常开心。这样一家人，其实让人挺羡慕的！

今年3月，我也退居二线。人退下来了，笔却不能丢。4月初，写了一篇《恩师老范》发上博客。老范看了，来电话说，小詹呀，谢谢你还这么惦记着我，我真有这么好吗？我说，老范，你真有这么好，比写的还要好！

大家聊兴正浓，忽记起来时秘书小顾的叮嘱，探视不要超过15分钟！一看时间，快一小时了，赶忙告辞！回来路上，杨乔说，老范喜欢血柚，下次来，得再带点！还得给老范炖个酸萝卜老鸭汤，开胃，有营养，他肯定爱吃！

未过多久，我到外地出差，11月13日返京。头天下午，老伴电话里说，她已把老鸭汤炖好了。等我回北京，就去看老范！

谁知刚下飞机，秘书小顾打来电话，告诉老范当天去世的消息！我一下蒙了！泪水不由自主涌了出来……怎么也想不通，那天，老范的精神还那么好，他还和我们聊了那么多，怎么说走就走了呢？

回家翻开与老范的合影，细细端详，心里一阵一阵难受……

老范呀老范，您不能走，您还有那么多事情没有做完，我们还有那么多龙门阵没有摆完！

老范，我们想念您。

永远想念您！

（2010 年 11 月 21 日，参加老范追悼会后，记于家中）

第九个副市长

1992 年初，经济日报社派出两位部主任到河北挂职。

一位是我，时任工交部主任，到保定挂职副市长。

一位是庹震，时任记者部副主任，到涿州挂职副市长。

临行前，总编老范找我们谈话说，如今报社工作相当紧张。即便如此，也将你们二位抽出来到河北挂职。希望你们不要辜负组织期望，下去以后，扎扎实实，认真锻炼，谦虚谨慎，虚心学习，以全新的面貌，迎接新的挑战！

我和小庹有些激动，表示一定好好干，决不给报社丢脸！当时，我年纪还轻，尚不满 43 岁，小庹比我还小 10 岁。老范谈话后不久，副总编辑杨尚德亲自送我和小庹出京，将我们交到保定和涿州市领导手中。

到保定当天，市长周德满，一个温和敦厚、说话慢条斯理的长者，把我叫到办公室说，市里研究决定，你到保定以后，主要协助另一位副市长工作，他有什么忙不过来的事情，可以交给你办，平时工作，就由这位副市长安排。

我说周市长您放心，一定认真完成市里交给的任务！

我心里很清楚，我的实际定位，就是“副市长助理”。我的全部工作，就是全心全意协助副市长工作。这一点，其实大家都很明白，既然我是下来挂职的，迟早还得回去！真交一摊事情给我，不但市里不大放心，就是我自己也觉得，情况不熟，规矩不懂，恐怕难以胜任。

工作定下以后，市长叫来司机刘保柱。保柱开有一辆桑塔纳轿车，这就是詹副市长的专车了！至于住宿，也已安排妥当。就住市长大楼八层我的办公室。房间非常宽敞，一头摆放办公桌、沙发、茶几，另一头用屏风一隔，放上一床、一柜，即是睡觉的地方。

一切都很陌生，似乎又很熟悉。突然成了一单身汉，倒也有趣！仿佛读高中时离开县城前往西昌，又仿佛念大学时辞别家人到了上海，重新去过没有家人的独身生活。晚饭后，偌大一市长大楼，空空荡荡，只剩下一楼从国家计委下来挂职的吕副市长，以及八楼我这新挂职的詹副市长，两间屋里，还亮着灯光。

后来我才晓得，我到保定，是第九个副市长！我的正式任命，还得走一道程序，等到市人大常委会开会，登台做一介绍，大家举手通过，这才可以公布。人们也才晓得，哦，保定又来了一位副市长！

一日三餐，在食堂吃饭。市政府有一大食堂，食堂旁边，有一单间，是市长、副市长们用餐的地方。除我和吕副市长外，其他市长，因为家在保定，大都回家吃饭。我和吕副市长吃的也没啥特殊，就是大食堂的菜，打几份过来，一人一碗白米饭，再来一碗蛋花汤，足矣！吃饱是没得问题的，要说吃好，好像还是差点。有时饭后无事，我会出门右拐，到旁边小吃夜市，来个肉夹馍，加碗羊肉汤，解一解馋。

市政府工作，又多又杂。但副市长们各有分工，我协助的王副市长，主管基建、城管和招商引资。我们每天的工作，也就围绕这些展开。说忙并不算忙，因为大事都有他盯着，小的不用做决策的事情，便交我去办。我也确实兢兢业业、小心翼翼，办得比较圆满。记得我曾经带队参加厦门招商引资，亦曾带队到对口单位新疆建设兵团某师去做交流活动。这算是我独立承办的两件大事。事前做了充分准备，事后又详细向王副市长汇报，他拍着我肩膀说，詹市长，有办法，有思路，好好干，有前途！

日常工作外，会议特别多。市长办公会就不必说了，上级各种精神的传达贯彻，不知要开多少会！只要上面开完一个什么会，下面照样要开一个什么会，程序模式，完全一样，规格小些而已。有些时候，副市长也到市委那边列席常委会。参加几次我就明白，市委常委是全市决策中心，最重要的事情都在这里商量。正因此，同样是副市长级，各自的地位和排序并不一样。比如，市委常委兼宣传部部长，就比一般副市长地位更高，排在前面。一个城市，市委书记是一把手，市长是二把手，属正厅级，接下来是市委副书记、市委常委、副市长……这个排序是不能乱的，这也是多年形成的规矩。

不但级别划分非常严格，办事程序也有固定一套。每个副市长，下面都有一个协助其工作的副秘书长，再下面又有一个相对应的科，设有科长和若干办事人员。到保定不久，经济日报社发行部一位副主任想到这里搞发行，给我打来电话，我说你来吧，我安排一下。我将此事告诉科长，科长说，詹市长放心，一定接待好！此事我几乎忘记，数天之后，科长来见我说，詹市长，经济日报社客人上午到了，我们已经安排其在保定宾馆住下；今天下午 6 点在宾馆宴请对方，请詹市长出席。这时我才晓得，以上一切已由科里安排得妥妥帖帖，市领导不用操心，只需出席有关活动即可。

每逢周六，我和吕副市长都会返回北京家中。他怎么回去的，我不知道。保柱说，詹市长，我送你吧！一百多公里，一个多钟头就到了！我觉得不好，保柱送我一趟，当天还要赶回！周一清晨，又得接我，岂不麻烦？于是托工交部副主任王若竹帮我办了一张铁路乘车证。来回乘坐火车，只消将证件一掏，不用买票，非常方便！

说是方便，也不尽然。保定是京广线中途站，车次虽然很多，但车上坐的人不少，尤其早晚高峰，上车后已是人头攒动，哪里还有座位！不过不要紧，杨乔已经考虑周全。在联合公社时，成都知青小胖给广播站做接线台，顺便给杨乔做了一把小小的折叠木凳。一拉开木凳，便可坐下。不坐了，收起来，只是薄薄几片木板！上车以后，我挤过人群，找到厕所旁边过道，从容打开木凳，手持小说一本、杂志一册，优哉游哉，看了起来，不知不觉，北京到了！

到保定挂职，是我职场生涯一次特殊的经历、难得的历练，令我增长了知识，开阔了眼界，尤其对于基层工作，有了切身体验。今后办事，我会更沉稳一些、周全一些。

挂职回京第二年，老范调任人民日报社总编辑。此后，我和庹震也先后调人民日报社工作，现在想想，真有些神奇。

那年9月，到厦门招商引资

到保定挂职以后，虽然名为副市长，但说实话，还没有真正干过一件副市长独立承担的事情。

原因很简单，因为我是短期挂职，干不长的。所以市里决定，由我协助另一位副市长工作，他有做不过来的事情，可以叫我帮忙。我每天的工作，就由他来安排。

副市长姓王，对我很好，几乎每天都会让分管副秘书长告诉我今天做些什么，如何去做。他所安排的事情，大都比较简单，容易完成。而我，确也兢兢业业、认认真真地完成了他交办的事情。

一来二去，彼此逐渐了解、逐渐熟悉，建立了信任，王副市长便开始安排我独立承担一些重要工作。当年9月9日，福建将要召开“厦门99招商引资大会”，王副市长便委托我带队，领着数十位保定市政府工作人员和企业家，前往厦门招商引资。

既然要招商引资，就得推介自己。保定是个什么样的城市？有些什么独特优势？目前需要哪些投资？制定了什么优惠政策？……都需要说得清清楚楚、明明白白，这才能够吸引投资呀！

然而，有点遗憾。招商引资工作在保定刚刚开展，市里并未准备任何材料。这怎么行呢？总不能我们一大帮人跑到厦门，仅凭三寸不烂之舌，一个一个游说别人吧？人家看不到翔实具体的文字材料，如何决策，怎么可能贸然前来投资？

于是，赶紧起草介绍保定的文字资料！我让下面科室工作人员找来保定历史资料、投资信息，以及相关政策法规。凭着当了多年记者的本事，删繁就简，提纲挈领，条分缕析地弄出一份“招商引资指南”。看了又看，改了又改，直到这份材料终于能够打动自己，这才叫科室打印数百份，带上这些宝贝，直飞厦门！

厦门 99 招商引资大会已经成功举办几届，在海峡两岸小有名气。除福建、广东、浙江沿海各省外，河北、河南、山西……也有城市前来参会，大家都期望能够吸引更多海外投资，尽快把城市经济搞上去。

我们住下以后，立即开始行动。这家宾馆正是参会者主要住地，其中几层，住的是台湾来的企业老板和投资商。我穿上西装，打上领带，收拾停当，带上政府几位精干办事员，到了台湾客人所住楼层，一间一间，挨个敲门。门铃响后，台湾客人见我带着几个年轻人，有些惊讶，但也客气地把我们请了进去。

我是河北省保定市副市长，我叫詹国枢。此次参会，希望能够向客人推介保定，吸引投资……开场白后，递上名片，并将“招商引资指南”递到客人手中。落座以后，便开始详细讲解保定市情、保定优势、优惠政策。台湾客人大都素养较好，很讲礼貌，讲起话来慢条斯理，文质彬彬，彼此沟通也都比较顺畅。有时谈到大陆老家在哪里，还有什么亲人，有些什么记忆，大家越谈越亲，简直像是一家人！

也有一些客人，开门就不大高兴，说怎么不事先约定。我一边微笑道歉，一边连说对不起、对不起，将“招商引资指南”递过去后，别人接也懒得接，随手一扔，放在茶几上。说起话来，也是明显敷衍，脸色颇有不悦。我当然不管这些，仍然微笑甚至有些谦卑地尽量找话来说，直到起身告辞，明显感觉对方仍然没个好脸色。

回到房间，工作人员有些不解，问我，詹市长，咱们是来招商引资的，又不是求爷爷告奶奶的，没有必要那么谦卑，那么低声下气吧？你一堂堂副市长，他们算老几，你对他们也太客气了！我说，晓得咱们是来干什么的吗？咱们是来求人家到保定投资的！是你有求于人家，而不是人家有求于你，你凭什么拿架子？何况，事先确实没有预约，有些不大礼貌。如果咱们态度好些，以礼待人，不就会给对方留下好印象，更容易拉来投资吗？

果然，此番厦门招商引资，跑了若干家客商，虽然当时他们并无直接承诺，但回保定没多久，先后就有三批台湾商人前来考察。我热情接待了他们，回忆起在厦门宾馆的相见，客人告诉我，詹市长，当时看到你这么年轻，这么热情，客客气气，说话又很实在，我们当然会有好感的啦，怎么也得到保定来看看呀！

遗憾的是，客人们听也听了，看也看了，有些情况，询问得还相当仔细，但回到台湾，再无消息。后来有工作人员告诉我，客人曾打听我是什么人，能不能在保定长期干下去。听说我只是挂职副市长，一两年就要回去，他们沉默不语，态度有所改变。想想也是，人与人之间是有信任的，如果他们信任的人不在保定了，他们还能下决心投资吗？出了问题，去找谁呢？当然，更主要的原因，还是保定没有足够让客商前来投资的吸引力，投入没有产出，谁还会来投资？

后来我也反思，我们到厦门招商引资，确实比较仓促，并没有真正从保定长远发展做充分考虑，认真梳理保定到底需要的是什么样的投资。当时想到的是，抓到篮里就是菜，只要拉来投资，就能促进经济增长，GDP 上去了，一切都 OK 了！至于这些投资是否适合保定，能否有稳定市场，能否持续发展、实现长期盈利，显然并未考虑清楚。这大概也是现行投资体制的一个弊端，这一届班子千方百计拉来投资，把 GDP 搞上去了，下一届班子或许就会接下一个烂摊子，甚至好些年喘不过气来。如此招商引资，利耶弊耶，真得打上一个问号。

十四大前夕，我和老范心有灵犀

我总觉得，和老范相识，是一种缘分！要不然，他怎么会调来经济日报社？我又怎么会受到他的器重？

还记得，1992 年初，老范把时任工交部主任的我，还有记者部副主任庹震叫到办公室，告诉我们，编委会决定，派你们二人到河北省挂职。詹国枢任保定市副市长，庹震任涿州市副市长。

消息传出，有人感到纳闷，小詹和小庹，都是报社骨干，同时下去挂职，一去就是两年，这不是报社一损失吗？当时，我们也有些不太理解，如今回想起来，方知老范目光长远，有深意存焉，为了长远利益，何计一时得失？

这才是真正为报社着想，也是为年轻人前途着想。

我到保定以后，干得还算顺利，很快融入了这个新的集体。就在当年初夏，江泽民总书记在中央党校发表重要讲话，提出我国将实行“社会主义市场经济”。

总书记代表党中央，第一次对“市场经济”做出如此明确肯定，无疑是改革开放一个重要转折点，中国改革史之里程碑事件！

听闻这个消息，我激动不已，夜不能寐，立即收集资料，绞尽脑汁，精心构思，撰写了颂扬市场经济的长篇述评《市场赋》。

文章写成以后，全国政治形势日趋明朗，党的十四大即将召开。我立即将文章寄回报社。寄出第二天，老范打来电话吩咐我，根据中央精神，赶快撰写一篇歌颂市场经济的重头文章，字数不限，越快越好！

我对老范说，文章已写好，寄回报社了！

老范非常高兴，说是吗小詹，那太好了！

现在回想起来，真是太巧了！我和老范心有灵犀，全想到一块儿去了！

当年 9 月 29 日，为迎接党的十四大召开，《经济日报》于头版头条，隆重推出了长篇述评《市场赋》。

附：市场赋

——写在党的十四大召开前夕

1 件上衣。

10 磅茶。

40 磅咖啡。

1 卡德小麦……

125 年前，当卡尔·马克思将这些物品与“20 码麻布”画上等号，并以此展开他那鸿篇巨制《资本论》的第一章“商品”时，这位长着浓密胡子的德国学者大概不会料到，20 世纪 90 年代，在社会主义中国，数以亿万计的各类商品，正如潮水般涌流、喧腾、激荡，进行着远比 1 件上衣、10 磅茶和 20 码麻布复杂得多也精彩得多的流通和交换。

在亚细亚东部这片 960 万平方公里的热土，正建立起亿万个形形色色大大小小的流通交换场所——市场。

市场，正微笑着向中国走来，走进乡村，走入城市，走入千家万户，走进我们每个人心中。

这是一座神奇的桥梁——无论何物，只要一经此桥通过，跃登彼岸，就会迅速认知并实现自己的价值。

《夜宴》——这是一幅古色古香、颇富韵味的油画，出自上海青年画家陈逸飞之手。

画面上，五位衣饰艳丽的少女，手执箫管，屈膝而坐，正为画外那热闹浓烈的夜宴，吹奏出袅袅伴奏曲……

无疑，这是一幅格调古雅、技法娴熟的作品。在过去，它大概可以选送参加全国美展，登上权威的《美术》杂志，或者收入某一册装帧精美的《中国当代油画集》。

仅此而已。

但是，一当此画进入市场，在今年3月30日香港著名的佳士得拍卖行拍卖时，它便粲然生辉，以198万港元之巨，成为当代中国最昂贵的油画！

在同一天举行的拍卖会上，画家吴冠中的《中流》成交价55万港元。罗中立——就是曾经创作引起轰动的《父亲》的那位四川青年画家——另一幅《那庄公社的小孩》，以41. 8万港元成交……

尽管人们对一幅画的价值最终由拍卖行衡量和认可，尚持异议，但是，毕竟，拍卖就是进入市场。而一旦进入市场，油画、国画、水彩画、木刻画……都会神奇地“显影”升值！

同样的例子，当然不仅仅在绘画界、艺术界。

当北国冰城一家信息公司以出售一项又一项信息而获利颇丰时，北京的一家专门“出主意”的公司，也将“点子”变成商品进入市场，其价格视产生的效益而浮动，少则数千元，多则上万元。

当然，最不知道自己价值因而也最应该走入市场的是人——确切地说，是具有一定体能和技能的人。

当允许人才流动，允许企业辞退职工也允许职工炒企业“鱿鱼”的机制初露端倪，当人才市场、技术市场和劳动力市场略具雏形时，人的价值也就通过市场这座神奇的桥梁而达于彼岸，逐渐被认知、逐渐得以实现了。

珠海以高级轿车、别墅等总值超过100万元人民币的物品“重奖”科技人员，不过是人才价值的一次集中“曝光”罢了。

北京卢沟桥“老乡”以“三居室住房一套、轿车一辆、奖金15万元”吸引来近500名高中级工程师，成立了11家高科技研究所，也就顺理成章、不足为怪了。

请勿以为，把“人”与“市场”联系在一起，是对人的贬损和侮辱，恰恰相反，市场的流动性与竞争性，正是人的价值得以实现的必要条件。

土地，因进入市场而升值——深圳设立之初，村民住房每平方米约合50元。如今，繁华闹市中心，每平方米地价已超过10000元！

股票，因进入市场而升值——上海、深圳发行股票，不可上市之股，购者平平；可上市之股，即使溢价数倍也成为万人争购的抢手货。

有趣的是，市场不但使进入它怀抱里的物品得以“显影”升值，而且施惠于市场的拥有者和它周围的居民，使之得以间接升值。

河北保定，建有一座占地26000平方米、华北地区最大的蔬菜批发市场，既吸引菜农，又方便客商。自此，保定市民吃上了鲜美价廉的蔬菜。菜农们调侃地称保定人是沾了菜场的光，“等于平均涨一级工资”。

就在距此地不远的茫茫绿野中，短短几年间，冒出一座绵延15里的全国最大的箱包市场——白沟。这里，万商云集，人潮如流，每年单停车场收入就达数百万元！因看中这块市场而前来投资的，已有5个国家和地区、11个省市的近100家厂商，仅今年以来，这个小小的集镇已吸引投资4亿多元！

这是一位威严的法官——谁个优，谁个劣，谁应兴旺，谁该衰亡，它将做出公正严厉的最终裁决。

3年前初春，记者曾奉命前往杭州，调查采访西子湖畔出现的一个怪现象：小小杭城，短短几年间，竟然钻出来上百家电冰箱厂！有的街道长不过数百米，竟然接连几家铺面都“生产”电冰箱！而这上百厂家，无一是国家定点企业。虽然有关部门三令五申，层层下达红头文件，令其关闭，但这些工厂仍“抗旨不办”，顽强生存。

原因，说来也很简单——市场上电冰箱紧缺，受利益驱动，富有敲敲打打小手工业传统的杭城，“叮叮当当”，组装起了各式各样的电冰箱。

此事究竟如何处理？国家宏观调控部门道道金牌，严催紧逼；地方政府部门在半是同情半是无奈的尴尬处境中，不得不一次次采取行动；一些新闻媒介聚焦热点开展系列报道，进行专题讨论……

最后结果，倒也干脆利落——因电冰箱供大于求，市场疲软，全国各地缺乏竞争力的冰箱厂纷纷不战而败，杭州这上百家冰箱厂也在短短时间内销声匿迹，落得个“白茫茫大地真干净”。

何故？市场法官做出威严无情的最终判决也！

一个与之相映成趣的电冰箱故事，出在广东。

广东顺德乡下，有一家小小的机修厂，造过机耕船，做过钢木家具，生产过电饭锅。后来，在全国“电冰箱热”中，他们也按捺不住，上马生产电冰箱。

毫无疑问，这种没有“准生证”的乡镇电冰箱生产厂，当在国家限制之列。厂领导认准了电冰箱在中国大有市场。没有“准生证”有啥要紧？只要把丑小鸭养成白天鹅，扑棱棱展翅高飞，看谁能阻挡得住！

咬定青山不放松。工厂一面加大投资上规模，使年产从 2 万台到 32 万台再到 48 万台——全国规模最大，产销量最大，自然，规模效益在全国也就夺了第一。

接着，工厂又打出“产品质量”和“售后服务”两张牌。产品合格率不是 99% 而几乎达到 100%；冰箱售出，即为顾客建立电脑档案，随叫随到，周到热情。

就这样，这家乡镇企业先后晋升为国家二级企业、一级企业，容声冰箱连获国家银奖、国家金奖。

市场接纳了容声。“黑孩子”不但顽强生存，而且天性活泼，身高体壮！

有意思的是，国家有关部门终于点头认账，补发了“户口”，使得“容声”成了中国“最后一家电冰箱定点厂”。

更有意思的是，在国家第一批发给“准生证”的“定点厂”中，已有若干厂家因市场不予接纳而先后撒手离开人世。

经济专家喜欢形象地把市场称为“无形的手”。

自然，政府部门的计划就叫作“有形的手”了。

“无形的手”和“有形的手”较起劲来，究竟谁的力量更大呢？

青岛双星集团总经理汪海对此大概体会最深。1983 年，双星的前身——青岛橡胶九厂 200 万双解放鞋堆积库房，无人问津。

怎么办？工厂一次次向上级提出“自销”要求。然而，掌握着产品计划销售大权的商业部门却不准工厂“越雷池一步”，甚至派出驻厂员，监督企业严格执行国家计划，必须通过商业部门“统一销售”。

计划没有希望，只有从市场寻找出路了！汪海带领一帮年轻人，数九寒天，背着鞋子悄悄出了门，走村串乡，南征北战，不但销出大部分产品，而且摸清了市场信息。工厂大胆摒弃 30 年一贯制的“解放鞋”，先后生产出 35 个系列、300 多个品种、1000 多个花色的各种鞋。

“无形的手”助双星一臂之力。时至今日，工厂已发展成产值 2.55 亿元、实现利税 3000 余万元的全国最大的制鞋集团！

这是一架精密的天平——孰轻孰重，它自会称量；该添该减，它助你平衡。

在全国城市水产品中，广州的鱼是最早放开，最早走入市场的。

因此，它那波浪起伏的曲线，也在广州人乃至全国人民心中画上了一道印象深刻的轨迹。

鱼价虽低，有市无货——这是鱼价放开前的普遍状况。人们安之若素，无可奈何。

鱼价放开，贵得惊人——此时之鱼价，因供需缺口极大而急剧上扬，人们议论纷纷，啧有烦言。鱼价诱人，养鱼者众——鱼价升而农人喜，郊区农民纷纷挖塘蓄水，大养其鱼。

鲜鱼入市，鱼价下跌——从鱼少到鱼多，从价高到价低，不过短短一两年时间，“无形的手”端的厉害。当此时也，“农民有利，市民有鱼，政府省心”，真可谓名副其实“三得利”矣。

“广州鱼”的故事给我们的启迪是深刻的也是深远的。它大概可以作为中国必须走上市场经济之路的一页基本教材。

哪里管得最死，哪里物品就紧缺；愈是紧缺，愈要管住；管得愈紧，愈是紧缺——这是一条愈走愈窄的死胡同。

哪里放得最开，哪里物品就丰富；愈是放开，物品愈是丰富；愈是丰富，愈是无须管死而更加放开——这是一条良性循环的康庄之路。

例证，似乎不用多举了。看看我们周围那琳琅满目的市场，回忆回忆过去那票证满天飞的窘迫日子，体味体味如今这有钱什么都能买到的惬意生活吧。

说起市场这架天平的称量功能和平衡功能，马玉山“捣蛋”的故事，颇饶趣味。

马玉山，京郊平谷县夏各庄乡一介农夫也。此人现年37岁，当过兵，养过鸡，任职本乡养鸡场场长。

且说这一年，平谷县鸡生蛋蛋变鸡，鸡蛋多得吃不完也卖不完。头脑活络的马玉山得知天津鸡蛋少价格高，于是组织一帮“捣蛋”部队，直奔天津！

天津一役初战告捷。未过多久，天津鸡多了蛋也多了，马玉山立即率领部队转战沈阳。当地蛋价4.4元一公斤，“捣蛋”部队挂出的牌子只要3.2元；紧接着，他们又奔鞍山、下大连，直逼北国边城黑河市和齐齐哈尔……

3年中，马部“捣蛋”部队将500多万公斤鸡蛋送上东北人的餐桌，使东北人一边吃蛋一边加紧养鸡生蛋。东北鸡多了蛋多了，马玉山又率部南下直插武汉，在这里打出一个个漂亮的“价格差”……

马玉山“捣蛋”的故事上了《人民日报》头版，人们阅读之余不由沉思：是一种什么力量引导和把握着这支“捣蛋”部队，使他们南征北战，足迹遍及120多个大中城市而屡屡告捷，百战不殆呢？

这是历史的必然选择——从“计划经济为主，市场调节为辅”到“有计划商品经济”再到“社会主义市场经济”，我们终于登上辉煌的第三级台阶。

市场这个尤物，似乎天生就活蹦乱跳，让人捉摸不透它究竟是“天使”还是“魔鬼”，究竟弊大于利还是功大于过。

且看它使起坏来那副模样以及它身上那明显的缺点和毛病吧。

——它经常神经过敏，大呼小叫。一旦供求关系和物价稍稍出现波动，它就立即尖声向外界发出信号。此信号经过层层传递，到达生产者耳中时，往往已经滞后；而生产者接到信号后，其对策往往又因利益关系而互相保密。于是，供不应求时一哄而起，“热”得浑身冒汗；供大于求时一哄而散，“冷”得直打摆子。其直接后果是经济的震荡和波动。

——它功利心极强，看重的是眼前利益。市场因其特有的“即时交换，即时兑现”的功利性而常常不顾及长远利益和全局利益，它的信条是“大利大干，小利小干，无利不干”。譬如，受市场驱动，人们对公有资源（如鱼虾、矿产等）往往出现过度捕捞和掠夺，大家只问产出，谁也不愿投入。又如，单个厂家为节约企业费用而排放污水污物，致使社会和其他企业不得不付出更大费用。

——它肚量狭窄，生性排他而很难容人。市场的优点是展开竞争，汰劣留良，由此而促进企业提高效益，社会繁荣进步，但发展到极端，则又会导致市场垄断，个别企业最终以其垄断地位而扭曲价格，控制生产，获取高额利润，这又反过来阻碍了企业提高效益和社会繁荣进步。

大概正是基于市场的这些天生的几乎难以改掉的弊病，社会主义国家在掌握政权之后，大都吸取资本主义国家发展之初经济震荡的教训，改而寻找另一条道路——用计划去指导一切，统率一切，调度一切。

从理论上推导，计划经济几乎是完美周密，无懈可击的：什么都事前计划得好好的，按部就班，既不多，也不少，既不冷，也不热，没有波动，没有浪费，那将创造出多么巨大的生产力！那将是一幅多么令人振奋的理想画图！

然而，实践总是冒出来同我们闹别扭。且不说一个国家的经济实在是太繁复太庞杂变化实在莫测，就是借助任何超级电脑，也难以做出准确预测和规划；即使做出了严密的计划，计划愈是严密愈是周全，恰恰又愈是束缚了执行者的创造性和积极性。既然一切都“计划”好了，既包原材料又包产品销售，企业厂长和职工还需要干什么呢？其结果当然也同农民何时下种何时收割都由“计划”统起来一样可悲而可笑了。

如果说起始于1978年冬的中国改革是以农村联产承包、打破“计划”的一统天下拉开帷幕的话，继之而起的城市改革则以向企业“放权让利”显示出了向传统计划体制开刀的端倪。从那时起，市场开始抖落蒙在身上的尘垢，翩然起舞，小荷初露。

人们渐渐发现，愈是向市场靠拢，经济愈活，市场商品愈是丰富。工业产品90%走入市场、农产品几乎全部进入市场的广东，便是一个活鲜鲜的例证。

人们渐渐发现，愈是向市场靠拢，困扰我们多年的经济难题，愈是容易得以解决。连续几年农业总产值居全国首位的山东，多年没有听到“卖难”的呼声，原因就是那里已经建立起了遍布城乡的906处农副产品批发市场和6327处集贸市场。

人们渐渐发现，市场固有的弊端，完全可以通过政府必要的干预调控而得以减弱。“西方国家也有计划调控”已经不再成为新闻，而经济理论研究者和政府管理人员正把它作为研究、消化、借鉴的新课题。

历史，正如一幅色彩斑斓的巨幅油画，有时是需要站开一定距离才能窥其全貌，领略其妙谛的。

党的十一届三中全会，宣告了中国开始告别“计划经济”，走上改革之路。

党的十二大，提出了“计划经济为主，市场调节为辅”的经济改革模式。

党的十三大，创立了“社会主义初级阶段”和“社会主义商品经济”的理论。

……

我们在“市场取向”的改革路上，一步一步，稳扎稳打，不断推进。

我们正一步步接近真理，走向成熟。

我们，渐入佳境。

党的十四大，这个万众瞩目、举国企盼的盛大节日，将会给改革十四载的中国人民献上一份什么样的理论厚礼呢？

“社会主义市场经济”——这已是呼之欲出，早已躁动于母腹之中就要呱呱坠地的婴儿了。

这是历史的合乎逻辑而又无可回避的选择。

市场不是万能的。

没有市场是万万不能的。

125年前，卡尔·马克思在《资本论》正文前，曾撰有一篇“初版的序”。让我们以此序最后那一句耐人寻味的话，作为本文的结束——

走自己的路，让人家去说吧！

我为什么不愿当市长

1992 年初春，我到河北保定挂职，担任副市长。

到保定后，市里安排我住市长办公楼第八层，一间非常宽大的办公室。屋角，围出一方天地，安放一张小床，每天上班、睡觉，全在这里。

工作还算顺利，市长也很热情，对我比较照顾，为我配桑塔纳轿车一辆，司机一名，司机名叫刘保柱。我们一见如故，很快成了朋友。

我的任务，是专门协助另一位副市长，他有什么事情忙不过来，便交由我去办。我将自己定位为“副市长助理”。

大家心里都清楚，我在保定是干不长的，体验一年或者两年，便要回去。所以，不可能将具体繁重的工作，交由我这“副市长”去管。

干了一年多，大约 1993 年春吧，有消息说，我们可能要回去了。市长周德满见了我说，小詹市长呀，你们挂职，就要期满了，是想继续干呢，还是回北京？

我说谢谢周市长，我愿意回北京。

为啥不愿留下来呀詹市长？一些平时和我比较谈得来的朋友私下劝我，像你这种情况：一、副市长中年纪最轻，四十刚出头；二、有中央单位工作经历；三、为人实诚，人缘关系不错；四、笔头子硬，善于写文章，还会出点子。就凭这几条，继续干下去，肯定有优势，很有发展前途！

这些道理，我也明白，也曾反复琢磨，但此时萦绕脑子里的就一个问题：人这一辈子，到底图的什么？打算干些什么？

如果继续挂职，照这条路走下去，毫无疑问，那就踏上仕途，一辈子走“当官”之路了。

当官好不好呢？

当然好，普天之下，谁不愿意当官呢？不但要当，当了小官，还想当大官呢。

然而，对我来说，却不一定。

因为，根据这四十多年养成的“三观”，即世界观、人生观和价值观，我发现，自己已经不太适应当官。

首先，最大的不适应，是感觉浪费时间。

记得刚到保定不久，参加一市长办公会。除市长、副市长外，还有秘书长、副秘书长、各分管科长，以及相关部门的局长、副局长，有二三十人，一个会议室，坐得满满的。

讨论什么事呢？讨论如何扶持一家企业，给予财政补贴。

首先，由下面主办人员汇报情况。接着，局长谈初步意见。在分管副市长谈了个人看法后，其他副市长分别发表意见……最后，由市长讲话，谈他的意见。

原本以为，这就差不多，应该散会了。然而不！那位局长又开始发言，谈学习市长讲话的体会，以及据此讲话精神，对补贴方案的初步调整意见。

分管副市长和各位副市长，再次发表意见……

会议从早8点一直开到中午12点多，市长总结发言完毕，已是下午1点半。

到了食堂，一边吃饭，我一边想，这大半天，大家到底忙些什么呢？于我而言，无非是当了半天旁听生。其他与会人员，包括那些副市长们，不也就是发表发表个人意见，走走过场而已吗？

其实，市长对于此事，早已胸有成竹。倘若不开市长办公会，而是草拟一份请示，由局里和分管副市长签署意见，再由市长做出批示，交到其他副市长那里，顶多再画画圈，问题不也照样可以解决，而且，解决得更简单更快捷吗？这不大大提高效率，不再浪费大家时间了吗？

我以为我的想法很有道理，便与我“协助”的那位王副市长交换意见。副市长意味深长地看着我，笑笑说，詹市长啊，你刚从北京下来，不太熟悉基层情况……嘿嘿，嘿嘿！

我也笑笑，无言以对。

除开会外，平时下去考察，也是一大帮人。到了企业，先到车间转转，听听汇报，市长或副市长当场做一些原则性的听上去完全正确却不一定管用的指示。大家再到会议室，都坐下来，企业再汇报一遍，市长再指示一遍。

市长讲话时，会议室里，人人掏出笔记本，认真记着，还时不时若有所思地抬头看看市长，表示心领神会，继续埋头记笔记……

真是在记录吗，记些什么呢？只有天晓得。

真有什么用吗？我认为没什么用。

然而，大家都这么认认真真地陪着、走着、看着、记着……这就是市长副市长们的一部分日常工作。对于这样的工作，说实话，我真有些不适应。

我认为没有必要，是白白浪费时间。

当时我就暗暗告诫自己，老詹哪老詹，倘若今后你也吃这碗饭，这样的事情，将会占用你生命的大半时间，你愿意吗？

我不愿意。真不愿意。

其次，机关内部关系，确实比较复杂。

政府机关里，谁是谁的人啦，谁又和省里某某领导关系密切啦……我这个局外人，虽然也听过一些，但并不感兴趣，也记不住，只隐隐约约感觉，机关里的关系，确实有些复杂。

有的地方，还会形成一些小圈子，似隐似现。关键时刻，进了圈子和没有进圈子，好像还真不一样。所谓“进班子不如进圈子”，一度是民间流行的一种说法。

假如我留下来，我是不可能当然也不愿意去适应这种复杂关系的。

最后，机关工作，干好干坏，缺乏量化指标，很难说得清楚。

记得当时机关就流行这么一句顺口溜：说你行你就行不行也行；说不行就不行行也不行。横批：不服不行。

如此环境，和报社一比，孰优孰劣，高下立见。在报社，编辑记者干得好不好，非常简单，也很明显，一句话：报纸上见。因为公开，所以比较公正和公平。

回想1982年初我被分到经济日报社（时为中国财贸报社）后，短短十年时间，为啥职称破格升到了正高，职务很快到了部主任，都非常自然，相当顺利，上上下下，也都比较认同呢？不就因为你的文章写得好，能力比较强，为人也不错，大家一眼就能看出来吗？

倘若在机关，能是这样吗？

以上这些，便是我喜欢在新闻单位而不愿意当市长的原因。

我心里清楚，不是我不愿意，而是我不适应。

思前想后，挂职期满，我毫不犹豫回到了北京。

从此，在新闻单位一干几十年，直到退休。

老詹，你后悔过吗？有人曾经问我。

不后悔，一点不后悔。我说，这是我人生路上一次非常正确的选择。

第一板斧：把收入搞上去

人说，经历就是财富。老詹年逾七旬，经历还算丰富。

是不是财富呢？那就很难说啦。即便算是财富，你自个儿埋在心里，别人一无所知，发挥不了作用，能算是财富吗？恐怕不能。

所以，我得把这些所谓的财富，慢慢挖掘出来，为他人参考，为社会所用，让它真真正正成为一笔财富。

于是，想到了写回忆。当然，是有意思且有意义的，能够吸引人们阅读，还能给人以启发的那些回忆。

闲话休叙，进入正题，今天说说，我在海外版的第一板斧。

我从来没有想过，会到海外版当总编辑，经济日报社和人民日报海外版，两个单位互不搭界。彼此之间，来往甚少。

2006 年 11 月，一纸调令，我由经济日报社副总编辑，调任人民日报社编委兼海外版总编辑。在这么大一单位当一把手，从未有过，心里很是忐忑，压力山大。很想干得出色一点，漂亮一点，不要辜负领导信任，群众期望。

面对偌大一个摊子，到底从何入手呢？心里实在没底。于是，做了一些调研，分出轻重缓急，第一、第二、第三……

排在首位的是收入！编辑记者反映，工资收入太低，比起人民日报社（这个大院隔壁那个大院），每月收入要少四五百块！这可是大事情！调动人的积极性，可以采用各种手段，但最直接、最能起作用的，就是收入分配。

大道理少讲，您能给多少报酬吧？听着不大好听，然而，就是这么回事儿！员工收入不提高，报纸怎么能办好？

收入为何不高？报社创收不行。口袋里没有钱，难为无米之炊也。

报社创收，总共三块：

广告收入——纸质媒体，重要来源。

国家补贴——外宣媒体，理所当然。

其他经营——小打小闹，不无小补。

先分析广告，查一查历史，最高年份，广告收入将近2000万元。如今呢，刚刚过了千万，原因固然很多，但一个重要原因是广告部主任已经退休。此人在哪里？就住在大院里，每天早晚，喜欢散步。

那天吃过晚饭，老詹也在院里散步，正巧，对面走来一老头，一看很是面善，咦，好像哪里见过？

老头先打招呼，你是，新来的詹总编？

是呀，你是……

我是姚某某。

嘿嘿嘿嘿，正好正好，正是那位刚退休的广告部主任！

好嘛，二人一见如故，好一通神聊！绕着院子，走了一圈又一圈，天已经黑了，还没有聊够！

就在当月，老姚被正式返聘，全面主持海外版广告业务工作！有什么事情，可以直接向总编辑汇报。

就在当年，广告收入超过 1500 万元！

老詹深深体会到，关键的关键，还在人才。顺便体会到，当一把手挺有意思的，你想干成一件事情，就能干成一件事情！

广告虽是大头，还有更大头——国家财政补贴。

任何国家，凡外宣媒体，没有不补贴的。然而，海外版从开办之初到现在，已经整整 20 年，从来没有增加过！这咋个行嘛！当年那点补贴，如今怎么够花？没人向上反映吗？当然有，每一任总编辑都会向上反映，人来过了，饭也吃了，愿望表达得已经非常强烈，够清楚的了！然而，石头投进水塘里，波澜不惊，泡也没冒一个！

啥原因呢？我得调查清楚！

请来财务人员，还有一些老人，大家坐下，一条一条分析，没有增加补贴，到底是啥原因？要想增加补贴，究竟从何着手？情况摸清楚，心里就有底了。

第一步，将财政部文教司分管工作人员请来，前前后后，左左右右，详详细细，实实在在，一条一条，把海外版碰到的难题，掰开揉碎，讲得清清楚楚、明明白白，说到激动处，老詹眼眶发红，声音发哽！

哦，想不到会是这样！工作人员是位年轻姑娘，参加工作刚没几年，不由感慨，詹总，我从来没有想过你这么大的部级干部，会正经八百地，如此谦虚、如此真诚地向我们沟通情况、汇报工作，非常感动，真的，非常感动！回去以后，一定向领导汇报，请他们来这里了解真实情况，找出一个切实可行的解决办法。

此后，一个一个地去汇报，一个一个地来调研，思想沟通了，问题清楚了，解决问题的办法也就出来了。

我将以上情况向人民日报社社长王晨做了详细汇报。社长说，以人民日报社名义，向财政部打报告！就由你来起草，小詹！写得详细点，扎实点，真诚点！

2007年5月，我到海外版担任总编刚好半年，财政部正式下发通知，自本年度起，每年给人民日报海外版增加补贴3000万元！

广告收入大大增加了，国家补贴大大增加了，总计200名员工的海外版，办好报纸的信心，大大增强了！

提高员工收入，是顺理成章之事，不成问题的问题！

事后有人议论，这个老詹，看不出来，不简单哪，上面肯定有人，不是一般的人！

传到我耳朵里，不由一乐，微微一笑，未做任何回答。

第二板斧：把报纸办精彩

至今难忘，到海外版第一天。上午报到，当晚就去上夜班。2006 年初冬，京城天气还有点儿冷，我的心里，却像燃着一团火！

当天晚上，由副总编辑刘国昌主持夜班，大家紧张忙碌着，各司其职，有条不紊……

詹总，各版都差不多了，请你再把把关吧！国昌将四个版的版面交了过来。

夜班十几双眼睛，齐刷刷盯住了我。老詹不认识他们，他们也不认识老詹。一个刚从经济日报社调来的总编，到底有多大本事？从他们眼中，我读出了这个。

我将版面在桌上铺开，沉吟着，思索着……内容几乎没怎么看，最关注的是标题，从国昌手中接过笔来，我将能够改的标题逐一修改，或大改，或小改……

国昌，你看如何？

大伙儿全围了过来，都想看看，新总编到底改得怎样。

第二天，国昌告诉我：詹总，大家服了！服了什么？服了你的水平呀！你改的标题，大伙儿看完，没得话说，都竖大拇哥！

在报社工作，就有这好处，谁行谁不行，到底几斤几两，写篇文章，改个标题，全体现出来了！然而，要把一张报纸办得生龙活虎、异彩纷呈，可不像改标题那么容易！

报纸要办精彩，先从一版改起！这是报纸的客厅，海外版的门面。客厅要宽敞，门面要清爽。先把“大新闻”大大地压缩！所谓“大新闻”，就是头天中央领导出席的各种活动，以及他们的讲话……除了特别重要的，一般活动只出小标题。

因为，真关心这些的读者，早从电视广播中知道了，第二天清晨，报纸再黑压压发一大片，有什么用？谁还会看？

压缩了“大新闻”，腾出来地方给“小新闻”。所谓“小新闻”，就是来自基层活蹦乱跳的新闻。

透过“小新闻”，看到“大世界”。世界，总是由一个一个细胞构成，看到了细胞，就看到了世界。海外版一版，理应让海外同胞看到一个真实的、鲜活的，正呼吸着、奔跑着的中国。

改完一版，再改二版。

过去的二版，叫作“要闻版”，其实就是把一版那些被“大新闻”挤下来的新闻凑在一起，看来看去，既没有新闻性，也没有啥意思。

这怎么行，必须得改！

怎么改呢？版名先改了——就叫《神州速览》！一听这名儿，

读者就晓得，这是要把头天全国发生的重要新闻，一网打尽！

没错，只要在报纸付印之前，全国发生的所有有意思的、读者感兴趣的新闻，甭管它是新华社的、其他报纸的，还是电视台的、电台的……统统找来，取其精华，放到二版。读者打开二版，昨日发生之事几乎一览无余！这多么省事，多节约时间！

除了抓新闻，还得抓特色。

海外版特色何在？征求海外读者意见，他们说，宏观、中观新闻，海外版都有了，而且很多很多，一打开就是全中国如何如何，某产业如何如何……能不能让我们海外同胞看到国内更微观的东西呢？比如看到老百姓日常的具体生活，那些真实的、看得见摸得着的中国民众的生活！

这个主意好，马上就落实！正值春节前夕，一小青年请假回河南老家。我说好呀，回去看看爹妈。这次你回家，报社给报销！但有一个条件，你先到北京西站，找一河南老乡，就在北京打工的，陪同他们一起回家！而且看完你自己的爹妈，还得抽空同他们一家过过春节。过完春节，再一起回来。回来以后，把所见所闻，真实地、不夸张地、不美化地仔仔细细写出来！

春节过后，小伙子回来了。他很是兴奋，交给我一篇稿子，将近一万字，而且配有图片。我立即看完，也非常兴奋！这不就是实实在在、真真切切的中国农村和农民的生活图景吗？完全白描，非常生动，相当真实！

我看得眼眶湿润，受到深深触动！

我给取了一个标题——《跟随农民工回家过年》。文章发在四版，配上彩色图片。请来资深编辑，精心设计版面。我们给这个特殊版面取了一个名字叫《微观中国》。

《微观中国》自此一炮打响！海外好评如潮自不必说，就是隔壁“大报”那些年轻记者，也是羡慕不已。嚯，一个毕业没两年的大学生，竟然一个人发了这么一个整版，8000字的大通讯哪！海外版，真牛！

自那以后，《微观中国》一发而不可收！前来请战的年轻人，几乎在我门口排起了队：

——老詹，我想去北京工地写农民工！

——老詹，我打算去农村跟着麦客收麦！

——我想去临终关怀医院写写那些老人！

——我想去秀水街服装市场练摊儿！

——我想去海航当空姐！

……

一篇一篇，带着泥土芬芳的文字，配上彩色图片，出现在海外版第四版《微观中国》。人们在这里看到了真实的、具体的、虽不完美但很可爱的中国！

有一件小事，让我十分感动。那天，我正在食堂吃饭，两位年轻人来到桌前，兴奋而羞涩地递给我一包喜糖，詹总，谢谢你，你是我们的红娘！

原来，小伙子曾被派往新疆，与收棉农民吃住一起，收了整整一个月棉花！《我在新疆收棉花》发表后，不但广获好评，而且俘获了一位姑娘的芳心！两人都在海外版，却是相逢不相识。

一篇文章牵红线，自此相爱结良缘。

办报故事，还有许多，说得太多，难免啰唆。再讲一个“总编辑奖”的故事吧。

一个单位，干多干少一个样，干好干坏一个样，这是不行的，肯定不行！长此以往，会挫伤上进者的积极性，甚至出现“劣币驱逐良币”的乱象。

怎么办呢？必须在评奖上做文章！

每天清晨，我到报社后的第一件事就是打开报纸，将文章从头到尾浏览一遍，看到好的文章，上面画一颗星，或者两颗星、三颗星……直至五颗星！

再看版面，同样，可以画上一星、二星、三星……五星！

上午10点，总编室取走报纸。中午11点，当日的“总编辑奖”在一楼大厅张榜公布！凡获奖者，一颗星，奖励100元！两颗星，奖励200元！……当天兑现，到财务处领取真金白银。

那位写《跟随农民工回家过年》的小伙子，因获五颗星，获奖500元！就在同一天，那位因为版面做得精心、做得漂亮的编辑，也获五颗星，被奖励500元！

我晓得，可能有人会不服气，哎哟，怎么，就凭老詹一人说了算？由他决定谁能得几星，太武断了吧？

于是，在一次编辑部大会上，我说，关于总编辑奖，我得强调一下，一张报纸，就是总编辑的面孔；一篇文章，总编辑说好，那就确实好，因为，他是总编辑！

自此，大家再无意见。

回忆起在海外版办报的日子，心潮澎湃，不由得还有些激动！

那是我一生中最兴奋、最富有激情，也最有成就感的日子！

老詹嘛，其实就是一报人。办报，是我的最爱！

第三板斧：让发行量翻番

2008 年，我到海外版第三年，报纸发行量翻了两番，从 5 万份递增到 20 万份！

这是我万万没有想到的。

发行量是如何实现超常增长的呢？这得先从海外版的读者对象说起。

海外版读者对象到底是谁？刚到海外版，我就询问发行部。

5000 万海外华人华侨呗！

就这些人，没别的了吗？

没有了！这么多年，我们的读者对象一直没变。

我不大相信，也很不甘心！通过调研分析，我将海外版读者对象重新定位为“四个 5”：

——5000 万海外华人华侨；

——5000 万学中文的外国人；

——50 万海外中资企业员工；

——50 万海外留学生。

有了这四个 5，办起报纸来，心中就更加有数，报纸也更有针对性了。

“提高收入”“办好报纸”这两板斧相继出手后，我在海外版的第三板斧，砍向了“增发行量”。

为了摸清发行底数、探寻增长途径，2007 年初夏，我与发行部外联部负责人一起，开始了为期十余天的海外调研考察。通过调研，我们发现，在海外，只要当地华人较多，达到上万人、数万人，甚至数十万人，他们就一定会办报纸！这是华人传递信息、相互交流、增强凝聚力的重要手段。有的地方，甚至办了好几份报纸！

可不可以同这些华人报纸合作呢?

当然可以啦！外联部小陈告诉我，印度尼西亚有位熊老板，在雅加达办了一份《人民日报海外版·印尼版》，发行量相当可观呢。不过，其前提是必须有实力。熊老板既办报纸，又办实业，以实业养报业。其他地方，很难效仿这种模式。

难道不可以找到其他合作方式吗?我不大相信，也很不甘心！反复琢磨，我们决定尝试一种全新的不花钱的合作办报模式。这种模式，分两步走。

第一步，请驻外使馆在当地华人报纸中推荐一两家可以合作的报纸，筛选条件有三：其一，得爱国；其二，有实力；其三，愿合作。

第二步，筛选出可以合作的报纸后，与之谈判，谈判前提是，双方虽然合作办报，但在经济上各自核算，互不投入。这种模式能否行得通呢？

日本，是我们探索办报新模式的首站。抵达东京第二天，我们见到了大使馆推荐的华人报社社长，一位沉稳干练的女士，在东京街头一家烧烤店，大家边吃边聊。

我问社长，你们既然办的是华人报纸，国内新闻肯定是必不可少的内容吧？社长说，是呀是呀，不但必须有，而且还得放在重要版面！

过去，你们这些内容是从哪里来的呢？

新华社啦，《人民日报》啦，中央电视台啦……都是转载的啦！

我说，那好，现在不用了！我们《人民日报海外版》，愿意为你们提供国内新闻！你晓得，海外版是专门办给海外同胞看的，我们的内容，既精彩，又有趣，还有针对性，非常适合你们的报纸刊出！

是吗？社长非常高兴，专为我们供稿？那简直太好啦！有什么要求吗？要求有两条，比较简单，其一，只能做减法，不能做加法。我们的内容，你们尽管拿去用，但是，只可以删节，不可以添加。其二，转载的内容，编为 4 个版（或 8 个版），加上《人民日报海外版 · 日本周刊》刊头。

社长说，这两个条件，当然没问题！不过，既然是合作办海外版周刊，能不能给点好处呢？

好处嘛，当然有，但不是经济上的。经济方面，我们已经说得很清楚了，双方互不投入，免生纠葛。我们给你们的，是政治上的好处，一个大大的好处！

是吗？社长睁大了眼睛。

签订协议以后，我们就是合作伙伴了，你们的名片，可以印上“《人民日报海外版》合作伙伴”的字样。这样，将会大大提高你们的社会地位！

真的吗，太好了！

社长大喜过望，太好了，简直太好了！

谈判非常顺利，两家媒体，正式合作。

此后，每逢周日晚上，合作伙伴会将他们刊出的《人民日报海外版·日本周刊》小样电传北京，报社当日值班副总编辑签发后，电传回去。第二天，《人民日报海外版·日本周刊》4个版（或者8个版）在日本公开发行！

这次成功合作，让我想了很多。

什么叫市场经济呢？就是，你有资源，我也有资源，尚未交换之前，资源不会增值，一加一只能等于二。但是，当找到一种合适方式，可以用你的资源交换我的资源时，一加一就会大于二，甚至大于三、大于四！

这其中的关键是，有没有发现各自优势，有没有找到彼此有利的交换方式。

这种合作模式，我们概括为八个字：借船出海，合作双赢。亦可概括为四句话：彼此权责分明，没有经济纠葛。双方各取其长，携手实现合作。

日本周刊推出后，我们又相继推出了意大利周刊、匈牙利周刊、奥地利周刊、英国周刊……这些周刊，全部刊载《人民日报海外版》的内容，都标有《人民日报海外版·某某周刊》刊头。其发行量，当然也就被计入了海外版总发行量。

为什么海外版发行量能够如此迅速地超常增长？全部奥秘，就在于此。

当发行量超过 20 万份，翻了两番以后，我向人民日报社社长王晨做了详细汇报。

王晨说，好呀小詹，你们还真有办法！

此后不久，人民日报社向中央做了专题汇报。中央分管常委和政治局委员分别做出批示，对海外版“借船出海，合作双赢”的做法，充分肯定，大加赞扬。

我怎么当上了全国政协委员

每年 3 月，京城都开两会。每逢两会，心情便很激动。

毕竟，全国两会，对于我，有着特殊意义。

还记得，那年两会，我成了全国政协委员。说起此事，有段故事。

2006 年底，我由经济日报社调入人民日报社，担任海外版总编辑。这是老詹头一回在一家报纸担任“一把手”，既非常激动，又有些不安。

激动的是，上级把这么一家“中共中央机关报”的海外版交给我，由我独当一面，舆论导向、日常经营，各种业务都要我来拍板，做出决断。这对于我，既是一副担子，也是一种信任，骤然担此重任，心中能不激动乎？

不安的是，当报纸一把手，还是第一次。过去在经济日报社，我虽然干过部主任、编委、副总编辑，但毕竟上面还有领导。我的任务，主要就是完成任务，用不着自己动太多脑筋，也不用负太大责任。如今，一张独立报纸，二百多号人马，吃喝拉撒，工资奖金，报纸盈亏，全都由我负责，这个压力，确实有点大。

好在，虽说我在海外版是总编辑、一把手，但是在人民日报社这个大家庭，我只是领导班子成员之一。班长王晨，人民日报社社长；副班长张研农，人民日报社总编辑。班子里面还有副社长何崇元，副总编辑米博华、陈俊生、杨振武等诸位同人。举凡大的事情，总要召开编委会，由大家商议，共同决策。而老詹我，不过是编委成员之一，负责海外版这一摊而已。重大事项，倘若拿不定主意，不还有班长、副班长及编委会其他成员吗？

长话短说，我到海外版之后，一边调研，一边干活，一边实践，一边思索，事情倒也出乎意料地顺利。而且，作为单位一把手，想干什么事情，几乎就能干成什么事情，如此体验，从未有过，确实比较过瘾，相当痛快。

举例说吧，为办好报纸，鼓励大家多写好稿，多编好版，我提议，每天评选“总编辑奖”。这个奖，不必请专家学者，也不由大家投票，就由总编辑决定。每天清晨，我把各个版浏览一遍，看到好的报道，在上面画上一星、二星、三星……好的版面，也标上一星、二星、三星……交到办公室后，当天中午，便在大厅张榜贴出。一颗星就是100块钱，当天即可兑现！记者编辑只要弄出好的稿子、漂亮版面，一次拿个两三百元，甚至四五百元，一点问题没有！

如此评总编辑奖，究竟行不行呢？大家皆曰可行。因为，稿子好不好，版面优不优，九九归一，还得由总编辑说了算。总编辑认为好，那就确实是好！否则上级怎么会派他来当总编辑？如此评奖，省了许多麻烦，效率大大提高。

到海外版后，听到海外读者反映，报纸宏观报道太多，具体生动事例太少，给人以雾里看花之感。于是我建议开设《微观中国》专版，专门详细报道基层发生的真实故事，《跟随农民工回家过年》《跟着麦客去收麦》《我在工地当民工》《我在新疆收棉花》《我在海航当空姐》……一篇篇纪实性体验文章，配上图片，生动精彩，很受读者喜爱。

类似例子，还有不少。记得到海外版不久，遇到一位原报社同事，问我有何体会。我说，当总编辑以后，感觉浑身使不完的劲儿。这可能是我一生中干得最卖力、最有成就感、最舒心的一段岁月！

转眼到了 2007 年，好像是个初秋，编委会开会，社长王晨说，明年，人大、政协就要换届，上级给了报社人大、政协共三个名额。刚退下的两位副总编辑梁衡和江绍高，一人到人大，一人到政协。剩下一个政协委员名额，就从编委成员中产生。这样，大家来个无记名投票吧，看看谁去比较合适。说着，秘书已将选票发至每人手中。结果，在编委会中排名最后、资格最浅的我，被大家推举为下届全国政协委员！

这个结果，让我感到意外。大家为何选我？冷静分析，原因可能是，编委成员中，我的年纪最大，时年已经 58 岁，如果此届不当，到了下一届，已经超过 63 岁，那就更不可能再当了！

虽说此事顺理成章，但毕竟出乎意料，大家的理解和情谊令我感动。

人这一生，总要与人相处，读书时的同学，工作中的同事，尤其是当了领导后，大家同在一个班子，共事多年，如果班长公正宽容，成员光明磊落，大家就会干得心情舒畅。我所在的那届人民日报社领导班子，社长王晨、总编辑张研农，都是公正能干又宽容的领导，各个成员之间也能相互理解、相互体谅。编委会开会，一般程序是，先发下议事日程，一项一项由编委会成员发表意见，社长王晨最后归纳总结，得出结论。然后，他再将此结论依次征求大家意见，最后形成编委会决议，发文执行。这样一种决策程序，既有民主，又有集中，让我体会到《人民日报》毕竟是中央党报，办报严谨，作风正派。

到了第二年，2008 年春，人大、政协换届，我成为全国政协委员。同年 3 月，我走进人民大会堂，开始履行委员职责。自此以后，当了五年政协委员，又进入全国政协外事委员会。两会闭幕以后，几乎每年都要到地方考察，写出考察报告，提出政策建议，尽自己最大努力，发挥一个委员应该发挥的作用。

这段经历，是我人生中非常宝贵、不可替代的经历，每念及此，便会回想起 2007 年秋那个阳光明媚的下午，那些一同共事的编委会成员。

一个人的“现场直播”

2010年3月5日，十一届全国人大三次会议在首都北京隆重开幕，温总理做政府工作报告。

这是一个不寻常的日子。

7点50分，宾馆集合。

10分钟后，准时出发。

8点30分，到达人民大会堂。

此时，有一人，最紧张，也最忙碌。谁？本人，老詹嘛，政协委员詹国枢先生。

为何紧张，缘何忙碌？

因为，老詹既是政协委员，要与人大代表一起，聆听温总理做政府工作报告，他同时又是“现场直播”记者、编辑兼审稿。老詹打算试试，利用刚刚在人民网开通的微博，将全国人民十分关注的这一庄严时刻，生动地、及时地、不走样地、有特色地，向全国，也向全球同步“现场直播”。

从7点半开始，他就掏出手机，一条一条，直播委员们吃饭、上车、出发，以及沿途所见所闻。

8点32分，刚刚跨进人民大会堂，老詹就播发一条新闻：进入人民大会堂，拿到《政府工作报告》。

8点36分，委员来到二楼，准备进入会场。他又掏出手机，播发新闻，并配评论：

人大在一楼，政协在二楼。咱们是旁听，他们唱主角。分工有不同，何论次与主。心往一处想，劲往一处使。

8点40分，他第一个向全球（是第一个吗？待查）透露了《政府工作报告》的内容：

政府工作报告共分两大部分，一是2009年工作回顾，二是2010年主要任务。共36页，约18000字。

8点47分，他以全球首创（是首创吗？亦待查）的“快板书新闻”形式，播出一条新闻：

铃声再次响起，会议就要开始。大家次第入席，各自寻找位置。我坐最后一排，可以高瞻远瞩。眼光尽览全场，胸怀四海五洲。

稍后一条：见证历史时刻，且待国歌响起。

8点55分，胡锦涛等中央领导同志走上主席台，老詹立即报道：

乐团奏乐，领导入席。全场鼓掌，热烈欢迎。

9点整，大会正式开始。温总理迈着轻松步伐，缓缓走向报告台：

总理做报告，全国都直播。我就甭写了，各位看转播。偶尔有感想，或者有花絮，随手记下来，与大家分享。

……

就这么着，老詹一边听着报告，一边打开手机（铃声静音），随时报道现场花絮及聆听报告的感受。

其中，他曾数次披露总理报告中尚未讲到的内容（这起码比央视直播快半拍吧）：

提前透露几个数字：今年国内生产总值预期增长约8%。城镇新增就业900万人以上。居民消费价格涨幅3%左右。

再透露一条信息：今年将继续实施积极的财政政策和适度宽松的货币政策。

几个“提前透露”，虽然也就比电视现场直播提前十来分钟而已，然而传媒界同人都晓得，这十来分钟可了不得！就是提前一分钟，哪怕只是短短一秒，也属“独家首发”呀！

电视不是大家公认的强势媒体吗？此时此刻，你就有可能打不过我一人单兵独斗的小小手机！

想到此，老詹的自豪感和荣誉感油然而生！

以下现场评论，因为有感而发，还算有点意思：

掌声何时响起？其中大有学问。掌声响起，原因有二：一是内容比较重要，二是声调提高。掌声之掌控，在总理手中。总理认为重要，必然提高声调，代表委员呼应，掌声哗哗响起。大家心灵共振，掌声雷鸣而起！

11点5分，总理报告完毕，走下报告台。老詹紧张有序的“现场直播”，算是告一段落。他从容地一边离场，一边播发了来自人民大会堂的最后一篇稿子：

总理再鞠躬，掌声送总理。

此时，老詹也得赶快收拾收拾，追赶大部队。否则，落后半拍，上不了车，怎么回宾馆！

回到宾馆，真有点累了！想想也是，一边听报告，一边搞直播。既要采写，又得编辑，还配评论，还要审稿……这么多活儿，一个人统统包揽。

而全部播出设备，不过是一部小小手机！

这，在中国乃至世界新闻史上也没有先例吧？

老詹，你是在创造历史呀！

别吹了，要说创造历史，也不过是创造个人新闻生涯的历史而已。

我们每个人、每天不都在创造自己的历史吗？

离开海外版的日子，不由得热泪盈眶

近些日子，心情颇有些不平静。

不是因为不再担任总编辑，而是因为，就要离开海外版，从此不再回来。

曾经朝夕相处三年多的同事们，对老詹的离开，表达了一些让人心情颇有些不能平静的深情厚谊。

一则短信

报社，礼堂，人民日报社干部大会。总编辑吴恒权宣读中央决定：詹国枢同志不再担任人民日报海外版总编辑……宣读完毕，照例，由离职者和新上任者发表离职及就职讲话。老詹发言完毕，坐下未久，突然，手机“呜呜”振动，悄悄拿起，屏幕显示一位年轻编辑发来的短信：“詹总，感谢三年对我的教导和培养，做人，做事，养心。言传身教，如长辈之对子侄，温勉有加，无以为报，此际也道一声‘感恩’……”

一篇博文

干部大会结束，回到办公室，正清理杂物，准备搬家，一位部主任打来电话，詹总，看博客了吗？某某写的，说的您呢。我说还没看呢！于是，上网打开，题目是《真人詹总》。博文开头写道：今天下午开大会，詹总发言，我坐在比较远的地方，以至于有些看不清，但意识里詹总的形象一直很清楚，那就是真人一位……

博文又写道：2007 年初，当时海外版门口的小食堂还没拆。时为光棍的我，每天晚饭都是在那里招呼。有一天，我打了饭刚坐下，就看见詹总进来了，他像回家一样轻车熟路，拿个托盘，打了俩菜，拽出凳子，筷子一竖，开吃起来！我正琢磨着是不是要打个招呼，詹总站起来接电话了。夕阳之下，一手抄兜，身子倍挺……

博文继续写道：很多人都知道詹总和他爱人非常恩爱。我有一次去詹总办公室，敲了一下门就走了进去，走了一半，听见詹总在讲电话，唉，不想听也得听了。具体什么话记不清了，大概是说“今天天气这么好，你也出去走走嘛”，“别老在家待着呀”。语气轻轻的，柔柔的……

博文还写道：詹总对报纸的改革，我有幸参与其中。当民工、下矿井、去成都、做巡警……

一篇寻常文字，朴实无华，一如作者，一位朴实无华、平日与老詹交往不多的小伙子。

博客后面，跟帖不少。一位网上打过交道的人民日报社驻某省分社社长评论道：真汉子，硬汉子，好汉子，老詹也！

一顿便饭

海外版编委会几位同事议论，老詹就要走了，无论如何，咱们得一起吃顿便饭呀！于是，时间定下，就在周五中午。地点也定下，就在报社附近。

参加人员有海外版编委会成员，加上各部门主任，二十来人，代表咱海外版全体员工吧，饭菜简单一点，表表心意就成。

晚餐即将开始，大家正要动筷，发现少了一人，谁呀？正在中央党校进修的某部主任嘛！唉，算了算了，别等了别等了，恐怕来不了啦！话音未落，一汉子急匆匆满头大汗进了门：对不起对不起，来晚了！今天上课，不让请假。好家伙，一下课，撒丫子赶紧打的就往城里赶，花了120块钱，终于没有误事……不行不行，罚酒一杯！大伙儿一阵起哄，詹总，您说怎么办吧？老詹走了过去，搂住这位老弟热烘烘冒着汗水的身子：谢了，谢了，兄弟，什么都甭说了……

一通电话

傍晚，开车回家路上，手机铃声响起，拿起一看，是海外版一位副总编打来的，他办公室就在我隔壁，天天我俩都要碰面："詹总，我正在您的办公室门前。""嗯，是吗，干啥呢？""唉，国枢，你的门开着，里面空空的，再见不着了……”手机一端，声音有点不对，传来隐隐的哽咽。是哽咽吗？是的，分明是的！很小声，但很清晰，我清楚地听到并感受到了！一个男子汉，一个和老詹共事三年多，从来没见眼眶红过的男子汉，声音竟哽咽着！我心里一热，眼眶湿了：好好保重吧，兄弟……

一句感叹

总编室电传室，老詹去传稿子。也许，这是在海外版传的最后一篇稿子吧。值班的是小魏，一位四十出头、非常老实、不爱说话的总编室工人。平时我俩交谈不多，只是曾教他学会了一个小魔术。一根链子和一个小铁环，铁环平放在链子上面，手一松，铁环顺着链子下滑，却并不掉下，半途就被链子给圈住了！道具非常简单，效果却很神奇。

不知何故，小魏近来留了胡子，小小一撮，在下巴上。我说，怎么小魏，留胡子了？小魏说，长疮了，遮一下！接过我手中U盘，慢慢插入电脑，一边操作，一边低声说：“詹总，我能和您换一下年纪就好了。”声音很低沉，说得非常慢，似乎怕我没听见，又重复了一遍，“我们能换一下年纪就好了”。我看见，小魏的眼眶里，竟闪着泪花！

我一时语塞！这是近些天听到最质朴最让人感动的一句话，出自一位工人口中！胸中不由一热，紧紧握住小魏的手，不知说什么好……

只感到，一瞬间，已拥有一切。

在人民日报社干部会上，我说……

按语：2010 年，我年满 61 岁。在人民日报海外版担任总编辑三年多后，按照规定，到龄退休。严格说来，不是退休，是退居二线，不再担任领导职务。在人民日报社干部会上，我上台做了“告别演说”。

昨天，中组部领导找我谈话，问我，退下以后，还有什么要求？

我说，没有任何要求。如果有的话，就两个字，感恩。

感恩，也就是感谢。

首先，我要感谢上级组织和上级领导。2006 年 11 月，组织将我调到人民日报海外版，给了我一个能够在新岗位上继续努力工作的平台，报效国家，报效人民，并将自己的一些办报想法和理念付诸实践。我知道，这样的机会，对于我这样一个当时已经

57 岁半的干部，是非常少见也是很不容易的，所以，自上任那一天起，我心里就已充满感激。

其次，我要感谢人民日报社编委会。感激这样一个以王晨同志为班长的团结向上、作风正派的领导集体，在我初来乍到之时，伸出温暖之手，接纳我、支持我、帮助我。在海外版需要财政支持之时，他们积极为我们向上级申请支持。在海外版干部和人员安排碰到困难时，他们主动为我们分忧解难。尤其令我感动的是，我到海外版之初，因为情况不熟和经验不足而在工作中出现一些失误时，编委会的几乎每个同志都给了我谅解、支持和发自内心的关怀。2007 年底，在我到任不满一年之时，编委会又推荐我担任了全国政协委员，而这，是当时报社班子里仅有的一个名额。

最后，我要感谢人民日报海外版编委会的同事们，以及海外版采编、行政、后勤的同事们。在三年多时间里，是你们，给了我那么多支持、理解和包容。海外版同事们的创业、敬业和乐业精神，他们对海外版这个集体的那种热爱、那种执着、那种努力，时时激励着我、鼓舞着我，使我在海外版的一千多个日日夜夜浑身是劲，乐此不疲，这段时间也成了我生命中最为辉煌、最有活力、最值得留恋也最难以忘怀的岁月。

除了感恩，我还想到两个字：回报。

首先，要回报国家。如今，人虽已经退下来，但我还担任全国政协委员，一定要趁这两年多空闲时间，认认真真做一点调研，实实在在提几个提案，做一名全职的因而也有可能是称职的政协委员。

其次，要回报社会。人虽然退下来，笔可以不闲着，可以写一些有意思、有意义，因而或许也是有益于社会的文字，为社会的文明、民主和进步，贡献自己哪怕有限、哪怕没有多大作用的微薄之力。

最后，要回报家人。人退下来了，正好全心全意，当一个称职的好丈夫、好父亲、好爷爷。用更多的时间、精力和爱心，回报过去因为工作太忙而忽视、亏欠了的家人，尤其是我那默默无闻，一辈子站在我的身后全力支持我的老伴杨乔。

记得三年多前，即 2006 年 12 月 4 日，我来到人民日报社并到海外版任职时，我曾送给自己八个字：团结，正派，务实，廉洁。回头来看，我已经努力去做，也算基本做到了。如今，面临人生又一转折，我将对自己的要求减去一半，再送给自己四个字：感恩，回报。

前些天，我把自己即将退下来的消息告诉老伴时，她非常高兴，竟情不自禁地拥抱了我。老伴说，欢迎加入我们的队伍，可盼到这一天了！

这是老伴一生中给我为数不多的一次拥抱。

我不能辜负了她！

谢谢大家。

退休之乐

老詹退休之日，报社召开大会，老詹坐上讲台，发表退休感言。上午，人民日报社干部大会，老詹讲话一次。下午，海外版员工大会，老詹又讲话一次。同一天内，同一人物，同在人民日报社报告大厅，竟然两次发表“重要讲话”，这在报社历史上，比较罕见。临退之际，突然享此殊荣，焉能不乐？

开完大会，回海外版大楼，守门武警咔地立正，大声问候，詹总好！老詹立即回应，您好您好！心想，赶紧办个出入证吧，不然以后当了百姓，哨兵认不出来，要查证件，岂不尴尬？刚一退下，便得仔细考虑自己退路，焉能不乐？

退下当天，收拾搬家，腾办公室。从海外版大楼，迁至11号楼。同楼办公者，党委、纪检、人事，皆党政要害部门也。隔壁办公者，江总、梁总，皆人民日报原重量级副总编也。推门一看，室内陈设，比原办公室还新，还整洁，办公桌竟然大了整整一圈。出乎意料，焉能不乐？

下午回家，饭菜格外丰盛，似有安慰之意。夫妻对饮，举杯共祝。突然，电视机中，熟悉旋律轰然响起。老伴立即停筷，大声提醒，快看快看，新闻联播！老詹哈哈一笑，从今天起，这个节目，可看可不看了。明天报纸，已经不归你家老公负责！老伴若有所悟，二人继续吃饭，焉能不乐？

夜深人静，手机突然响起。从容打开，慢声问道，喂，您找谁呀？心里非常平静，感觉相当踏实。不似过去那样，大凡电话铃响，心跳立即加速，汗水湿透全身，生怕报纸出事，发生什么差池……正浮想联翩，对方连声道歉，对不起，对不起，我打错了。原来如此，虚惊一场，焉能不乐？

天尚未亮，翻身起床。正穿衣服，老伴问道，想干什么，起这么早？忽然想起，今天已经退休，不必着急上班。于是信口说道，早睡早起，锻炼身体，难道不可以吗？言毕屋内走了几步，返身脱下衣服，悄悄躺下，焉能不乐？

食堂一楼，排队用餐，有人回头，诧异说道，那是詹总？老詹立即点头，是我是我，您好您好！问者再问，詹总，今天不去上面小餐厅吃饭？是的是的，就在这里用膳，物美价廉，蛮好蛮好，这是我的老伴。老伴立即点头，做微笑状，焉能不乐？

恰逢周四，汽车限行，不好再让单位换车，干脆待在家中。清晨，熬小米粥，蒸豆沙包，吃四川泡菜，十分爽口。中午，陪老伴上农贸市场，购得新鲜荠菜，回家剁碎，夫妻双双，同包荠菜馄饨，吃得那叫舒服。下午，干脆外出，餐馆喝粥，猪肝粥、百合粥、莲子粥、菠菜粥，新鲜花样，统统吃遍，喝得肚子滚圆，满意而归，焉能不乐？

退下以后，时有稿约。既然不在任上，说话也就随便，再没条条框框，不妨信马由缰。干脆放弃笔名，不再躲躲藏藏。莫署笔名石川人，干脆就叫詹国枢。已经年逾花甲，这才露出真容。取下面具，坦坦荡荡，焉能不乐？

闲来无事，开始写书。取出封存多日U盘，打开一看，《老詹的幸福秘诀》，赫然映入眼帘。全书序言、第一章、第二章、第三章……细细读来，越读越感兴趣，越读越是兴奋。于是急不可耐，立即开始续写，边写边想，如此好书奇书，这等精彩有趣，倘若摆进书店，读者肯定欢迎，卖个盆满钵满。好呀老詹，宝刀不老，刚一退下，就立新功，焉能不乐？

退下来了，就老老实实待在家里

退居二线以后，不去单位上班，每天优哉游哉，写点文章，买点小菜，非常轻松，相当舒服。然而，这轻松和舒服，并非上天所赐，是自己选择得来。

记得刚退下不久，有朋友找上门来，邀请我担任一家新闻网站总编辑，每天不必坐班，只消对重点稿件把把关即可，高兴了，可以写点评论，既不费力，又有事做，而且是自己十分喜欢的新闻工作，岂非大好事一桩？

我想了想，婉言谢绝。

时隔未久，又有朋友向我推荐，南方某地新办新闻学院，空缺一位牵头人，月薪若干，肯定比当总编高出许多啦。也是不必坐班，每周或者每月，前去指导指导即可，不费事的。

未做多想，仍然婉言谢绝。

之后，还有一些邀请，有的非常诚恳，有的比较急切，开出的条件都非常宽松，待遇也相当优厚。但是，我亦婉言谢绝。

为什么呢，老詹？放着这么好的事情不做，您图什么呢？

有朋友问我。

我说，不图什么，就图个轻松自在、无拘无束，莫要再拿根绳子，把自个儿套住，捆得紧紧的，既很难受，又有压力，那是何苦！

我说的是实话。如果说得文绉绉一点，这就叫作选择放弃。

为什么要选择放弃呢？因为，我晓得，这个世界上从来没有白吃的午餐，天上不会掉馅饼下来。

当了新闻网站老总，你就必须对这家网站负责，哪些话该讲，哪些话不该讲，哪些栏目应该拿掉，哪些内容必须更新……每天没完没了的琐碎事情，一件一件，全等着你呢！你怎么可能没有压力，怎么能够活得轻松？

即使当一个挂名的什么什么院长，你对不对这个学院负责？学校要开设什么学科？应该招收什么学员？培养出来，怎么才能和市场接轨？免得毕业即是失业，既对不起学生，更对不起双鬓斑白的家长……

这一切的一切，不用深想，都是明摆着的。权利和义务，相互对称，不可能你既拿着月薪若干万元，却又东晃晃西晃晃瞎糊弄人，倘若如此，那么我敢肯定，到第二年或者第三年，顶多第四年，人家就会很礼貌地请您走人，绝不会让您再继续挂虚名糊弄人。

当然，我选择放弃，还缘于我的一个基础理论，即人生三阶段论。

我认为，人这一生，可以分为三个阶段。

第一段，20 年，准备阶段。好好学习，天天向上。

第二段，40 年，奋斗阶段。努力拼搏，实现价值。

第三段，20 年，休闲阶段。无拘无束，尽享人生。

老詹好不容易来到了第三段，为什么还要走回头路，还要吭哧吭哧找些担子往身上压，去重复曾经经历过的第二段的生活呢？

秋天不要做春天的事情。这是我悟出的一个道理。

人生际遇，以及由此而决定的人生质量，常常在于你如何选择。曾经看到一本书，书名叫《选择决定一切》。话说得绝对了点，但理确实是这么个理。

我们总是喜欢做加法，不喜欢做减法，喜欢得到，不喜欢失去，喜欢门庭若市，不喜欢冷冷清清……

其实，这不符合辩证法，也不符合事物本来规律。天下好事，怎么可能被你一人占尽？

什么事都是有利有弊。

什么事都得适可而止。

舍得舍得，有所舍，方能有所得。

这些道理，是老了老了，才逐渐明白。

我为什么甘当“码字工匠”

老詹退下以后，既未感到失落，亦不觉得寂寞，整天忙忙叨叨，忙忙叨叨，弄不完的事情，只觉得时间过得太快，老不够用。

忙些什么呢？也没忙什么，就是码字、写文章，还开了一公众号。

老詹呀，六十多奔七十的人了，为啥还要开公众号呢？那可就得要经常更新文章呀，你有那精力吗？

嘿嘿，说起这事，有一故事。

那天，到外地出差，火车上，与同行一总编聊天，说起我正准备出的一本书《感官消费》，如何如何有新意，如何如何开创了一个全新的经济学领域，如何如何将会影响人类的消费生活……

总编被我忽悠，听得津津有味，甚至激动起来，说，老詹哪，既然你有这么精彩一书，为什么不宣传宣传，让更多的人知道，好到时候大家都来买呀？

我请教，怎么宣传？我一退休老头，与人交往不多，手中又没媒体，谁愿替你宣传？

总编说，网络时代，人人都是媒体呀，何不开一公众号，自我宣传呢？

咦，对呀，一语惊醒梦中人！我为什么不开一公众号，自己宣传这本书呢？

说干就干，公众号“老詹聊发少年狂”很快开了张！从我为什么要写这本书，这本书到底说些什么，到全书共分多少章节，主要是些什么内容……一篇一篇，就这么写下来了，发上去了。

刚开张时，读者还不少。曾经的人民日报海外版总编老詹，退而不休，竟然要写一本全新的经济学理论方面的书，这本身就是新闻呀！在同事、朋友、同行中，引起不小反响，大家纷纷关注公众号，来看热闹！

然而，没过多久，渐渐冷落下来。发一篇东西，也就两三百甚至一两百人阅读，写得再卖力，角度再巧妙，也是如此，冷冷清清，半死不活！

这可不行呀！老詹急了，甚至有点焦虑了！照这么弄下去，不也就这么两三百人晓得，两三百人感兴趣吗？到时候，这书撑死也就多卖两三百本而已！

难道，俺辛辛苦苦开一公众号，吭哧吭哧弄它一年半载，就为了这？就这么个效果？

不行呀！冷静分析，我这公众号，发的全是《感官消费》上的内容，虽然略做修改，但学术性、理论性太强，一缺少新鲜故事，二没有热点评论，干巴巴，硬邦邦，谁感兴趣，谁愿意看？

正好此时，看到公众号平台有一规定，一个微信公众号，一年内可以更改名称两次。好呀，那就改改名称，换换思路，重打锣鼓另开张，弄点真能够吸引读者的东西吧！

琢磨许久，好几晚上没睡踏实，终于想到一名儿“码字工匠老詹”。

要得，这名字好，就是它了！

码字——写文章之别称也，比直接说写文章，更具“网络”味儿，更接地气，还带点儿幽默。

工匠——时下不正提倡工匠精神吗？做什么事情，就要像木匠、铁匠、故宫钟表匠一样，踏踏实实、安安心心地把它做好喽，要把它当作一项伟大的、终生的事业来做！

咱们写文章，不正需要这样一种“夜半寺前说推敲，语不惊人死不休”的工匠精神吗？

自那以后，也真是奇了怪了，文章一篇一篇发上去，粉丝噌噌噌噌冒上来！每篇阅读量从两三百剧增到六七百、七八百……没过多久，竟然跨上四位数门槛，有一两千甚至三四千了！比过去增长十倍还不止呢！

前些日子，新年元旦，我发了篇《别了，京华时报》，阅读量竟然超过 10 万，成了 10 万 + 爆文了！

令人感动的是，文章下面留言不但多，而且挺真诚，很有感情！

有的说，詹老师，看了你的公众号，感觉非常不错，立即置顶，每天上网，别的不看，先看码字工匠！

有的说，老詹的公众号有文采、有情怀、有担当，满满的正能量，看了让人来劲，有力量！

还有的网友，只要哪天我没按时发文章，他们就会询问，詹老师，今天怎么啦，咋没看到你文章呀……

如此体验，在过去是从来没有过的！

常常是，每发一篇文章，比如，早上 8 点发上去吧，从 8 点到 10 点，你就看吧，基本消停不了！每隔一会儿，就是一留言，每隔一会儿，就是一留言！我又是一比较死心眼儿的人，别人一留言，我就得回复，感谢鼓励啦，谢谢理解啦，谈点感想啦……顺手，还贴个笑脸，发杯清茶，或者送上几朵红花！

好玩得很，简直！

为何这么来劲，乐此不疲？

与人沟通即是乐趣，被人需要就是幸福——原因大抵如是吧。

若问，“码字工匠老詹”为什么能受到粉丝欢迎呢？初步分析，原因有三。

一是定位比较明确。

既然叫码字工匠，阅读对象当然是对写作感兴趣的人。我的文章，也就围绕写作而展开。目前，大抵有五方面内容，一是时事评说，二是写作技巧，三是新闻作品，四是人生感悟，五是亲历故事。

五个方面，无论内容如何，观点怎样，篇篇我都精耕细作，反复斟酌，尽量写得有特点、有味道，努力在文章中弄点创新。说得文雅点，叫作“探索文字表达的多种可能性”。为了突出码字特点，还在文章后面，加一环节“码字师点评”，对整篇文章的写作特点、风格，以及长处、不足，做一些客观的技术性点评。

就这么着，渐渐吸引了一些喜欢文字写作的网友（这个基数很大，潜力很大），尤以媒体同行和学新闻的在校大学生居多，他们非常热心，经常留言，与我互动。

二是感情比较真挚。

写文章，一定得笔带感情，心怀真诚，这是我几十年一贯风格。因为只有真诚，文章才能带得了感情，放得下架子，说得了实话。

一篇文章真不真诚，字里行间，很容易就能看出来。我写的亲历故事，有记述自己和老伴杨乔相识相知相爱故事的《金沙江畔，我的知青生涯》《一杯糖水》《公社除夕夜》《老伴杨乔》等，以及怀念老总编范敬宜的《恩师老范》《与老范最后一次见面》等，都因故事真实、感情真挚而受到读者欢迎。

记得我还发过一篇通讯《豪华三轮》，记述在经济日报社当记者时，与京城一位三轮车夫交朋友的事。这位当年的下乡知青，回城当了车夫，却又不甘心向命运屈服，其间种种曲折，深深打动了读者！虽然是二十多年前的老文章，大家却看得津津有味。

三是观点比较鲜明。

我发的文章，时事评说占了较大比重。毕竟我开的是一个需要经常更新的微信公众号，与当前时事离得太远，读者就会感到疏远，不解渴。时下发生的热点新闻，只要是能够评说而且也是有话可说的，我一般都会及时跟进，进行评说。

比如，人们关心的房价问题、腐败问题、医疗问题、教育问题，以及官场小圈子、官员宁左勿右、中国需要什么样的民主等问题，我都做了认真坦率的剖析。老詹已经退下，没有什么包袱，那就放开写吧。所以，文章写得比较尖锐，观点鲜明，敢于直面现实，常常能说出一些人人心中有、个个笔下无的见解，自然会引起读者共鸣。

“码字工匠老詹”这个公众号，虽然尚在探索之中，还有不少缺点，但是，不过短短半年多时间，我已经体会到了一个自媒体写作者的诸多乐趣。

小小一个公众号，就是一方天地，可以供你每天在上面播种耕耘，自由驰骋，感觉真是好极了！

年轻时，曾经雄心万丈，老了老了，这才发现，做一个码字工匠，其实蛮好，虽然朴实、渺小，但亦绚烂、伟大。

我曾自创一首《码字工匠之歌》，歌中唱道：

沉睡的雄心已被唤醒，让生命发出光和热。

思想在手中转化为文字，它们将得以永存，永存！

不要说我们劳而无获，我们内心充盈着创造的喜悦。

这是灵魂的雕刻，全身心沉醉其中，

生命的价值就一定要实现！

是的，生命的价值，就一定要实现。

这旋律，是模仿《国际歌》写成的。自己哼哼，有些自豪，感觉挺好。

年年参加团拜会，到底图的是什么

每年春节前夕，中共中央、国务院都要在人民大会堂举办春节团拜会。

每年团拜会，我都会参加，几乎一场不落。

老詹呀，咋这么积极，很喜欢凑热闹是吧？

不是的！我说，参加团拜会，非常有意思。去了你就知道，会有很多收获，确实不虚此行。

其一，会朋友。

退下以后，同事之间，见面少了，天天宅在家里，未免有些孤寂。参加团拜会，是朋友见面一好机会。“你好你好！”“哟，还那么年轻？身体还那么棒？”“哪里哪里，你也不见老呀，还那么精神！”明知是客套话，听着也舒服。

毕竟过了一年，大家都更老了，能见一次，就少一次，这是心里话。一个桌坐十来人，除老朋友外，还会结交新朋友，“你好你好，幸会幸会！”没聊两句，便都熟了。有时还有意外发现，咦，原来是你？哎哟，你也退了，也在这里，哈哈哈哈！

都是退下来的老人，都有差不多的经历，说起话来，很有共同语言，谈得十分投机。每年下来，还会结交几个新朋友，谈得来的，也就有了联系，第二年见面，便成了老朋友。

其二，通信息。

退下以后，宅在家中，消息闭塞，远不如在职时灵通。参加团拜会，总会听到各种信息，国际形势啦，国家大事啦，行业动态啦，热点新闻啦……虽然零星，倒也有趣。你一言，我一语，一个桌子，就是一场微型新闻发布会。

今年团拜会，除和人民日报社同事坐一起外，新结识了国家药监总局、海关总署、全国妇联的老同志。旁边一位大姐，面色红润，腰板挺直，一问，已经 81 岁！好呀好呀，大姐给介绍介绍长寿之道？大姐也不客气，一五一十，娓娓道来，听得大家啧啧称奇。

这里刚刚介绍完毕，另一老同志有感而发，说起了“想得开”：你们发现没有，咱们身边有些人，说想得开的，未必真想得开；不说想得开的，未必真想不开；整天笑模悠悠啥也不说的，说不定，人家才是真想得开呢……一席话说得像绕口令，众人便竖起耳朵，欲闻其详，请他详细讲讲，到底什么才叫想得开……

其三，听讲话。

参加团拜会，很重要一个内容就是要听习近平总书记讲话。每年春节团拜会，总书记都会发表热情洋溢的讲话，而且，总会从一个侧面入手，讲出一些贴心话语，说出一番新意来。

今年团拜会，总书记与大家聊起了吃年夜饭，他说："'共欢新故岁，迎送一宵中。'忙碌了一年，一家人一起吃年夜饭，一起守岁，享受的是天伦之乐、生活之美。在家尽孝、为国尽忠是中华民族的优良传统。""我们要在全社会大力弘扬家国情怀，培育和践行社会主义核心价值观，弘扬爱国主义、集体主义、社会主义精神，提倡爱家爱国相统一，让每个人、每个家庭都为中华民族大家庭作出贡献。"

总书记还专门讲了一个"孝"字："自古以来，中国人就提倡孝老爱亲，倡导老吾老以及人之老、幼吾幼以及人之幼。我国已经进入老龄化社会。让老年人老有所养、老有所依、老有所乐、老有所安，关系社会和谐稳定。我们要在全社会大力提倡尊敬老人、关爱老人、赡养老人，大力发展老龄事业，让所有老年人都能有一个幸福美满的晚年。"

"以党的总书记的角度讲孝老爱亲，仔细体味，意味深长，很觉亲切。"旁边一位老同志，边听边感叹。

其四，看演出。

每年团拜会，最后一项，便是文艺演出。节目虽然不多，却是个个精彩，显然皆是精挑细选。正因此，看演出亦成为参加团拜会重要收获之一。

节目单上，有一曲艺表演唱《奔跑吧，追梦人》。几十位年轻表演者，一上台便生龙活虎，逐一演唱“京韵大鼓”“天津评书”“山东快板”“四川清音”“粤剧清唱”等十来种曲艺形式，字正腔圆，有板有眼，让你在短短几分钟内，便可领略中国曲艺之绝妙神韵！

压轴节目《目光》《复兴的力量》，由中国著名男高音歌唱家王传越和女高音歌唱家殷秀梅领唱，全新的词曲，倾情的演唱，让全场情绪到达高潮，人们情不自禁，站了起来，热情鼓掌，全场沉浸在激越高亢的情绪之中。

其五，品香茗。

说完四点收获，起身准备要走，旁边一朋友提醒道，喂喂，老詹，你说的这四点收获，确实非常不错，不过，我再补充第五点，品香茗，你看如何？虽然每年团拜会都只是清茶一杯，但是这茶可确实是好茶，真格儿的西湖龙井！而且，这是总理请客，我们和总书记同饮一杯。这，也算收获之一吧？！

我说好呀好呀，要得要得，等我回去，将这“品香茗”加上去，凑成五点收获，发表出来。明年团拜会，参加的人，肯定更加踊跃！

十八年写成一本书，这本书有用吗

从 2000 年到 2018 年，花了整整十八年，老詹终于写成《感官消费——一门全新的消费经济理论》。

十八年间，一边写书，心里一边嘀咕：一个从没念过经济学专业的报社记者，竟然要写一本经济学理论方面的专著……

一、写出来有用吗？

二、学界能认同吗？

三、读者会买账吗？

三个问题，时时萦绕脑际，挥之不去。

那天，碰到一位曾在复旦学经济学的朋友，于是问他，您给估计估计，我这样的书，推向市场，前景如何？

“这个嘛……前景很难说！”朋友坦率地说，老詹哪，你虽然脑子灵活，点子挺多，但是，恕我直言，先天不足有二。

其一，读大学念的是新闻系，并非经济学“科班”出身。

其二，身在媒体几十年，并未进入理论学术“圈子”。

一不是科班，二不在圈子，写出书来要被认可，实在难矣！

为啥呢？你看哈，当今中国，正儿八经的经济学家、社会学家、哲学家什么的，十万八万打不住吧？人家埋头钻研一辈子，白发苍苍，都快退休了，还不一定能搞出什么理论呢。你倒好，一业余票友，报社记者，既没念过专业，又未拜过大师，只是某天夜里灵光突然那么一闪，就折腾出个“感官消费”理论来！你这理论也来得太容易了吧，就不怕专家学者笑话？

朋友一席话，说得很中肯，我连连点头：您说得很对、非常对！《感官消费》虽然被自己不谦虚地称为“一门全新的消费经济理论”，但说穿了其实非常简单，书中列举的现象，也都是人人清楚、个个明白，没啥神秘。

但是，也恕我直言吧，一种理论到底有没有新意、有没有价值，好像不应该以简单不简单、是否尽人皆知为标准吧？

举个大家熟知的例子，牛顿看到苹果从树上掉下来，创立了万有引力学说。这一现象，谁不晓得？可全世界只有他，由此及彼，由表及里，发现并创立了自己的理论。

再举个经济学界的例子，英国经济学家科斯发现，利用价格机制是需要费用的，并非如过去经济学理论所公认的那样，市场运行是良好的、不需要成本的。就凭这，他老兄不也创立一套“交易费用理论”，还得了诺贝尔奖吗？

我倒以为，正是在那些看似简单、尽人皆知的日常现象之中，或许蕴藏着真理。恰恰因为太简单、人们太熟视无睹，反而被忽略了，迟迟没被发现。

说句实话，自从有了将《感官消费》撰写出书的想法，我就做好了为学人所不屑、被专家们笑话的准备。但有一条，我心里是非常有底的，那就是，我这理论，既非东拼西凑，亦非外转内销，百分之百原创，如假包换！

听完这番话，朋友哈哈一笑，好的好的老詹，既然你如此底气十足，信心满满，那就抓紧出书吧，兄弟我预祝你马到成功！

与朋友谈完话，回到书房，打开电脑，细细重读《感官消费》初稿，脑子渐渐冷静下来，不由扪心自问，老詹哪，你花十八年工夫写这本书，到底有没有新意，有没有价值呢？

经过认真考量，我可以负责任地说，在以下四方面，此书是有价值的。

其一，《感官消费》以全新视角诠释了人类消费行为。

当今中国，“消费行为学”之类的理论书籍，版本繁多，分类庞杂。但只有《感官消费》第一次把人类千变万化的消费明确划分为触觉、味觉、嗅觉、听觉、视觉等五种消费。

其实细想想，人不通过感官，如何实现消费？循此独特视角，《感官消费》应运而生。这应该算是经济学理论的一种创新吧？

按照此一理论，甭管消费什么产品或者劳务，都可对号入座，界限十分清楚。这就非常有利于对几乎耗费人类全部资财、数量非常庞大的消费行为，做出明确的定性和定量分析，从而为我们研究生产、流通和消费提供科学依据。

其二，《感官消费》揭示了人类消费的若干基本规律。

按照“感官消费”理论的观点，人类消费不但可以分为五个层次，而且，各层次之间，存在着一些非常有趣的规律，比如，第一条，高低律：感官消费的五层次是由低层向高层渐次递进、不断满足的。

人的最低层次消费是触觉消费，即人体触觉器官（脚、手和身体等）所需的基本消费。第二层次是味觉消费，即人每天必须吃饭喝水，不满足这一需求，就要饿死渴死。这是人类最基本的两大需求。古人云，食色，性也，讲的就是这个道理（顺便补充一句，性也是人类最基本的消费需求之一，属最低层次的触觉消费）。

在满足以上两大基本需求后，接下来才是追求新鲜的空气啦（嗅觉消费），安静的环境啦（听觉消费），以及赏心悦目的家居和装饰啦（视觉消费）……这就是感官消费的“高低律”。

除此之外，还有“主次律”“共性律”“递减律”等12条。依据这些规律，不但可以弄清楚不少过去不容易解释的消费现象，而且可以用以指导我们的消费行为，使个人生活更加幸福，国家目标更加明确，政府发展更加理性。

当前，不是正碰上中美贸易战，咱们不是正愁消费这挂马车怎么也不给力吗？各级政府倘若认真把消费到底是咋回事弄清楚，对于打赢这场没有硝烟的战争，肯定会有帮助！

其三，《感官消费》解释清楚了过去很难解释的一些现象。

人们买房，为什么喜欢视野开阔面朝大海的？为什么要在房前屋后种花种草？一幢价值数百万元的公寓，为什么要有数十万元甚至上百万元花在并不“实用”的环境及装饰上？花这么大一笔钱，究竟为了什么？应该归入哪一类消费？

过去，这些问题，恐怕谁也说不清楚（最多笼而统之称为审美需求、精神消费）。如今就简单了，也明确了，按“感官消费”理论解释，以上种种需求，皆属视觉消费，是人类在满足其他四类消费需求后所追求的最高层次消费。

生活中的好多现象，以“感官消费”理论做解释，很容易就说清楚了。

其四，《感官消费》创立了衡量人类消费水平高低的一种全新体系。

对于人类消费水平高低的衡量，有举世公认的“恩格尔系数”判别法，即以饮食的消费占总消费的比重来衡量一个国家或地区人们生活水平的高低，饮食比重越大，说明其生活水平越低。

根据“感官消费”理论，老詹独创性地引申出一个“视听消费系数”概念，即看一个国家或地区居民消费水平的高低，可以从其视听消费占总消费支出的比重来衡量。所占比重越高，说明其居民生活水平越高，反之，则生活水平较低。

比如，居民日常支出中，用于环境美化以及种花种草的钱越多，用于购买书籍、看电影戏剧的钱越多，用于外出旅游观光（主要为了满足视觉需求）的钱越多，其生活水平就越高。反之亦然。

如果说“恩格尔系数”是一种判别生活水平“到底有多低”的指数的话，“视听消费指数”则是一种判别生活水平“到底有多高”的指数。一低一高，一下一上，互为补充，却又不可互相替代。

这样一种判别方法，可不可以说填补了经济学理论的一个空白呢?

无须否认,《感官消费》确实是老詹突发奇想、别出心裁之作，虽然还很不成熟，很不完善，但是，毕竟它是人类第一次以感官消费这个全新视角来诠释自己的消费行为，因其原创、因其独特而一俊遮百丑，使得这只丑小鸭有了呱呱坠地的机缘。

如果真要给小家伙算一算命的话，其命运无非有三。

其一，无声无息，短命夭折。

就像一块石头，被丢进水中，泡也没冒一个就自生自灭了。

其二，慢慢长大，逐渐存活。

也能生存下来，也能够长大，但长大以后，也就平平常常一鸭子，与别的家鸭野鸭公鸭母鸭没什么区别，要说价值，红烧清炖，可供一餐而已。

其三，变为天鹅，一飞冲天。

因其原创，因其独特，因其有理，因其有用——一个理论，要做到四者兼而有之，颇不容易——“感官消费”最终得到理论界的接纳、实业界的认可，而且，越来越有用，越来越走红，一不留神，兴许还会成为经济理论一个独立分支，走出国门，走向世界，甚至还能弄回一个诺贝尔经济学奖哩!

不是没有这个可能，它需要的只是两个字：时间。

观点集粹

中篇

ZHONG PIAN

写作秘诀

新闻精品

思想随笔

老年感悟

让写作成为人生最好的娱乐

老詹有位朋友，孩子大学毕业，即将分来北京。

朋友将小孩带来，一定要请詹伯伯给孩子说点什么。

说什么呢？和孩子头次见面，交浅言深，并不妥当，于是说说老本行，也是老詹的最爱——写作。

我说孩子，你能分来北京，这是好事一桩，能在国家机关，那就更不简单，所以，要珍惜，不容易。

至于说什么呢，詹伯伯送你一句话吧：让写作成为人生最好的娱乐。

人这一生，除了事业，还得有点娱乐爱好，让自己绷紧的神经放松放松，给单调枯燥的生活，加点儿作料。

什么娱乐最好呢？我的体会是：写作是人生最好的娱乐。

为啥这样讲呢？因为，与其他娱乐相比，写作有三大优势。

一是方便。大凡娱乐，都需要多人参与，什么篮球啦，乒乓球啦，麻将啦，扑克牌啦……一个人肯定玩不起来。写作不然，就你自己，打开电脑，自个儿就玩起来了。

二是节约。大凡娱乐，总需要场地器材，篮球、乒乓球不说了，即使打个麻将，不也得有个场地，需要张麻将桌吗？所以，必须支付娱乐成本。只有写作，简单得很，电脑一台，OK 啦。

三是持久。大凡娱乐，玩时觉得开心，结束以后，快感随即消失。只有写作，很是持久。首先，写作过程本身，令人非常开心，相当好玩。其次，文章发布阶段，仿佛老农望着庄稼结出累累硕果，那是什么心情？再次，反馈交流阶段。发在公众号，立即就有留言，马上可以交流；登上刊物见了报，也会引起反响。最后，文章一旦写下，便已永存于世。

举例说吧，我在经济日报社当了几十年记者，写了无数文章，都已保存在报社光盘。自从开了公众号，除写写时评外，时不时地，还会把过去的文章翻一两篇出来，加一按语，重新发表。因为当时写得非常精心，立意、结构、文字，反复推敲，不断修改，所以，发表出来，不但并不过时，而且很受喜爱写作的年轻人欢迎！

除以上三项优势外，写作过程本身，还会给你带来极大快乐。

其一，自由之乐。

从本性上说，人都是向往自由的。但进入社会你就会明白，世间哪有那么多自由？你得小心翼翼，随时随地管束自己。但写作就不同了，一旦打开电脑，进入写作状态，你就仿佛跨上一匹骏马，嗒嗒嗒嗒，四蹄生风，一下就冲到一片崭新开阔的大草原！

想写什么就写什么，想怎么跑就怎么跑，想驰骋多久就驰骋多久，实在是自由极了！说句夸张点儿的话，你就是想再写一部《红楼梦》《西游记》，或者像莫言那样，拿个诺贝尔奖，也没人能拦得住你，只要你有那本事。

写作，也是自己与自己心灵的对话，是对思想深处杂乱思维的梳理。有些什么兴奋、欢乐，或者憋闷、委屈，通过文字表达出来，你会更加理性、更加冷静，从而让自己更加成熟。

其二，驾驭之乐。

人都是有控制欲的，男人喜欢开车，上级爱训下级，妻子要把丈夫管住，都是这毛病。写作之时，正是体会驾驭之乐之时！只要打开电脑，你就变成一位无所不能的大元帅！你的手下，站着二十六员忠实干将，统率千军万马，噘里咔嚓，变出一方阵来，噘里咔嚓，又变出一方阵来！你要他们干什么，他们就干什么，你这兵马大元帅指向哪里，他们坚决打向哪里，相当听话，特别忠诚！

能够驾驭指挥这么一支训练有素、纪律严明而又完全听你指挥的队伍，体会一把当统帅的感觉，那味道实在是“好极了”！

其三，创新之乐。

人都是喜欢创新的。写作恰恰是一极好的创新试验场。写着写着，会突然蹦出一个新鲜词儿；写着写着，又会冒出一段精彩文字。“哎呀，简直太棒了！这是我写的吗？”你问自己。“当然是我写的！”你自己回答。有点儿自豪，还有些许得意！不知不觉，过了午饭时间，不知不觉，已经三四个小时！

写作过程，就是探索创新的过程，不停地尝试新招，不停地变换花样，不停地有所收获。任何时候，你都可以尝试文字表达的多种可能性。每一次写作，你都在用文字构筑自己的专属宫殿，营造自己的一方小小天地。

正因为写作有此三乐，自打当上记者，吃上写作这碗饭后，我的生活从来就没有感到枯燥过。退休以后，一些当惯领导的人或许还有失落感什么的，我却是如释重负，高兴坏了。因为，每天可以不再操心工作，有大把时间从事自己最喜欢的娱乐了！

听我说得兴奋，孩子也激动起来，双目放光，连连点头。

詹伯伯，过去，我虽然也写过一些文章，但写得不多，谈不上喜爱，听您这么一说，真想马上就动笔了！不过我再多问一句，假如，我说的是假如，一个人对写作没有兴趣，不喜欢写作，那又咋办呢？

这不要紧！兴趣，虽然大多是天生的，但后天也是可以培养的嘛。你看有的官员，从没打过高尔夫，被老板拉去打了几回，尝到甜头，打起来乐不思蜀，劲头大着哩！不喜欢写作的人，不妨先试一试，写一写，说不定写着写着，就喜欢上了，欲罢不能呢！

当然，如果实在不喜欢，那也不必勉强，我只能表示遗憾，说明你和人生最好的娱乐，没得缘分！

前些日子，孩子高兴地告诉我，他不但爱上写作，还在单位组织的“春节回乡调查征文”中拿了奖并登台发言！因为文笔不错，领导也很器重他，小伙子信心满满，干得很是欢实。

孩子说，谢谢你，詹伯伯，我终于找到了人生最好的娱乐！

老詹写新闻，只有一个诀窍

报社每年都要接收一批大学生，有人大的、复旦的，也有其他高校的。说起采访写作，一位年轻同事问我，詹总，你写了那么多稿子，有些稿子，我们上学时就读过，嘿嘿，写新闻到底有没有诀窍嘛？如果有，可不可以用一句话来概括，毫不保留哟？

我说，毫不保留嘛，当然没得问题。但要说到诀窍，十个记者，可能会总结出十种诀窍。以老詹的体会呢，如果用一句话来概括，倒还真有一句！

这就是：带着问题写新闻。

老詹写新闻，只有这么一个诀窍。

为什么呢？莫着急，咱们先弄明白与此相关的两个问题。

第一个问题，记者到底是干什么的？

提起记者，说法很多，社会上比较流行、大家也比较认可的是"无冕之王"啦、"社会的守望者"啦、"历史的记录人"啦，等等。

老詹爱说大实话，我常说，哎呀，甭说什么无冕之王有冕之王的，实事求是说，记者记者，不过就是一记录者而已！

记录啥子呢？记录发生在我们周围的一切，让感兴趣的大爷大妈大叔大婶们尽快晓得嘛。

话丑理正，仔细想想，难道不是这样吗？

所以，老詹还有一说法，甭管这报社那电台什么什么名记者，您也别牛哄哄自我感觉良好，您和那些满大街开着摩托流着汗送外卖的小伙子，没得啥子区别！

不过，人家伺候的是肚子咕咕叫想要填饱肚子的人，满足的是人们的食欲。而我们“服务”（这个词儿好听些）的是喜欢听点稀奇古怪家长里短或者国家大事的大爷大妈大叔大婶们，满足他们的新闻欲。

就像空姐和餐馆服务员，穿的是不一样，你认为她们真有本质区别吗？

第二个问题，记者最大的本事是什么？

新闻同行见面，往往会在那儿议论，嚯，这记者挺能干的，厉害！哟，那记者本事大，真牛！厉害在哪里，牛在何处呢？

仔细想想，甭管他有天大本事，其中最厉害的是他能够提出最精彩的问题！

举例说吧，那年，中央电视台举办主持人大赛。上千参赛者，最终筛选十人进入总决赛，央视搞现场直播，吸引了不少观众。

这十位佼佼者在比些什么呢？

比口才、比风度、比相貌、比临场应变能力？这都对，但我以为更重要的一点是，比谁能在最短时间提出最精彩的问题。

大赛最后一环节，由参赛选手当场对某一专家或官员进行采访，限时五分钟。此时此刻，最有水平者，往往就是最能提出令观众最感兴趣问题的那个选手。至于你颜值多高，穿得怎样，举止如何，几乎起不了什么作用。

白岩松点评说，如果哪位选手提的问题我特别想知道，我认为这个选手就成功了。反之，你提那问题我一听根本没兴趣，那你就失败了。

再举一例。朱军主持《艺术人生》，曾采访世界级魔术师大卫·科波菲尔。朱军的几个提问，问得就有点水平。（假如你是朱军，能否更有水平？）

第一个问题，请问大卫先生，你为什么对魔术如此痴迷？魔术对你意味着什么？

大卫说了一番见解，答得非常精彩。

第二个问题，你已经表演魔术 30 多年，你演砸过吗？

如此一问，大卫肯定要说一些曾经演砸的趣事啦、危险啦，观众当然很喜欢听。

第三个问题，什么事情老是重复就感到枯燥，您感到过枯燥吗？

第四个问题，今年是您本命年，48 岁，您有什么人生感悟跟我们分享吗？

这些问题都很精彩，显然是经过精心策划，有备而来。至于是否是朱军设计的，你懂的啦。

采访个人如此，采访企业、城市，也是如此。

那年，我和工交部记者到青岛参加经委一会议，结束以后，主人建议，还有一天时间，大家到海边逛逛吧，我们已经做好安排，保证大家满意！

我说，我不去了，你们去吧。

老詹有一毛病，不喜欢玩耍，也不爱旅游，就喜欢埋头写稿。因为采访写作的乐趣，已足够本人受用。我利用这一天，抓紧时间采访，写了篇通讯《青岛为何名牌多》。

当时，全国驰名商标一共只有 11 个，青岛就占 5 个！这样一个并不算大的城市，为什么会有这么多名牌呢？我找了市里分管工业的副市长，找了一些企业家和专家学者，写出这篇文章，发表以后，反响不错。

这不就是带着问题写新闻吗？

各位发现没有，现在很多媒体都有一个特点，标题都喜欢带问号。比如，《涨，涨，涨！房价还要涨到何时？》《股市拐点是否到来？》《高考改革到底还改不改了？》。一看标题就吸引人，这不也是带着问题写新闻吗？

说到这里，有人问了，老詹，如果你去写一中性题材，标题并没有提出什么问题，怎么写呢？

也好写呀。我的办法是——自问自答找问题。

那年到四川出差，为了讨好这里的上上下下，让他们从报社多买些报纸，报社精心策划要写一组介绍四川的文章，一共四篇。

总题目已经想好了，“四川省里说四川”。第一篇《说川军》，讲四川民工。第二篇《说川猪》，讲四川养猪业。第三篇《说川药》，四川的中药材非常有名，不有句话叫“无川不成药”吗？第四篇《说川旅》，四川的旅游业，也非常不错。

这四个题目，都是中性的，没提出一个问题，怎么写呢？会不会有人看呢？

老詹喜欢出点子，想了一个办法，在行文中，自己给自己提问，先弄几个靶子，引起读者兴趣，然后，再去回答这些问题。

比如，《说川军》。开门见山，先问一个问题：川军是中国农民进城打工的缩影，对于农民工进城这件事，到底应该怎么评价？

当时，社会舆论对农民工进城有不同看法，有人认为，民工大量涌进城里，扰乱了城市秩序，破坏了社会治安，长此以往，是会出乱子的。针对这些问题，文章逐一回答。

接着，又提一问题：为什么四川农民在全国农民中外出打工最早？人数最多？这到底是什么原因呢？多方采访有关人员，剖析了深层原因。

第三个问题，四川农民外出打工的已超 1000 万人，今后趋势如何？是继续增长，还是逐步减少？

第四个问题，农民外出打工，最终归宿何处？

以上几个问题，都是自问自答，只要你在文章中一提出来，读者一看，咦，是呀，这是咋回事呢？便会引起兴趣。

所谓《说川军》，整篇文章，除一些串场话外，全是在回答这四个问题。

若干年前，曾到浙江横店影视城采访，去的时候，这里已经投资 17 亿元，建了很多景点和宫殿，规模很大，气势宏伟。记得当时正挖一条河，说是要仿照《清明上河图》。

回北京后，写了长篇调查报告，发了一个整版，题目是《横店影视城，成败谁能知》。全篇文章也是由四个问题构成。

第一个问题，企业做大以后，该向何处扩张？采访影视城董事长徐文荣，由他谈自己的想法。这个问题，在民营企业中很有代表性。

第二个问题，投资如此巨大，资金从何而来？企业虽有一些原始积累，但远远不够。影视城要搞成中国最大、亚洲第一，巨额投入从哪里来？毫无疑问，大部分是银行的，是借来的。当今中国，银行时时处处在为经济发展买单。这种买单，虽有必要，但也隐藏着极大风险。

第三个问题，投入需有产出，能否产生效益？已经投入十几亿元，怎样才能收得回来？徐文荣说，到横店拍摄，我们是不收场地费的，但是肯定要用当地演员，还要吃喝拉撒，这都有收益。以后，我们还要大搞旅游业，多方发展，全面出击，尽可能收回投资。

第四个问题，成功还是失败，谁人能够把握？我对徐文荣说，我们是朋友，直率说吧，我认为，你成功的前提是浙江乃至全国至今没有、将来也没有人要做更大的影视城。假如有个大老板，实力比你强，也做影视城，规模超过你，你就很悬了！徐文荣笑笑说，干事总得冒点风险呀！这就是我们企业家和你们文人的区别了。我们是认准了一个事可以干，立马就干，想得太多太细，啥事也干不成！所以，你们成不了大事啦！

如今，文章刊出已经好些年头，我要恭喜徐文荣，谁也没有出来跟他较这个劲。所以，他还在贷款，还在投资，还要把影视城继续做下去，而且据说目前已经做得很大，越做越来劲了！

老詹这记者当出点名堂后，曾给年轻记者讲写作技巧，到底有些什么技巧呢？老詹讲了不少，其一、其二、其三、其四……但是，我说，甭管多少技巧，九九归一，“带着问题写新闻”，这是一个总技巧。

不但写新闻，就是写其他文章，什么评论啦、杂文啦，甚至散文啦、小说啦，要想读者喜欢看，一定得带着问题。

因为，有问题，读者就会感兴趣。感兴趣，文章就会有人看。有人看，你这文章就没有白写！

道理说穿了，其实就这么简单。

写好大文章，只需三板斧

码字的人，每天除写写一般文章外，总希望能够认认真真，踏踏实实，写几篇有水平的“大文章”，谈经济，论政治，说社会，指点江山，激扬文字！

不说传之后世，起码对得起自己吧？倘能如此，岂不快哉，真乃人生一大幸事也！

这种“大文章”，按咱新闻界的说法，就叫“述评”。述评述评，边述边评之谓也。

述评有写作技巧吗？我认为是有的。

积数十年之经验（大大小小述评，写了上千篇吧？）老詹将其概括为“三板斧”。

第一板斧，是什么。

第二板斧，为什么。

第三板斧，怎么办。

我敢说，甭管几千字上万字的大述评也好，千多字几百字的小杂感也罢，您老兄只消铆足了劲儿，将这三板斧“嗖嗖嗖”地挥将出去呀——

那么，嘿嘿，您就睛好吧，差不离儿，行，不错！甚至，相当不错！这“大文章”就算是大功告成喽！您呢，也就可以心满意足、扬名立万了！等到老了老了，也可以在儿孙面前拿出来展示展示，吹吹大牛了！

不扯远了，举例说吧，老詹本人就曾为复旦大学写过一篇“大文章”。

那是2006年盛夏，我到上海浦东干部学院学习，周末无事，顺便回母校瞅瞅，看看复旦新闻系的老师和同学们。

不知谁向校领导打了报告，党委书记秦昭德晓得老詹来了，立即派出秘书，把我请到办公室，认真严肃而又诚恳热情地说，老詹哪，詹总，咱复旦马上要庆祝建校100周年了。你呢，既是复旦毕业生，又在经济日报社工作，可不可以给咱们写篇大文章呀，庆祝庆祝，弄它一个整版？

我说好呀，没得问题！您呢，吩咐财务处掏15万元！我呢，马上打个电话，报社广告处明天至迟后天，一定腾出版面，弄它一个整版！彩色也行，不过，得加点费用哟。

嘿嘿，开什么玩笑！秦书记闻言，有些尴尬，继而坦然大笑，如果要登广告，我还何必找你！我们要的是，您，詹总编，亲自动手，为您的母校复旦大学校庆100周年写篇大文章，一个整版！校庆那天，装在口袋里，作为礼品，送给大家！

嘿嘿，这个，这个……这回轮到我尴尬了。我晓得，此事难度很大，责任也相当不轻，可不敢贸然应承呀。但转念一想，又记起老总编范敬宜曾说过的一句话，只要找到好的角度，没有不可以写的新闻。对呀！正因为这文章不好写，可不正是难得的锻炼机会吗？

于是，当着秦书记的面，老詹胸脯一拍，应承下来。

收集资料，认真采访，绞尽脑汁，反复琢磨，一周时间，写出了 8000 字“大文章”——长篇述评《复旦能建成世界一流大学吗？》

文章怎么写的呢？很简单，三板斧！

文章三部分的小标题，原汁原味，就是“是什么，为什么，怎么办”。

第一部分：为什么？

为什么要把“为什么”放在前面，不先写“是什么”呢？

因为，倘若你先写“是什么”，介绍一番什么是世界一流大学，它有些什么标准、什么条件等等，读者不一定会感兴趣。

那咱就先把读者胃口吊起来嘛，先写“为什么”。即中国为什么要建世界一流大学？

当今中国，为什么各高校尤其名牌大学，比如北大、清华、复旦等，纷纷表示雄心壮志，发誓要建成世界一流大学呢？

绝非偶然！因为，一个国家的核心竞争力，无非是科技、人才和知识三项。而此三项核心竞争力的制高点，就在大学！

没有一批一流大学，要想建成一流国家，想都甭想，绝不可能！

美国之所以成为世界一流强国，一个重要原因，不就是它拥有哈佛、麻省理工这样一批世界一流大学吗？

中国在向世界强国迈进中，应该也必须建设一批世界一流大学！

第二部分：是什么？

既然必须建世界一流大学，究竟什么叫世界一流大学？到底有些什么标准呢？

世界一流大学，须有“四个一流”：一流师资、一流学科、一流环境（硬环境和软环境）、一流成果。

复旦有没有这“四个一流”呢？

逐一分析，比较遗憾，这“四个一流”，全都差点火候，有的差距还相当大。

第三部分：怎么办？

那么复旦怎么办呢？采访一些老师和主管领导后，他们告诉我，一流师资虽然没有，或者说不完全有，但他们将怎么怎么解决。一流学科，又会怎么怎么培育。一流软硬环境啦、一流成果啦，目前确实尚有差距，但已经有了解决思路，正在采取行动。

最后，文章得出结论：目前，虽然距世界一流大学还差得远，但是，只要认准目标，经过长期不懈努力，复旦也能建成世界一流大学！

8000多字述评，写的就是这么三部分。

文章发表以后，学校非常满意，把刊载文章的《经济日报》，装入了百年校庆礼品袋。

在此请注意，老詹说这“三板斧”，顺序是可以灵活变动的。复旦这篇文章，就没把“是什么”放在首位，而是先问一个“为什么”，引起读者兴趣，接下来再说“是什么”“怎么办”。

写作“三板斧”，确实很灵光。清华大学教授魏杰曾写过一篇文章《关注和应对高成本时代的到来》，文章也是分三部分。

第一部分“是什么”，列出各种现象和数据，说明高成本时代已经来临。

第二部分“为什么”，仔细分析，原因有六：一是企业的能源成本上升，不可逆转；二是原材料价格上升；三是运输成本上升；四是土地、环保的投入成本上升；五是人力成本上升；六是进口原料等价格上升。总之，由于我国工业化、城市化进程加快，企业成本上升，利润减少，企业高成本时代已经来临。

第三部分“怎么办”，提出国家、政府和企业的应对策略。

“三板斧”为何如此灵光，甚至成为写“大文章”的不二法门呢？仔细分析，皆因这“三板斧”把新闻的前世今生、各个时空，都囊括进去了。

“是什么”——讲的是现在。

“为什么”——讲的是过去。

“怎么办”——讲的是将来。

前因后果，无所不包，不灵光才怪了！

有意思的是，“三板斧”不但写文章灵光，日常工作也用得着。记得那年报社搞共产党员先进性教育，每个党员要写一份“自我剖析”。动员会后，一些部门主任发牢骚说，老詹，这“自我剖析”怎么写呀？从没写过，太难弄了！

我说，这有什么难弄呢？你们就按照述评写作三段式，不就挺好写的吗？

先写“是什么”——讲讲目前状况，对照共产党员先进性，看看自己有什么不足。

再写“为什么”——为什么会出现这些问题呢，你得分析分析，找找原因吧？

最后写“怎么办”——你今后准备怎么办，有些什么打算？表表自己的决心！

这样写，不难吧？

不难不难！部门主任们说，好写好写，确实好写！

看到姜文一篇文章，总结其表演经验说，之所以我扮演的一些角色演得比较到位，大家比较认可，那是因为，我真正搞清楚了是什么、为什么和怎么办。

首先，我得弄清楚这个角色是什么。这，一般演员都能做到。

其次，我还得弄清楚为什么。这个角色为什么会有这样的性格和表现？你得去理一理他背后的根源呀！一个人，不会有无缘无故的爱，也不会有无缘无故的恨。

最后，你得琢磨琢磨，究竟怎么办。怎么通过我的言行、表情、动作，乃至每一个细节，去把他的“是什么”和背后的“为什么”细致入微地表现出来。

姜文这小子，真够聪明的，把“三板斧”理论，完全吃透了！

最后，举个更大更厉害的例子，李克强总理的政府工作报告。

政府工作报告，洋洋数万言，耗时几个月，怎么写的呢？

说来也简单，还是三段式：

先讲“是什么”——去年干得怎么样？取得哪些成绩？还有哪些不足？

再说“为什么”——成绩的取得，经验何在？问题的出现，有何根源？

最后“怎么办”——今年要做些什么？采取什么措施？达到什么目的？

各位请看，李克强总理做这么大的报告，不也只是“三板斧”吗？

言论写作三要素

老詹当记者后，很喜欢写言论。年轻记者不由纳闷，老詹哪，我们只爱写消息和通讯，最不喜欢的就是言论，因为非常不好写！你咋恰恰相反，那么喜欢写言论呢?

我说，首先，得纠正一观念，你们认为言论不好写。其次，我来告诉你们，为什么我喜欢写言论。

原因非常简单，第一，言论其实很好写，写起来还挺好玩。第二，写言论不必采访，坐在家里也能写。

所以，老詹很喜欢写言论。

哦，原来如此呀！年轻人表示理解。接着追问，你说言论非常好写，我们却觉得很难写，这是为什么呢?

老詹说，原因嘛，咱们先不分析，听我讲一故事，故事讲完，你们就明白言论为什么好写了。

20 世纪 80 年代中期，老范在经济日报社当总编辑，为培养名记者，把报纸办得更有特色，老范决定，在报纸特刊一版，开辟个人署名专栏。

个人署名专栏，这在当时中国新闻界，算是独一份吧！

专栏由谁来写呢？老范相中三人：一是副总编杨尚德；二是评论部主任冯并；三是我，工交部主任小詹（当时年纪不大，不敢斗胆称老也）。

老范要求，专栏每周发表言论一篇，风格可以多样，内容题材不限，每篇800字左右，就由我们三人，轮流坐庄。

专栏开辟一年，读者反映不错，领导也时有表扬。老范非常高兴，说，你们每人写篇小结，谈谈体会，交流交流经验吧。

谈什么呢？这种事情，还真不大好谈。

老詹好几个晚上没睡踏实！琢磨来，琢磨去，想出一题目——《言论写作三要素》。

我以为，一篇言论要想写得好，写得精彩，写出来让读者喜欢看，必须具备三要素。

哪三要素呢？

其一，有故事。

言论先得有故事，这是老詹写评论坚持的一个原则。故事是大概念，包括新闻、历史、典故、趣事、资料，等等。

选择故事，有两条标准：

一要看起来新鲜，最好是别人不知道的。

二要有典型意义，最好是能展开议论的。

为什么必须有故事呢？一是因为没有新鲜故事，很难吸引读者。二是没故事做依托，不好展开议论。

老詹写言论，最头疼也最花工夫的，就是寻找既新鲜又典型的故事。

我曾写过一篇杂感《生活需要慢慢品》，讲了一故事。看电影前，匆匆忙忙吃比萨，觉得并不怎么样，感觉又烫又难吃。后来，与家人一起到比萨店，说说笑笑慢慢品，却感觉相当不错，味道好极了。举这个例子，很说明问题。没有这个例子，单说道理，就很费劲。

一般说来，只要有了精彩故事，言论已经成功一半。

其二，有见识。

既然写言论嘛，总得有点见识，告诉人们一些新鲜思想和观点吧。

一篇言论水平如何，文章的思想能否出彩，是关键之关键。

同样一件事情，如何体现出见识来呢？有人从这个角度切入，有人从那个角度议论。一个聪明、有见识的作者，其脑袋就像装满浓汁的酱缸。一篇白纸浸进去，拖出来，一定是色彩斑斓、味道十足！

反之，一个没有见识的作者，一张白纸浸进去，拖出来，还是白纸一张，寡淡无味！

曾经看到一篇文章《平均主义是最大的不公》，一般不是以为越平均越公平吗？平均主义恰恰是最大的不公！这种文章，以见识取胜，令人一看，眼前一亮。

还有一篇文章叫《苍蝇报春》，苍蝇那么恶心的东西，怎么还会报春呢？细一琢磨，对呀，正因为春天气候宜人，万物生长，所以才会有苍蝇的繁殖与热闹嘛！反过来说，苍蝇繁盛，不亦证明春天已经到了吗？

其三，有文采。

文而无采，行之不远也。

中国文字非常美妙，非常吸引人！有些老外之所以喜欢学中文，就是因为他们感到中文实在太神奇、太有趣了，学问很大，奥妙无穷。

一些文学大家写的东西，不一定有多新奇的故事，也不一定讲多少深刻的道理，但你就是喜欢读，读起来还觉得挺有味道、挺美！比如文学大家汪曾祺，写的大部分是日常生活，什么买买菜、做做饭，乡间走一走、公园逛一逛，但老先生的文章实在是美，实在是有味道，读起来真是超享受！

这就是文采，中国文字之美。

汪曾祺老先生的小孙女，曾经写过一篇文章，说爷爷写文章的时候，就像母鸡要下蛋了，在屋里着急地走来走去，大家晓得爷爷有动静了，赶紧腾桌子让他写。如果这蛋不下出来，爷爷会非常痛苦的。而一旦写出精彩句子，爷爷就会在屋子里来回踱步，顾盼自雄，得意极了！

老詹也有类似体会，只要打开电脑，手触键盘，其快乐真是难以言表！某段句子写下来，自我欣赏一番，很是得意！先问自己，老詹哪，这是你写的吗？自己回答，当然是我写的！写得好吗？当然，写得太好了！

好啦，具备这三要素，你这篇言论，就算大功告成了。

有人会说了，老詹，不一定吧？有些言论，并不讲什么故事，专以观点见长，不也一样站得住脚，一样受人欢迎吗？

我回答，你说的这些言论，大都是为某一新闻所配发。新闻本身就是故事，这不也还是有故事吗？没有故事，发啥言论！

我以为，言论的上乘之作，还是得三要素齐备，缺一不可。如果既没有故事，又没有见识，甚至还没有文采，那这样的文章，我劝您最好甭写！写了，也不会有人看。

言论三要素，从何而来呢？

故事——其实就是资料。一个有志于写言论的人，一定要做一个有心人，要注意随时随地收集各种有用有趣的资料。读书、看报、看电视、与人聊天，都是收集故事的好机会。别看一个小故事、一段小资料，用得好，用得恰当，可以起到四两拨千斤的作用。

见识——源于你的深思。你花了比别人多八倍、十倍甚至更多的工夫去思索、去琢磨，你讲出来的道理，肯定会比一般人更深刻、更能让人受启发。某人曾问一位成功企业家，天道酬勤对不对？企业家说，不对，如果你不深思，不动脑筋，再勤奋又有啥用？

文采——须得反复锤炼。没有哪个人是一开始写文章就行云流水文采斐然的。文章的文采，除了日积月累刻苦训练外，还与作者的个性有关。所以，如何认识自己，发挥自己个性之所长，避其之所短，形成带有鲜明个性色彩的特殊文字叙述方式，是一个写作者毕生的追求。

我想说给你听，新闻系学生

前些日子，朋友孩子考上新闻系，对我说，老詹哪，您是资深媒体人，吃了一辈子新闻饭，能否给孩子说说，念新闻系应该注意些什么，免得小家伙多走冤枉路？

我说行呀，这没问题。

约定时间，和大学生在住家附近一咖啡厅见了面。孩子热情、开朗，比较懂事，我便也放得开，谈得比较尽兴。孩子认真听着、记着，看得出来，他也很高兴。

回家以后，将谈话在脑子中回忆回忆，稍加整理，记录于后。不一定是原话，但大体内容是没有错的。

学生：詹伯伯，我爸说你搞了几十年新闻，还当过总编，非常有经验。我刚到新闻系，虽然感觉很新鲜，但有点老虎吃天——无从下口的感觉。詹伯伯您觉得现在我该做些什么呢？

老詹：我认为，现在你首先应该按照学校安排，把每门功课，大体熟悉熟悉。这些课程，分为两类：一类是基础的、理论性的、知识性的；另一类是实用的、实践性的、可操作的。我的建议是，对于前一类，门门都得听，样样都得懂，但是，不必花太多工夫，能及格就行，毕竟你是来读大学，还是要拿文凭的。对于第二类，你就得非常上心了！要认真学，要学好、学透，而且争取考个高分。这是你在大学学的真功夫、真本事。

学生：嗯，这我有数了詹伯伯。但我还想知道，除了学好学校规定的课程外，还应该再学点什么，我要把自己四年的学习重点放在哪里呢？

老詹：这就是我今天要重点告诉你的了！说句实话，大学新闻系到底学些什么？新闻到底是不是一门学问？办新闻系究竟有没有必要？一直都有争论。40 年前，我们读复旦新闻系时，就听到社会上有这疑问。但是甭管他，爱谁谁，爱说不说！学问不学问的，你好好学，学到手了，就是学问。反之，再有学问的专业，你没学到手，不也等于没学问吗？

学生：是的，我也听到过这说法。甚至咱们学新闻的，也有人心里嘀咕。

老詹：嘿嘿，自己都嘀咕，怎么学得好！我要告诉你的是，新闻系学生应该而且必须下一番苦功夫做到“三多”。这是我干了几十年新闻工作后的反思总结，假如我再念一回新闻系，我一定努力做到“三多”。

学生：哦，“三多”？看来这是重点了。詹伯伯你慢慢讲，我认真记。

一是多写。

老詹：新闻系学生，一定一定要多写。道理很简单，因为你一辈子吃的就是写作饭。要搞新闻就得写呀，哪怕你是搞摄像的、搞网络的、搞策划的，不也得写说明、写文案、写策划吗？即使你今后没搞新闻，到了别的单位，能写不能写，写得好与不好，对你的成长和前途，也大有影响！一个会写的人，与一个不会写的人，工作 20 年后，其工作与前途的差别，一定是看得出来的，而且有的还非常明显。

学生：这个道理，我也明白。但詹伯伯如此强调，显然不是一般的随便写写。

老詹：对呀，不是一般的写写，而是多写多写再多写！也就是，凡是有机会，你就动手写！平时，可以注意一些晚报啦，日报啦，都市报啦，或者一些网站啦，看看有些什么专栏，上面刊登些什么内容，时间一长，你就可以看出它的路数、它需要什么东西，你可以投其所好，试着写一些去投稿。

学生：詹伯伯，好像现在纸媒体一般不接外面的稿，很不好上。

老詹：你说的没错，但不好上你也要写。写就是目的，并非发表才是目的。从一定意义上说，写作其实是一技术活，多写手就自然熟。写到第 10 篇，肯定与写第 1 篇时感觉不一样。写 100 篇就更不一样了。不是有个“10000 小时”的说法吗？什么事情，只要你坚持到 10000 小时，就会成为这方面的专家！大学四年，一天写 3 个小时，一年 1000 小时，四年 4000~5000 小时，这是基本底线，你再走入社会，就有底气了。

学生：如今自媒体非常方便。可不可以自己开个公众号，文章发在上面呢？

老詹：当然可以。不过，坦率地说，刚开始，如果文字水平还比较低，不一定要急着开公众号。因为开了也基本没人看，或者看的人极少，这对你的信心和情绪可能会有影响。而且，公众号如果没有一定的更新频率，就会半死不活，很难吸引粉丝。所以，我主张等自己文字差不多，有一定水准了，比如三四年级再开，这样可能更现实些。当然，如果你的愿望比较强烈，开它一个也无妨，即使做一记录保存起来也是好的，也算是发表了吧。

学生：即使晓得应该多写，但是写些什么呢？

老詹：什么都可以写呀！刚才说的主要是写言论，投给报纸杂志。也可以写影评、剧评，写好了，用的地方也很多。还可以写读后感，写热点时评，写心灵感悟，哪怕偶尔的一点感想，记录下来……总之，做个有心人，随时可以写。40 年前刚入复旦那会儿，我甚至还写过不少小说和散文呢，虽然没有发表，但对我帮助很大。

学生：第一是“多写”，第二个是什么呢？

二是多读。

老詹：多读，也就是多看。看什么呢？首先要静得下心来，看一些经典中外名著。可以拉一个基本的书单。大学四年，总得认真读完20部中外名著吧，一年5部，并不算多。阅读名著，或许一时不会对你有什么具体用处，但是，它对提高你的欣赏水平和文学修养，作用非常大！而你眼界和修养的提高，又是关乎你今后文字水平能否提高到一定水平的关键。

学生：眼高才不会手低，是这个道理吗？

老詹：正是。我经常讲一个故事，在经济日报社时，住福州馆宿舍，感觉那儿的院子里、宿舍里，打扫得并不干净。老伴问这是啥原因呢？是不是搞卫生的人太懒了？我说不是，是他们的眼光有问题。他们从小在农村长大，觉得这个样子，已经差不多，相当干净了，他们眼光就这水平，所以卫生就这样子。写作也是一个道理。如果你看过的好作品少，眼光不行，你怎么可能写出好文章来？

学生：这我明白了，认真阅读经典名著，为的是提高欣赏水平。

老詹：对头！阅读经典名著，不要急功近利，短期看或许无用，长期看获益匪浅。阅读到一定阶段，最好再找几个你比较喜欢、与自己写作风格比较相近的作家和作品，认真看，反复看，并有意识地模仿模仿。比如我曾经对孙犁和汪曾祺的文章非常感兴趣，床头摆着他们的书，有空就看一看，在写作中偶尔也模仿模仿。比如，"心里嘀咕"这个说法，就是从汪老那里学的，它就比心里怀疑啦、心中无数啦更形象、更接地气。汪老还爱写"回家鼓捣出一桌饭菜"，这比烹调出一桌饭菜，不也更生动、更有趣吗？我很喜欢读《聊斋志异》，它的文字非常精彩，相当简练，一两百字讲一故事，厉害极了。这也是我经常读的一本书。

学生：除阅读名著，还可以读些什么呢？

老詹：除阅读名著外，我建议你多看看时下写得比较精彩的网文，看那些写得好的、深受粉丝欢迎的公众号。单位公众号如人民日报、中国青年报、新华每日电讯、新京报等，个人公众号如侠客岛、六神磊磊、吴晓波频道、冯仑风马牛等。单位公众号在抓新闻、选角度和表达观点方面，很有水平。个人公众号则在其行文风格生动活泼、善于摸准读者胃口方面，颇有独到之处，否则它怎么能吸引几百万甚至上千万粉丝？

学生：多写、多看，这都好理解，最后一个多是什么呢？

三是多思。

老詹：第三多叫作多思。

学生：多思？就是多动脑筋呗，这也非常重要？

老詹：当然非常重要，而且甚至是决定性的！你们今后走入社会，到底有没有出息，能不能写出优秀作品，很关键一条，就是看有没有多思。换句话说，写文章之前，一定要多琢磨。把该琢磨的全琢磨透了，写出文章来就有深度，就精彩好看了。

学生：这个……一时好像不容易理解。请詹伯伯说得具体些。

老詹：举个自己的例子吧。过去当记者时，采写一篇文章，消息也好，通讯也罢。如果整个花十分时间的话，采访，三分；写作，两分；琢磨，五分。这个琢磨，包括采访前的构思，到底从哪个角度入手，重点要采访什么，哪些地方要深挖，挖得细一些，哪些地方又不必问得太细……都得琢磨好了，做好充分准备。回来写作，动笔之前，也要细细琢磨，标题怎么取，从哪儿写起，第一句是什么，第一段写什么，用一种什么风格，大体写多长……都得认真琢磨。我常常因为琢磨当天要写的一篇文章而在半夜醒来，就在黑暗中畅想，琢磨来，琢磨去。把要写的东西琢磨透了，真动手写，其实花不了多少时间，而且写得很顺，几乎一气呵成。反过来，想得不多，琢磨不透，写起来就会很吃力，疙疙瘩瘩，反而费时更多。

学生：琢磨和不琢磨，最终效果为什么不同呢？

老詹：琢磨，就会给你提供多种选择，比如，题目，琢磨琢磨，可以琢磨出10个题目来，十中选一。选择的可能性越多，你的文章就可能写得越好。不琢磨，没得选，就这一个题目、一个开头、一个结构，你这文章写出来就可能平淡得多，浅薄得多。

学生：詹伯伯这么一解释，我有些明白了。多思应该是我们养成的一个习惯。凡事都要动脑筋，多琢磨。

老詹：是的，琢磨要逐渐成为自己的一个习惯，长期的好习惯。一个善于思索的人，对生活的领会，对人生的感悟，往往会比别人更深更透，也更独到。写出文章来，也就更有深度，更有味道，更值得去回味，去咀嚼。

如果大学四年，把主要精力放在“三多”上，除基本课程外，真下功夫，扎实练习，那么我相信，你这四年会进步很快，肯定和别人大不一样。

咱们之间的差距，其实只有两个字

曾经和年轻记者聊天，他们说，老詹，你写的东西总是比较好看，比我们写得更生动、更吸引人，也更深刻。这到底是什么原因呢？

我说，这个嘛，不大好说。想了想，又补充道，咱们之间的差距，其实只有两个字。

哪两个字呢？选择。

是的，选择！

把话说得全乎点就是：水平高低在选择。

先讲一故事吧。

那一年，我和北京记者站站长小徐到燕山石化采访。刚上车，小徐就对我说，詹总，今天您带着我，就咱们俩，有啥绝招，教教我吧！

我说要得。你看，今天，是咱俩一起到燕山石化采访吧？等几天把稿子写出来，我的稿子，可能会比你写得稍稍好一点。

这“稍稍好一点”是怎么得来的呢?

关键在于选择。

怎么个选择法呢?

第一，对象的选择。这一点，我俩一样，都写燕山石化，这没得说，不分高下。

第二，角度的选择。到了燕山石化，到底写些什么？也许有五个角度、六个角度，你选择了 A 角度，我选择了 B 角度，我这个角度，比你那个角度可能会好一点，那么，我就会稍稍比你好一点。

第三，结构的选择。开始写文章了，我这个结构是怎么弄的，你的结构又是怎么回事，也许，我又比你强了一点。

第四，材料的选择。有了结构，还得把材料一个一个写上去。这次采访，我们可能收集了20个或者30个材料。我选择了这5个，你选择了另外 5 个，那么，我又有可能比你稍胜一筹。

第五，详略的选择。在我所选择的材料中，哪些详写，哪些略写，与你的选择可能会有差距，这样，我的文章也有可能会更吸引读者一点。

第六，文体的选择。用什么样的文体，写出什么样的味道来。工作，有工作的文体；生活，有生活的文体；年轻人、老年人、企业老板、机关干部……都会有不同的文体。虽然差别并不算大，但即使是细微差别，也可以品出不同味道。

好了，以上六个方面的选择，我或许都稍稍比你好一点，加在一起，我的文章就会比你写的更生动、更吸引人啦。

要说诀窍，这就是诀窍。

其实，做任何事情，都需要选择。有一本书叫《选择决定人生》，人生不就是一个不断选择的过程吗？从小学、中学选择学校，到大学选择专业，再到毕业分配选择地点和单位，参加工作选择奋斗方向，以后，还要选择配偶，选择事业和家庭二者如何兼顾……

数学大师陈省身说，他的成功，就在于“在正确的时间，选择了正确的方向，去了正确的地方，找到了正确的老师”。

同样道理，成功的报道，也是由一个一个成功的选择组成。

再举一具体例子《神秘的温州人》。这是我写的一篇通讯，8000 多字，一个整版。发表以后，反响不错，有人认为是写温州人写得最准确最深刻的一篇。采访写作过程，就是不断选择的过程。

其一，对象的选择。

这是写好文章的第一步。这一步错了，不可能写出好报道来。所谓巧妇难为无米之炊，麻袋难绣好看的花，这是前提。

选择标准是什么呢？我认为是四个字：好看，有用。

文章既不好看，又没有用，谁愿意看呢？这标准也可以换一说法，有意思，有意义。有意思就是好看，有意义就是有用。《神秘的温州人》的对象是浙江温州人，大家对他们感兴趣，写出来当然好看。写得再好点，或许会有用。

其二，角度的选择。

角度就是立意。文章立意是，温州人到底是一群什么样的人？他们为什么如此特殊，这么厉害？温州人神秘之处究竟在哪里？

我们知道，全世界几乎都有温州人！不但法国巴黎这样的大都市有，就是西藏拉萨那样的雪域高原也有。只要有商机，就有温州人。而且，无论到什么地方，他们都会干得很棒，活得很好。这是为什么呢？这就是《神秘的温州人》的总立意。

其三，结构的选择。

文章结构，分为三层：第一层叫是什么。温州人是一些什么样的人，有哪些特点？第二层叫为什么。温州人为什么会形成这样的特点？第三层叫怎么看。怎么看温州人，他们有没有毛病？如果有毛病，又是些什么？

其四，材料的选择。

以文章第一部分“是什么”为例。温州人到底是一些什么样的人呢？温州人特点很多，有人说，他们的特点是勤劳，我说不一定吧，咱们四川人不更勤快吗？这不能算温州人特点。经过选择，留下三个特点。

第一个特点，喜欢创新。温州人特别能创新。刘德华到温州开演唱会，一般想法就是卖票赚钱或者打点广告嘛。但温州人不一样，他们可以搞刘德华专用鲜花、刘德华专用餐具，什么都可以用刘德华赚钱。又比如，温州要建一个大体育馆，但是没钱，怎么办？他们想了一个主意，体育馆可以先卖给大家，比如，一排一号招标卖，买的人多可以卖 5 万元，人再多可以卖 10 万元。

一排一号这个座位从此就归你了，今后，任何高档演出，这个号都是你的，你可以去看，如果你不要，也可以以一定的价格转让，收益归你。就这个办法，座位还没卖完，资金已经大大超出建体育馆所需。

第二个特点，敢于冒险。温州有个女老板，到陕西赚了钱，回温州路上听专家说，陕西那个地方要开油田，当地规定可以买油井开采权。女老板回去和丈夫一商量，找了老乡，连自己的加上借来的，带来400多万元，买了三个油井的开采权。这当然有很大的风险。但最后她成功了。

第三个特点，勇于自立。温州市政府的同志告诉我，市里本来有专门的职工下岗补助款，但多年没人领。温州人认为，下岗是自己的事，为什么要找政府？有一次遇到强台风，上千房屋倒塌，死了好几百人，但没人来找民政局。一位老板曾经和我聊天说，如果我们同时出国，你们这些记者也好，政府工作人员也好，一下飞机就诚惶诚恐，找不着北了，心里空落落的，觉得很可怕。但我们温州人不是，一下飞机，特别高兴，哎呀，这么大的天地，什么人都不管我，我爱怎么折腾就怎么折腾，多好啊！

文章的第二部分“为什么”。温州人为什么会形成这些特点呢？我选择了三方面原因：其一，温州是个移民城市，人们不固守传统；其二，温州的自然环境比较恶劣，逼得他们不得不冒险，不得不自立；其三，温州的文化，孕育了喜欢创新、敢于冒险的温州人。

文章最后一部分“怎么看”，是对温州人的总评价，我也总结了几条，包括对温州人的三个弱点，做了具体分析。

其五，详略的选择。

哪些地方需要详写，哪些地方应该略写？应该以读者是否感兴趣为标准，感兴趣就详写，不感兴趣就略写。关键在你对读者心理的揣摩和把握。

其六，风格的选择。

动笔之前就得考虑，这篇文章用什么样的风格和文体来写。写青年的文章，一定要用青年人喜欢的语句，鲜活、欢快。写老年文章，不妨写得舒缓些、沉静些。这就是风格。有时因为文体、风格不对，整篇文章写出来会很别扭。

我曾到山西采访假酒案，当时，汾酒在全国销售很火，此事一出，有人正好拿假酒说事，各地纷纷停售。采访归来，写了一篇小通讯《风雨杏花村》，替汾酒说了公道话，用的就是章回体和半文言文，这与标题风雨杏花村很配，发到头版头条，效果很好。

最后，再讲一国外的故事。

福特公司一台大型电机发生故障，工程师们会诊 3 个月未能修好，只得请来权威斯坦门茨，他三下五除二就弄好了。有人嫉妒说，这么简单，只动动手，却向公司要了 1 万美元，这是勒索！

1 万美元是不是勒索呢？斯坦门茨在付款单上写道："画一条线 =1 美元，知道在什么地方画线 =9999 美元。"

这，就是选择的价值。

选择做出以后，看上去似乎很容易，但是，在选择的背后，却需要深厚的积淀，艰苦的努力。

少数企业“死”不了，多数企业“活”不好

按语：在“上篇：拐点”中，我曾记述到经济日报社以后，一篇文章让我一炮而红。这篇文章，就是《少数企业“死”不了，多数企业“活”不好》。这是总编辑老范参加全国经济工作会议后定下的一个题目，主题是如何搞活国有企业。接到任务后，为了写出新意，我来了个逆向思维，从“如何将少数企业搞死”入手，去论述如何搞活多数企业。文章发表以后，引起极大反响。后来，我到中央党校学习，此文还收入了学员“学习参考资料”。

绿野，苗圃。

成千上万株小苗，头碰头，肩并肩，密密麻麻挤在一起。空气，严重不足，养料，极度匮乏，眼见得小苗蔫蔫然日渐萎黄。

怎么办？送气排风，施肥浇水。效果不佳，未见起色。

果断间苗！把那些枝叶已经萎黄，根须已经溃烂，无法成材的病苗，毅然拔除，腾出空间。空气，清新了，养料，充足了。一株株小苗伸枝展叶，充满勃勃生机！

大自然生生不息的景观，给予我们耐人寻味的启示：小苗生长发育如此，企业生存发展，不亦如此吗？

（一）

不是我们不想让一些企业活，而是客观环境不允许这些企业活。

那道理是明摆着的：前几年，投资膨胀，“经济过热”，呼啦啦你上马我开张冒出成千上万企业；如今呢，治理整顿，“宏观紧缩”，市场的两头——原料和产品，再接纳不了这么多张嘴巴了。你想活，我也要活，咋办？“抽肥补瘦”，“劫富济贫”，只好大家都窝窝囊囊憋憋屈屈地活下来。

活着虽然都活着，效益没有了，活力没有了，生机也没有了。

我们先来看看棉纺业。原料，最多只能提供3000万锭；消费，到顶也只能耗去3000万锭，而现今全国棉纺厂的生产能力是多少呢？4000万锭！出路两条：如果没有25%的企业关停，只能是全行业25%能力的闲置和效益的损失！

彩电：全国已建生产线167条，年生产能力2000万台，市场容纳量最多1000万台，设备利用率不到50%！

汽车：大小汽车制造、装配厂达2400家，有的年产汽车仅数百辆甚至只有几十辆。而经科学测定，汽车制造业如要取得经济效益，其经济规模为年产30万辆！

还有那大大小小星罗棋布的冰箱厂、洗衣机厂、家电厂、卷烟厂、羊毛衫厂……

曾记否，当年治理整顿我们提出了两个目标：总量紧缩和结构调整。

总量紧缩的山头，已被我们攻克。

结构调整的山头，发起多次冲锋仍难以奏效。啥原因？那症结和难点，就在于我们的少数企业（尤其是国营企业）“死”不了——“风浪”来了，大家匍匐在地；“风浪”一过，全都站起身来，产业还是那些产业，结构还是那样的结构。

（二）

少数企业“死”不了，结构调整无从谈起！

少数企业“死”不了，产成品积压愈来愈多，达1300多亿元！

少数企业“死”不了，“三角债”的链条，碰到一个又一个“只吞不吐”的“黑洞”，前清后欠，愈欠愈多！

这还只是从企业外部看。从内部看，少数企业“死”不了，多数企业也没有生存危机，内部必然缺乏压力。而没有压力机制的企业，绝不可能创造出高效益。

今年8月8日，《农民日报》披露了1990年度乡镇企业与国营企业经济效益对比材料：

——乡村集体企业实现利润265.5亿元，首次超过国营企业

246 亿元的总额!

——乡村集体企业生产发展速度比上年增长 15.41%，而国营企业仅增长 1.53%!

——乡村集体企业销售利润率 5.675%，相当于国营企业 2.6% 的两倍多!

……

不用再抄录了。强烈的反差，已激不起读者新的惊讶和更多的感慨，因为“乡镇企业比国营企业活”这已是不用争辩的事实。当农民企业家鲁冠球在一次大会上自豪地预言，到 2000 年，乡镇企业无论产值还是利润都将取代国营企业，在国民经济中扮演“老大哥”角色时，听众中几乎无人持有异议。

为什么乡镇企业有那么生机盎然的活力?相对明晰的产权，灵活自如的经营机制，较少干预的企业自主权，这都是活力之源，但请别忘了更重要的一条——它已经做到了名副其实的“自负盈亏”:能活的，活得结结实实滋滋润润;不能活的，痛痛快快彻彻底底撒手“离开人世”。

在 1800 万家乡镇企业取得远胜于国营企业经济效益的同时，1990 年全国有近 40 万家乡镇企业被淘汰关闭!

如果我们把视野扫向全球，你会发现:

——加拿大。1990 年破产企业 11500 家，超过 1982 年经济衰退时的纪录。

——美国。1990 年破产企业 60432 家，比上年增加 20%。

——英国。1991 年头三个月平均每周有 600 多家公司破产，创同期破产最高纪录。

生生不息，新陈代谢，本是自然界万事万物生存发展的铁律，现代竞争的加剧，又进一步缩短了这生与死的更替周期。

国营企业的只能“生”不能“死”，已经使得我国经济发展的步履越来越沉重艰难。

（三）

不是不想“死”，而是不敢“死”啊！——某市一位主管工业的领导曾如此感喟。

是的，乡镇企业要关闭，那好办，牌子一摘，人员散伙，要回家的回家，该种地的种地，本姓“农”来还姓“农”，咱没话说。

国营企业就不同了。昨天还由国家发劳保发工资，今天工厂一“死”，得，没活干了，成百上千职工晾在那里，怎么安置？不又影响社会稳定吗？

职工安置，乍一看仅仅是生活安排问题，实际上它碰到的是两道难题：一是思想障碍，二是生活困难。

思想障碍，说白了就是职工思想得转过弯儿来，端了几十年的“铁饭碗”，而且几十年一直把这视为“社会主义优越性”，一旦饭碗碎了，工作没了，这弯儿要转过来的确不易。

我们说：“搞商品经济，有竞争就有优胜劣汰，就有企业倒闭破产。”

我们还说：“搞商品经济，失业同价格、利率、税收一样，也是一种必不可少的机制和杠杆。社会主义的优越性并不在于是否存在失业现象，而在于在保持经济持续、稳定、协调发展的过程中，把失业率控制在一个合理的范围内。”这样一些在理论上早已有定论的观念，还得不断地通过舆论工具，潜移默化地渗入广大职工头脑中。“冰冻三尺，非一日之寒”，冰雪消融，亦非一日之功。

生活困难，即企业停产关闭后职工的基本生活保障。这一问题的根本解决，有待于社会保障制度的建立。令人欣慰的是，我国最大的特区海南省棋先一着，最近已出台全国第一个省级社会保障制度系列改革方案。有海南就会有广东、有上海、有北京、有全国！可以预料，社会保障制度改革，必将随着改革的深化而在全国加快推行。

尚未建立社会保障制度，职工安置是否就毫无办法了呢？答案是否定的。劣势企业被兼并，职工安置自然不成问题。就是企业倒闭破产，职工的安置，政府部门也并未完全无所作为。据统计，我国财政一年给予企业的亏损补贴已高达600亿元。倘若把其中六分之一挤出来，用于安置企业职工，变“暗养”为“明养”，也有100亿元之巨。这笔为数不小的费用，不正为我们提供了比较大的回旋余地吗？

把少数企业“搞死”，会不会影响社会稳定呢？有关人士认为，只要做到三点：一、加强舆论宣传，转好思想弯子；二、妥善安置职工，使其基本生活有保障；三、掌握适当分寸，控制一定比例，关停企业，是不会引起太大震荡的。稳定还须讲效益。牺牲效益求稳定，实不可取，保住效益求稳定，方为良策。

少数企业“死”不了，多数企业就“活”不好。——这是被无数事实证明了的无情的规律。

天时人事日相催，冬至阳生春又来。以“搞活大中企业”为中心环节的中国经济改革，已经走过坎坷不凡的12年岁月。抬头看，见前方又横亘着一座绕不过去的山头。莎士比亚名剧中哈姆雷特那震颤心灵的独白，正隐隐在我们耳畔回响：

“活着，还是死去？这是个重大问题。”

（原载1991年8月15日《经济日报》）

从煮饺子说到规模经济

按语： 1990 年 12 月，那天我正埋头写稿，副总编杨尚德来到部里（当时，我是工交部主任），递我一摞材料。“小詹，这是国家计委开会拿来的。你看能否写篇文章，谈谈规模经济的道理？如今，好些企业连这基本的道理都弄不明白呢！”厚厚一叠材料，摆在我的面前。翻了翻，是国家计委召开全国规模经济研讨会发下来的。

文章写些什么呢？通过文章讲清一个道理，最好的方式，就是述评，这是经济记者的常用武器。写述评，就得讲故事。讲个什么故事呢？左思右想，绞尽脑汁。突然，灵机一动，想到了煮饺子！一篇题为《从煮饺子说到规模经济》的述评，很快完工。第二天，《经济日报》头版头条见报！文章发表以后，反响相当强烈。

（一）

朋友，如果我向您提一个小小的要求：请您帮我煮一个饺子，地道的韭菜、肉末、虾仁做馅儿，精白粉做皮儿的“三鲜饺子”；但不要多，只煮一个。您一定会说，别开玩笑了，要吃，咱就好好下一锅，只煮一个，谁那么傻？

是的，即使煮一个饺子，也得买菜、剁馅、擀皮儿、包馅、生火、烧水、下饺子……一道程序不能少，饺子虽然还是饺子，那“成本”，恐怕就高得令人咋舌了。

但是朋友，您可知道，在咱们的一些地区、一些企业，过去、现在（或许将来），还正干着“只煮一个饺子”的傻事儿呢！

不过，那不是煮饺子，而是办企业，出产品。

这就引出了“规模经济”和“产品经济规模”的话题。

（二）

“规模经济”，是指有些产品的生产在一定条件下呈规模“收益递增”的现象，即随着生产批量的扩大，产品的单位成本会下降，收益会上升。而这一定的起码批量，就是“产品经济规模”。

以我们熟悉的汽车为例吧。我国目前已有汽车生产厂125家，平均每个厂年产量仅5000辆，其中，有近100家企业的年产量竟小于1000辆！这样的批量，由于远未达到汽车生产的“经济规模”，其成本和效益，也就无法与国外年产几十万甚至上百万辆汽车的厂家相比，更谈不上与之相争了。

汽车的“经济规模”是多大呢？年产 30 万辆。

（三）

企业产品达不到合理的经济规模，弊端甚多，吃亏大矣。

第一，单位产品建设投资偏高，有限资金不能得到有效利用。第二，单位产品物耗、能耗高，生产成本高，企业经济效益差，难以同国外产品抗衡。第三，不利于采用先进技术和高效、大型设备。第四，难以筹措必要的开发资金，从而导致产品更新换代缓慢。第五，不利于有限资源的综合合理利用。

我们不妨再举一棉纺业的例子。1989 年，全国共有棉纺厂 2088 家，生产能力为 3565 万锭。其中万锭以下的企业多达 1259 家，平均规模仅为 0.38 万锭。由于小规模棉纺能力增长过快，加剧了原棉缺口，造成每年 700 万锭生产能力的设备闲置。万锭以下小厂的大量涌现，使我国棉纺生产能力低水平延伸，浪费原料，降低效益，减少创汇。

（四）

既然“规模经济”如此重要，为什么我们乍一听还会觉得陌生，一些厂长经理，甚至不知道本行业本企业的“产品经济规模”是多少呢？

请莫奇怪，亦勿自责。对产品经济规模的研究，在我国也还是近几年的事。为了切实贯彻产业政策，调整产业结构，国家计委有关司局、技术经济研究所，会同机电部、化工部、纺织部等10个部门，于去年3月开始着手全国第一批19种重要产品经济规模的研究，结合中国国情，得出了这些产品的合理经济规模的初步意见。

乙烯——年产30万吨。

炼油——年产250万吨。

合成氨——年产30万吨。

棉纺——年产3万至5万锭。

电梯——年产2000台。

轿车——年产30万辆，一期规模15万辆。

冰箱压缩机——年产100万台。

……

请别小看这些简单得一眼就能看清楚的数字。它凝结着大量科研、工作人员的辛勤汗水，以及一笔并不算小的调研资金。每一个数字，至少包含着调查分析以下七项不可或缺的要素：国外经验、中国国情、行业特点、资源状况、设备能力、技术水平和市场需求。

（五）

行文至此，人们问了：我国千千万万达不到“产品经济规模”的中小企业——当然还有不少大型企业——怎么办？难道统统要关门大吉？

答案，当然并非这样简单。有关专家和研究人员提请人们注意以下三点。

其一，提出和研究产品经济规模，主要是着眼于经济的“增量”，即新建企业的规模。比如，由石化总公司和化工部承担的乙烯企业产品经济规模研究报告提出，“从宏观和长远利益出发，我国今后应集中人力、物力、财力，主要发展30万吨的‘乙烯装置’。同样道理，国家今后批准新建炼油厂，规模不应低于年产250万吨，合成氨规模不应低于年产30万吨……”

其二，至于现有“存量”，则应根据市场需求和实际可能，有计划、分步骤地进行改造、调整或维持现状，而不是简单地淘汰或强求它们都必须达到经济规模。比如，对于全国1060家1万锭以下的小棉纺厂，有关部门提出的方针是“认真整顿、限期改造”；对于一些地方骨干铝厂，国家将在原料、电力、资金三落实的条件下，“有计划、分步骤地改造，使其逐步达到3万吨的经济规模……”

其三，在我国工业各产业中，就其规模的经济性，大体可分为三类：一类是规模经济显著的产业，如石油加工、黑色金属冶炼、化学纤维等；另一类是规模经济不显著的产业，如塑料制品、金属制品等；第三类则是基本不存在规模经济性的产业，如家具制造、饲料工业等。当务之急，是在事关国民经济大局的第一类产业中，按规模经济的原则组织生产，真正把经济效益充分发挥出来，促使我国经济由粗放型向集约型转变，缩短和世界发达工业国家的差距。

“规模经济”这词儿，尽管对多数人来说尚属陌生，但请相信，不用太久，人们谈起它，也会像说起“三鲜饺子”般兴味浓郁，亲切熟悉。

（原载《经济日报》1990 年 12 月 8 日）

开封何时能“开封”

按语：20世纪80年代中期到90年代初期，是《经济日报》的辉煌时期，在总编辑范敬宜带领下，报纸办得生机勃勃，极富活力！特点之一，是敢于并善于对地市级城市认真解剖分析，大胆开展批评——如今想来，仿佛天方夜谭，然而当时却是家常便饭！记得1994年初，报社策划了系列报道《开封何时能“开封”》，由工交部主任詹国枢、记者部副主任庹震、河南记者站站长刘海法前往开封，认真调查采访，写出这组报道。《开封何时能“开封”》推出以后，在全国尤其在河南引起极大反响，成为《经济日报》深度系列报道的代表作之一。下面刊出的是报道第一篇（此后，报纸还陆续推出《开封为何不开封》《开封人民盼开封》《开封如何能开封》等系列文章，连续展开讨论，将报道不断引向深入）。

开封落后了。

人称“郑汴洛”，曾以“豫老二”自居的开封市，在全省17个地市中的位次，连连下滑，1992年再次落入低谷。

经济增长速度——全省倒数第一。

国民生产总值——全省倒数第四。

人均生产总值——全省倒数第六……

统计局的同志开玩笑说，过去查开封，从上往下看好找；如今找开封，从后往前数好查。

1992年如此，1993年如何呢？这一年，河南省国民生产总值比上年增长15.2%，开封市比全省平均水平低了5.2个百分点；河南省乡及乡以上工业产值增长21%，开封呢，一半不到，只增长10.2%！

说到企业效益，更让人惭愧。1993年，全市预算内工业企业盈利9388万元，比上年增长28%，亏损企业却亏损5064万元，比上年上升148%！

落后就要被动，落后就得受穷。由于经济没搞上去，市财政收入捉襟见肘，囊中羞涩。财政局的同志红着脸不断往省厅跑，跑慢了，全市干部的工资就有可能发不出；教育局的同志屡屡为拖欠教师工资而坐卧不安；劳动部门则为职工年均工资比郑州、洛阳低800多元而摇头叹息……

口袋里没钱，城市也受委屈。开封的破烂陈旧，在河南各地市“名列前茅”。有人戏称，几十年前的“老开封”回乡探亲，不用问道儿，绝不会找错，连厕所都是老样子；有人调侃，开封人上下班是“挤电影院”，“坐车没有骑车快，骑车没有走路快”。为错开拥挤高峰，人们想出了不是办法的办法：学生7点半上课，工人8点开工，机关干部呢，请稍等等，8点半上班……

开封落后了，原因是什么？

开封市民在思考，开封领导在思考。记者到开封采访调查，也在苦苦寻求答案。

——有人说，开封落后，主要是前些年地市合并，5个富县划走了，5个穷县留下来，“一个讨饭娘，领着5个要饭孩”，哪能不穷？

——有人说，开封落后，主要是国家投入太少，多年没有大的基建项目，经济怎么可能搞上去？

——还有人说，开封落后，关键是领导班子换得太勤。从1983年以来，10年换过5任市长、5任书记，板凳还没坐热就走了。

——也有人说，开封落后，主要是没有一个明确的战略目标，一会儿以农业为主，一会儿以旅游为龙头，一会儿又要全力以赴抓流通，东一榔头西一棒子，经济岂能持续稳定发展？

……

原因摆了一条条，症结找了一个个。在与开封市领导、企业厂长经理和干部群众的座谈中，记者强烈感到，人们在不甘落后、苦觅对策中，愈来愈把焦点集中到了人的思想解放和观念更新上。

市委书记王日新说：“这理由，那理由，都是开封落后的理由。但关键的关键还是开封在思想观念上太封闭落后。不解放思想，打开封闭，开封就不可能摆脱被动，抑制滑坡。”

市长马连兴的话，说得更干脆：“开封人思想解放的程度，决定开封市经济发展的速度。”

开封“三大件”的兴衰经历，为书记、市长的剖析做了生动注脚。

电视机——早在20年前，开封无线电一厂就生产出了“河南第一台黑白电视”，此后又率先生产出了彩电。可是由于求稳，怕风险，小富即安，满足于手工作坊式的小打小闹，形不成规模，成本迟迟降不下来，竞争也就处于劣势。如今，企业固定资产仅1400万元，累计亏损欠款已达9800万元！

电冰箱——曾是“河南第一家”“全国第10家”，只因为阴错阳差没被“定上点”，只好小手小脚犹犹豫豫干。眼看着别人的冰箱频频进入寻常百姓家，眼看着一些冰箱厂成了全国知名的大企业，只能用“1993年实现利润55万元”的成绩聊以自慰。

洗衣机——上马时也是“全省第一”，上自动洗衣机时还夺了个“全国第二”，可惜好景不长，没两年就因严重亏损而下马，如今已是风流云散，又成“一张白纸”……

说到开封的封闭落后、自满自足，人们回忆起当初要搞股份制又怕说成是“资本主义”，想发展非国有经济又怕是搞“私有化”，以致至今乡镇企业和私营经济都很弱；人们一面为每天的上下班拥挤而骂娘，骂完又心安理得悠悠闲闲回到自己照样拥挤的小窝；人们最爱向外人夸耀的是“北宋的辉煌”“汴京的繁华”，动辄就说当年咱是“七朝古都”，如何如何……

说到开封的封闭落后、自满自足，人们吃惊地意识到，精华与糟粕，常常只有一步之隔。辉煌的历史很可能成为沉重的包袱，古老的文明也许正因其古老而像巨石压住了新生嫩芽。

刚上任的常务副市长梁绪兴一到开封，便对这座四面被古墙包围、长宽不足4公里的老城中竟拥拥挤挤住着几十万人而不胜感慨："城里挤得气儿也透不过来，又破又旧；城外呢，没多远便是新区的高楼大马路，不少人却不愿去住，实在不可思议！"这位中年副市长忙碌一天后的最大愿望，就是能叫司机把车开出城去，在宽马路上跑一圈。"要不然，心里憋得真难受。"

开封人已经意识到落后。

开封人不甘于继续落后！

就在记者前往开封采访前些天，开封召开了动员全市430万人民"破釜沉舟，大干五年，深化改革，实现翻番"的三级干部会。市委书记王日新坦率中肯的报告，使与会干部激情难捺。这位1992年从许昌调来的书记，一反做报告总是先讲成绩后讲问题的惯例，一上台，开门见山讲问题。他历数开封位次排列情况，寻找经济落后差距，剖析思想观念根源。面对上千听众，刚过五十却已两鬓斑白的王日新慷慨陈词：

"开封已到了拼命干的时候了！痛下破釜沉舟加快发展的决心，是不容退却的历史选择。如果不奋力拼搏，加速发展，不仅保不住应有的位置，人民生活不能得到提高，就是正常的工作、生活和社会稳定也会成为大问题，我们就会愧对党的重托，愧对创造开封辉煌的先辈，愧对开封430万父老乡亲，也愧对我们的子孙后代！”

宽大的礼堂里，黑压压坐满听众，连门外和后台也挤着人。他们是开封430万人民的带头人。他们一个个神态专注，表情严肃，心里像坠着铅块，沉甸甸的。

开封何时能“开封”？

开封430万人在思考，在企盼。

（原载《经济日报》1994年2月28日）

编后小记：《开封何时能“开封”》是《经济日报》20世纪90年代初推出的一组力作，喜欢《经济日报》的一些老读者，至今提起这组报道，仍然记忆犹新。一家中央报纸，能够如此坦诚、如此直率地对一个地级市提出批评，足见以总编辑老范为核心的经济日报社领导班子思想非常解放，行动相当果决！这也说明，当时的舆论环境比较宽松。当然，要批评，亦须注意方式和方法。据参与者回忆，河南记者站站长刘海法过去曾向编辑部反映，开封市近些年思想观念陈旧，经济毫无起色，群众怨气很大，建议以此为靶子，好好剖析剖析。正好，新书记上任不久，班子做了较大调整，新班子迫切希望借助舆论力量，推动全市来一场思想解放大讨论！正是在此背景下，报社派出詹、庹、刘三人前往开封，与市委市政府一道，共同推出了这组报道！倘若无此背景，一家中央报纸，突然对某市提出如此尖锐批评，岂非非常唐突，要惹出麻烦！从写作角度看，此文写得比较扎实，分析入情入理，逻辑性强，这也是报道能够站住脚并引起较大反响的原因。

安逸成都

按语：2007 年春，全国两会。成都市委宣传部部长老郝到报社找我，希望海外版给成都宣传宣传。老郝说，这些年成都发展很快，面貌变化挺大，市里决定要加大对外传播力度，打算在海外版造造声势。

我问，有没有具体设想？老郝说，初步想到两个方案：

方案一，在海外版做几个整版广告。

方案二，由海外版派出记者到成都采访，写系列报道。

我说，这两个方案，都没得问题！但说句实话，做几版广告，没什么意思！广告那玩意儿，又空又虚，谁愿意看？钱虽然花了，花得挺冤枉。干脆，这样吧，两会以后，我带几个年轻人，到成都深入采访，好好写几篇文章，一个版一个版刊出，这不比广告强多了吗？

聊到了最后，达成共识，城市形象宣传，切忌蜻蜓点水，面面俱到，成都要写好，文章无须多，三篇文章足矣。

其一，安逸成都。写成都人的精神状态，成都如何成了来了就不想走的城市。

其二，神秘成都。写大熊猫、三星堆和金沙遗址，写成都在人们心中的神秘感。

其三，山水成都。写青城山和都江堰，写国内罕见紧紧相连的这一对双世界遗产。

两会结束不久，老詹一行到了成都。文章如何采写，大家做了分工。

安逸成都，老詹一人独立完成。

神秘成都，两位年轻记者合作。

山水成都，交另两位年轻记者。

到了成都之后，我们整整一个星期，日夜兼程，马不停蹄，终于，三篇文章，皆已定稿。发表之后，成都方面非常满意，并将三篇文章作为成都对外宣传的主打文章，广为散发。

刚走出成都机场，先看到一则广告：成都，一个来了就不想走的城市。

“来了成都，为啥就不想走呢？”记者欲闻其详。

“因为成都安逸得很嘛。”接待我们的市政府新闻办小徐，一脸怡然自得。

安逸——古诗雅语。诗经曰：“安之逸之，适之豫之。”描摹的是一种从内到外，通体舒泰的精神感受。

安逸——四川方言。凡觉得此事甚合吾意，心情好，感觉好，就会说“好安逸啊！”

倘若感觉特别好，还会升级为“安得儿逸”，或“安逸得板”。

安逸的成都人哟，你们到底是咋个安逸的嘛？

一、餐桌上的安逸

成都人爱吃会吃，早有耳闻。今番赴蓉采访，方知此言不虚。

先说两件小事。

其一，抵蓉次日，记者打的从武侯祠到市中心，上车后，与司机聊起成都小吃，司机顿时来了兴致：“好吃的东西呀，简直太多了嘛！吃火锅可以去皇城老妈，尝小吃最好去龙抄手，还有夫妻肺片、老妈蹄髈、串串香、肥肠粉……硬是多得吃不过来，巴适（舒服之意）得很哟！”寻常一的哥，简直就是蓉城美食活地图！

其二，临离成都，与几位新闻同行小聚，聊起川菜烹饪，无论老总也好，编辑也罢，竟然人人做得一手好菜，个个都是掌勺能手。有的专攻小炒，有的擅长清炖，有的对火锅调料别有一番心得。不但说起具体操作头头是道，而且能从理论上来一番升华，数出个子丑寅卯，让我们这些外行听得目瞪口呆，连称佩服佩服。

“各位唧个这么会吃哟？”记者打趣相问。

“民以食为天，吃饭第一呀！”

“吃饭也是享受，好吃是硬道理嘛。”

“难道没听说过，成都‘人人都是美食家，个个都是烹调师’吗？”

不愧是搞新闻的，论起理来，上纲上线，直奔主题！

同行还介绍说，成都人吃饭，有两大特点。

一是喜欢在外用餐，尤其每日晚餐，经济宽裕者自不必说，就是一般居民，只要手头还有两个余钱，下班后也大多把门一锁，优哉游哉，到街边“苍蝇小馆”舒坦坐定，来三五小炒，上几盘凉菜，吃得一头大汗，肚儿滚圆，这才抹抹嘴巴，尽兴而归。

二是即使在家吃饭，也决不凑合，先得到菜场买回各种菜蔬蛋肉，葱姜作料，回家后再系上围裙，拉开架势，煎炒烹炸一番，整出一席好菜，这才坐上桌来，慢慢品尝。

正因为人人爱吃，个个善做，所以在成都甭担心找不到好餐馆，随便到街边哪家小馆，叫两个菜端出来，绝对是精工细作，正宗地道！

有爱吃也会吃的成都人，自然就会生出为这些“好吃嘴”们服务的各种从业者。蓉城大名鼎鼎的“飞哥”，即是最受男女老少欢迎的电台美食主持人。每到下午，晚饭之前，语速极快而又诙谐风趣的飞哥，定会准时“与您相约”：各位听众朋友，各位食客兄弟，今天飞哥又要带各位去到一家新开张的馆子。要说这家的火锅，那硬是有名堂，飞哥进去，才吃两口，哎呀恨不得脱了鞋子挽起裤脚干脆跳下去就捞！格老子简直鲜得来舌头都差点被咬脱……

飞哥一火，跟着冒出一位兰妹，说起吃来，清脆甜润，“口水滴答”，嘴皮子比哥哥还要溜刷。两台相争，自然是听众得利，把亲爱的食客们的馋虫，全从肚皮里勾了出来！

因了成都人的爱吃会吃，餐馆也就想方设法三天两头变换花样。川菜创新，在中国各菜系中最为迅速，“新派川菜”已然自成一格，菜肴多达数百种。

因了成都人的爱吃会吃，成都餐馆之多，也就在情理之中了。有人算了算，成都全城，稍成规模的大小餐馆有 3 万余家，倘若游客每天品尝一家，各家吃上一遍，得花整整 80 年！

好家伙，80 年！成都人餐桌上的安逸，记者算是领教了。

二、竹椅上的安逸

成都餐馆多，茶馆亦不少。街头巷尾，林荫树下，支几把竹椅，就是家茶馆。

“成都人为啥这么喜欢喝茶呢？”

“去人民公园瞧一瞧就晓得了嘛。”

抵蓉次日，清晨 8 时，记者来到位于市中心的人民公园，这是成都人喝茶最爱去的几大场所之一。公园极大，不收门票。一进大门，往左一拐，即是一家露天茶社。说是露天，其实既有亭台，亦有茶棚，数以千计的竹椅木桌，漫天铺开，那阵势，先就让你有些惊叹震慑。时为春日，稍有凉意，茶客不算多，座位尚未满，但熙熙攘攘之势已成。阳光星星点点，从树丛中筛下来，气氛十分温馨。记者来到茶社一角，坐到几位白发老人身旁，看他们正一边喝茶，一边稀里哗啦洗牌搓麻。

“老人家是一个单位的吗？”

“不是不是。20 世纪 50 年代一块学习过，都认识，如今退休啰，就到这里来喝茶。”

“住得离这里远吗？”

“有近的，也有远的。约好了，天天来。”

“这里待一天，要花多少钱？”

“你看嘛，便宜得很。”顺着老人手势，记者看到一招牌，上书：每人 8 元。午餐免费。“4 元是茶水费，4 元是午饭钱。一荤一素，巴适得很。”老人满脸微笑，那笑发自心底。

好嘛，8 元钱，喝一天茶，还送午餐——成都普通市民消费之低廉，于此可见一斑。

正说话间，旁边有人喊道：“大家莫要高声讲话，现在传达文件！”原来，这又是一拨儿，成都某民主党派的退休老师们，二三十人，到这里开座谈会，传达学习有关《物权法》文件。老师们将茶桌拼成一溜，摆上瓜子花生，一边听传达，一边嗑瓜子。文件传达完毕，接着打牌、喝茶，摆龙门阵。

“这么多人，公家报销？”

“啥子报销哟。叮叮猫儿（蜻蜓）咬尾巴，自己吃自己！就是你们北京说的 AA 制。好耍得很！”

在成都，工作之余，休闲时光，大都在茶馆度过。正因此，喝茶之环境及座椅，不可不讲究。成都茶馆，以竹椅居多。竹椅，比普通座椅稍矮，后有斜斜靠背，旁有弯弯扶手。靠背扶手，皆按人体比例设计，微微后仰，轻轻相扶，不宽不窄，刚刚好。“安逸得来你坐上去就不想起来。”半仰半坐之间，可喝茶，可打牌，可聊天，实在累了，还可舒舒服服眯上一觉。

茶馆除了喝茶，还有一些别的服务和享受，如卖小吃、掏耳朵、擦皮鞋、听评书、看演出等。掏耳朵，好像成都才有。掏耳者备有耳勺、长钎、短钎、长绒球、短绒球等一应工具，不但轻轻给你掏耳，弄得你浑身痒痒酥酥，非常受用，还可作头部、肩部、颈部按摩，常常是掏着掏着，茶客已酣然入睡，鼾声大作。

难怪成都人这么爱喝茶呀。

外地人到成都，有一事不可理解：为什么白天上班时间，还有那么多人在喝茶，难道成都人都不上班？

成都人的回答是：“哪里是不上班嘛。那些喝茶的人，好多都是在上班！人家把生意都拿到茶桌上来了，气氛又良好，说话又随便，一边休闲一边就把事情搞定了，何必正儿八经到办公室嘛。”

的确，记者在不少茶馆看到有白领模样的人在商谈公事，有的面前摆有小本，有的更加干脆，把笔记本电脑搬上了茶桌。

竹椅上的安逸，自然并不限于茶馆竹椅。近些年来，成都酒吧、咖啡馆如雨后春笋，连连开张。记者曾在“60年代”酒吧和“良木缘”咖啡馆小坐，其气氛之热烈，生意之火爆，比上海、广州等沿海城市毫不逊色。

没说的，酒吧、咖啡馆里的成都人，表情与泡茶馆者一样闲适安逸。

三、山野间的安逸

餐馆茶馆，都在城里。追寻安逸的成都人不甘囿于一隅，便把触角伸得更远，远到了郊外山野间。

农家乐的兴起，即是一例。

当初，一些喜欢找乐子玩新花样的成都人，周末开车到郊外踏青，饱览了大好河山，呼吸了新鲜空气，可这中午饭咋个办呢？

不要紧，到我们农家来吃顿便饭嘛。屋周围鸡呀鱼呀什么的全现成。地里头青菜萝卜四季豆都新鲜。“点杀”现做，好巴适哟！

多少钱呢？

多少钱不要紧，看着给一点就行了嘛！

要得要得，拍板成交！

就这样，一传十，十传百，成都人一到周末，几乎倾城而出，到周围山野间去享受自然之美，农家之乐。

玩一天下来，喝茶下棋打麻将，间或看看小录像，每人也就十来块钱，城里人觉得很便宜，农民们也感到挺划算（全是现金收入呀）。

成都兴起农家乐，已有十好几年。近些年绽然开放的“五朵金花”，更把这一休闲方式推向极致。

“五朵金花”者，成都郊外五个以农家乐为主业的村子也。

这五个村子，土质不佳，地处高压线通过区，建高楼不允许，粮食生产也不好发展，仅以养花种菜为生。农家乐风声一起，村民们在区乡政府策划带领下，把五个村分别改造为花乡农居、幸福梅林、江家菜地、东篱菊园、荷塘月色。这个村专植梅树，那个村只栽菊花，一村一品，各具特色。把城里人吸引出来，一看就啧啧称奇，一来就不想走了。如今，“五朵金花”已成成都一大品牌，外市的、外省的（甚至外国的），都来参观。

耐人寻味的是，好多地方取经回去，却发现不大灵光，金花难以盛开。何故？原因之一是成都的自然气候好，一年四季皆温暖，天天可以室外喝茶。原因之二，则是成都人的休闲秉性，喜欢到山野间寻找安逸。这可就不是一时半刻“学”得来的了。

记者赴蓉采访，去看“五朵金花”，来到专门租地给城里人“种着玩”的江家菜地，看见两位穿着长裙的年轻女子，正蹲在菜地劳作。记者走近打问，姐姐比较大方，主动答言道：“我们是城里头的，下来种菜，你们要问啥子嘛？”

“城里头下来种菜？真是新鲜。菜地是你们的吗？”

“当然不是我们的。是我们租来的嘛。每分地每年给农民800元，他们下种，帮忙管理。收成算我们的。吃不完，农民还可以代卖。星期天没得事，就下来种菜嘛，不但好耍，还可以带着娃儿来，培养他们从小热爱劳动的品德。”

文静的妹妹一旁补充道：“你看这菜，多水灵呀，摘点下来，就在农民家里头弄好了，绿色食品，现炒现吃，好巴适哟！”

看来，二人真是深得山野间安逸之真谛了，真让旁观者羡慕不已。

成都多农田，成都近山水。最有名气之山水，一为都江堰，一为青城山。每逢夏日，傍晚时分，不少成都人喜欢开车到都江堰去喝啤酒。前年酷暑，天大热，都江堰各支流河畔，竟有数万人聚集喝啤！聪明的店家在浅水中支起张张方桌，喝者须脱去鞋袜，涉水过去，将脚泡在水中，一边喝啤酒，一边冲壳子（聊天），一边吹凉风，那份惬意，那份潇洒，简直安逸得板！

至于青城山，则已成了成都人长年休闲休养的胜地。有将“第二居所”建在山下的，有退休后到此长住的。更多的则是偷得浮生几日闲，来到青城山下，租农民房屋，吃农家伙食，一切全包，啥都不管，实实在在过几天“采菊东篱下，悠然见南山”的世外桃源生活。

“贵不贵，一个月多少钱？”

“吃住全包，七八百元。”

四、心里头的安逸

成都市为什么生活起来如此安逸？成都人为什么喜欢寻求生活中的安逸呢？

这是采访中记者很想弄清楚的两个问题。

问题一的答案，比较简单，四川乃天府之国，成都，恰似镶嵌其中的一颗明珠。四围皆群山，中间一绿地，气候非常好，还有都江堰。按成都人的话说：“生活在这样的地方，你想不安逸都不得行。”

问题二的答案，就比较复杂了。为此，记者曾与成都市社会文化界知名人士座谈，探讨成都人为啥如此喜欢寻求安逸，他们有些什么样的性格特点。

比较一致的看法是，餐桌上的安逸也好，竹椅上、山野间的安逸也罢，皆源于成都人“心里头的安逸”，成都人的性格，有以下特点。

一是平和。

平和，不浮躁，是成都人的普遍特点。从外形你就看得出来，成都人大都慈眉善目，平平和和，一脸的气定神闲。成都街头，很少见到有人吵架闹事。即使有，你也不必担心，更不用去劝架，十有八九是吵着吵着就算了，散了，绝打不起来的。不像有的城市，火辣暴躁，话没几句，“格老子”一拳就打过去了。

谈及平和，一位作家总结道，成都的富人比较不跋扈，成都的文人比较没有幻觉。一个是物质上的，一个是精神上的，两个制高点上的人，都还比较克制。

普通百姓如何呢？当然也很平和。在成都，工人即使下岗了，也很少有急赤白脸大喊大叫甚至寻死觅活的。“一万元有一万元的潇洒，十块钱有十块钱的讲究，咋个都可以过下去嘛。”他们照样吃饭睡觉喝茶搓麻，甚至上街还牵着一条小狗，优哉游哉，根本不急。

再看看成都餐馆，无论大小，取名很少有帝呀宫呀王呀什么的，反而多以老妈、布衣、二哥、小妹之类命名。越平民越好，越与老百姓贴近越受欢迎。

二是包容。

包容，不狭隘，是成都人又一特点。

在成都，记者曾采访一些外来的白领、打工者和旅游者，他们的共同看法是，成都这个城市，人比较好相处，不欺生，谁来了都包容得下，感觉比较舒服。

成都街头，有不少小不点儿的餐馆和麻辣烫大排档。在那里，你常会看到一溜停放着宝马、奔驰、奇端、奥拓、三轮车、自行车。一个清洁工旁边，或许就蹲着亿万富翁刘永好在啃串串烧，再一回头，你又可能同某位经常在电视上亮相的明星打个照面，他或许和一的哥一边吃麻辣烫一边正聊得欢呢。彼此点头一笑，谁也不以为怪。

有位京城作家曾感慨，什么样的名人到了成都，都会消融其中，泯然众人矣。

成都近郊青城山上，一座宫殿内塑有三个观音：一是道家观音：手执拂尘，足下骑龙；一是佛家观音：手中托瓶，座下莲花；一是俗家观音：华服鲜艳，俨然贵妇人。

三而合一，相安无事，彼此包容。

川菜，集粤菜、湘菜、鲁菜之所长。川剧，既有京剧的清冽、秦腔的悠长，又有越剧的缠绵。这，也是一种包容。

三是诙谐。

诙谐，不忧愁，可算成都人又一特点。诙谐，既有乐观、风趣、幽默之意，又不完全是一回事，个中奥妙，须慢慢去品。

成都人的诙谐，随时表现出来，你且信步街头，看看那些餐馆取名吧：公社九大碗、孙二娘羊肉汤、舌尖诱惑、初恋鸭唇、降龙鹅掌、乔一乔怪炒、眼哥田螺、煎一点……越“怪”越有意思，越能吸引食客。记者赴蓉当日，在武侯祠所开之“三顾园”用餐。服务员端上一盘炸鸡，周围码有八粒大蒜，主人请猜菜名，记者屡猜未中，结果是“神机妙算”，谜底揭开，众人皆乐。

有两件事，也可说明成都人之诙谐风趣：一位名叫蒋德才的男子，曾在《成都商报》头版买下版面，表达对恋人的爱。另一位男子更加了得，竟在郊区石象湖一个山坡上，把上万盆不同颜色的郁金香摆成一行英文：I LOVE YOU。

座谈会上，女作家洁尘说，成都人对一个人是否有情趣（成都话叫“好不好耍”）看得比较重。就说女孩谈朋友吧，别的地方，要么有钱，要么有地位，几乎大功告成。成都不行。她曾在公交车上听两位长得很漂亮的女孩子聊天。一位说，你们那位处长先生，为啥不同他谈了呢？另一位道，啥子处长哟，瓜的，一点不好耍，吹了！

平和，包容，诙谐。三者之中，互有你我。或许正因此，成都人喜欢以诙谐开玩笑的方式，求得平和与包容。夫妻之间，丈夫常常甘于以“耙耳朵”自嘲自居。邻里之间，无论碰到什么矛盾，嘻嘻哈哈，几句玩笑就算了。成都人的口头禅是“不存在”。再严重的事体，一句“不存在”，烟消云散。

成都人有没有毛病呢？当然有。太追求安逸，太容易满足，是座谈会上多数人的共识。其例证有三：其一，成都的民营企业家，大都甚少雄心，做到一定规模，不再做了；其二，成都的下岗工人，再就业时喜欢挑挑拣拣，苦些累些的活儿，不干，宁肯待着，不愿苦着；其三，成都人办事，不甚准时，说好3点开会，3点半人能到齐就不错了。

当然，任何地方的人都会有毛病、有不足。小眚不掩大德也。追求安逸，乃人类天性，关键是要分清界限：工作上追求安逸，显然不妥，生活中追求安逸，无可指责。这是座谈会又一共识。

正因如此，记者这篇“安逸成都”，描摹的是成都人的生活状态而不是工作状态。如果哪位喜欢较真，偏要站出来抬杠挑刺，那就会弄得作者和读者都不“安逸”了。

走笔至此，记者要用刚刚听来的两句成都话，为本文作结。在成都过日子，硬是好安逸哟。

成都，一个来了就走不脱的城市。

（原载《人民日报海外版》2007年5月15日 第4版）

豪华三轮

按语：这是发表于1992年的一篇通讯，确切地说，应该算散文吧。那是我带着强烈感情写的一位京城三轮车夫。当时，我们在王府井上班，曾经有几次，看见一辆装饰豪华金灿灿的三轮车，从长安街驰过。这使我对车主和这辆三轮车产生了极大兴趣。通过种种努力，终于找到三轮车主。我认识了他，同他交了朋友……后来，带着深深的理解与同情，写下这篇《豪华三轮》。

张双利，43岁，居住于京城东四十三条胡同一间不足10平方米小屋。“回城”以后，不甘待业，遂蹬三轮。置车一辆，精心装饰，金光灿灿，人称——

豪华三轮。

（一）

双利心高。

自打蹬车以后，每天风来雨往，早出晚归，也能挣下三四十块。月末算算，纯收入大概能养活两个教授。不禁笑了。有点得意，也有点不是滋味。

然而心理很不平衡。

想当年，北京二十二中学生，朝气勃勃，无忧无虑，书声琅琅，开心快乐。怎料到年近不惑，竟操起了祥子的营生！

蹬车受气，让人瞧不起。这一点，双利心中明镜儿似的。

别人看不起自己，咱可不能再自个儿糟践。人活一世，就要活得硬硬朗朗，活出个人样儿来！

于是，一咬牙，直奔红桥电器商店，拍出 160 元，买下两只金灿灿的壁灯。

他早琢磨好了。这玩意儿有古味，像是宫廷用的，镀铜也挺好，亮。配两条不锈钢，镶在客座两旁；再花 80 元买一只电瓶，夜里开了灯，气派，帅！

他乐呵呵开始忙活，像打扮待嫁的闺女，又分明在装饰自己遥远的希望。

那几天他有些痴迷，有些疯狂，花钱十分大方，精力格外充沛。

（二）

双利这小子，神气多了。

豪华三轮，浑身是戏。宫灯甭提了！瞧那横叉，安上两只橘黄车灯，下面还吊四只铜铃儿，颤颤的，车一走，丁零当啷，赛似八音盒儿！一只按铃，足有碗口大，全铜活儿，上下封闭，轻轻一摁，“当——”，别提多脆生了！这小子舍得花钱，八十多块一只呢……

豪华型与普通型一字儿排开，那就“显”出来了。老外们从饭店走出来，“Hello”一声，直奔豪华三轮。

“Oh，beautiful！”（好漂亮）

一边咕哝，一边要坐。

双利笑吟吟手扶车把，一脚点地，轻轻将车滑出，就势骑上。听得背后一声“好马骑？”他知道这是老外在问价（How much）呢，于是用肚内尚存的几句英语答道：

“疼！”（Ten，10 美元）

“OK！”老外认可，扬手叫走。

双利脚下使了劲，那车似一辆“奔驰 500”，悄没声儿驰下车道，一拐弯，汇入车水马龙。

“当——”鬼使神差，他伸手摁了一下按铃。

（三）

双利蹬车，已有些年头了。

坎坎坷坷，风风雨雨。他见了多少人，经了多少事！

他记得那年北京站口拉两位河北老乡，白头巾，抿裆裤，很土，开口却要住“好饭店”。先拉到松竹园，嫌小，嘈杂；又拉到北京饭店，抬头看看，嫌高，头晕；于是赌气拉到别墅式豪华饭店——竹园宾馆，清朝大员盛宣怀的官邸，“文革”中康生的宅院，300 元一夜，看你还挑不挑！

“中，中！”老乡笑了，“俺就喜欢这。”拉开提包，取钱两捆，先数 3000 元，要住十天。又将双利送出大门，随手抽出两张 100 元，作为酬劳。双利接过钱来，感慨万端。这人，真有富的哪！

又一次，也在北京站口，母女俩，清瘦单薄，向双利问路，民政部在哪里？市民政局怎么走？双利一见，顿起怜悯之心，二话没说，拉娘儿俩上了路。到了目的地，双利转身要走，母亲死死拉住，流下泪来，说是没钱，非要抓几把花生，放到双利车上。双利吃不下去，眼眶有些湿润。

最难忘的是一位来自珠海的姑娘，穿着入时，到北京办签证。先拉到和平宾馆，一问，太贵，住不起。双利又将她拉到朝阳菜市场，楼上有家旅馆，干净、便宜，南北皆可通往使馆区，很近。姑娘住下，非常满意，认定双利是好人，从此包车七天。办事之余，北到颐和园、香山，南去大观园、天坛，玩得十分尽兴。临走，双利在家包了一顿饺子，招待这位南方姑娘。姑娘返家，专门写来感谢信，说“张大哥”的为人，使她“永生难忘”，“下次一定再坐张大哥的车”。落款是“您的顾客卢亚珍”。

风风雨雨，坎坎坷坷。双利下决心掏出积蓄，装点豪华三轮。

他要用豪华三轮装点自己的人生。

（四）

然而去年 11 月，他把豪华三轮拆了！

啥原因？双利不肯细说，只是长长地出了一口气，半晌无语。

他只说，这辆车太扎眼了。

扎眼之后，结局可知。同行甩两句闲言冷语，他淡淡一笑，可以理解。最忍受不了也最想不通的是，车越漂亮，越爱挨罚！几辆车停一堆儿，别的没事，专罚这辆！

“唉，不管怎么说，咱蹬三轮这一行，是低贱，是被人看不起！去年夏天，我接连被罚 8 次。1 次 50 元，7 次 20 元。哪一次在哪罚的，为啥罚，我记得清清楚楚！”

记得清清楚楚又能怎样？不怎么样，记记而已！

双利拆了豪华三轮，托亲戚在天伦王朝饭店找了份临时工。每月工资 200 多元，虽说少点，倒也固定，旱涝保收。

然而，他又把工作辞了。

“一来在那里干不可能有前途。洗衣房里，操作、熨烫，全是职高学生，年轻，又有技术。咱只能干些搬运粗活，四十大几了，体力竞争不过，学技术也无望。再干几年，你不辞它，它也可能把你辞了。”

“二来呢，还是想蹬三轮！其实蹬车这活儿，不算累，车拾掇好了，不比骑车沉多少。体力劳动，空气新鲜，有些老爷子，70 多岁还蹬呢。”

（五）

双利和我聊着，先是很平静，继而有些激动。

他的三轮，就停在门口小院里。

一辆普普通通的三轮，一辆曾经金灿灿“豪华”过如今又黯然失色的普通三轮。

“我还得把它拾掇起来！”双利从柜顶取下包扎完好的宫灯、按铃、车灯、簧片、各种配件……小心翼翼打开，出了门，比画着往三轮上安。“您看，装这儿，多派。”“这儿旋上螺丝，下面缀四只小铃儿。”“喏，按铃装这儿，一摁，当——脆生……”

四十有三的张双利，妻子刚从农村办来户口，身体不好，在家歇着。女儿年已十五，正念初中。他得挑起丈夫和父亲的担子。他得向命运挑战。

双利说，这辆车，4月中就会拾掇出来，那阵，天也该更暖和了。

早春寒风中，我们握手告别。我记住了这位朴实的三轮车工人，记住了这座小院，北京东四十三条胡同，一间不足10平方米的小屋。

（原载《经济日报》1992年4月22日）

后记：《豪华三轮》刊出没多久，我正上班，值班室说，有人找。我问是谁？说是一位三轮车夫。下楼一看，正是双利！还有那辆金灿灿的豪华三轮！双利说，车装好了！今天特地过来让您看看。来，坐上！我拉您走一圈！双利拉着我，绕着院子转了好几圈！一边聊着天，一边看着双利那结实的身板，浑身似乎使不完的劲儿，我真打心眼里替他高兴……唉，不知不觉，24年过去了，豪华三轮车主也该退休了吧？双利兄弟，你过得还好吗？

正因为没有后台，所以才更要努力

2006年11月，我从经济日报社调任人民日报海外版总编辑。

从级别上说，从正局到了副部，这算是人生途程的一步，而且是一大步吧。

时下中国，但凡公干人士，都是有级别的，科级和尚、处级寺庙云云，并非虚构。

新闻单位，自然也是有级别的。比如，经济日报社是副部级。当了社长、总编，就是副部级。我们这些副总编辑们，是正局级。

回想自己，1982年从复旦毕业分来北京，普通记者一枚，没什么级别。后来，渐渐当了部主任、编委、副总编辑，这才有了级别。

喂喂，老詹，你这文章，一上来就说级别，好像有点炫耀，有点另类，让人看了很不舒服呢！

是的，兄弟，我晓得，级别这玩意儿，虽然大家都挺在意，挺当回事儿，甚至关键时刻，相当计较，但是都不明说，讳莫如深，正所谓人人心中有，个个口中无也。

啥原因呢？仔细想想，亦算一中国特色吧，大家都好面子呀！有些东西，比如当官啦，级别啦，待遇啦，虽然想得要命，但那是只可意会，不可言传的！一旦公开讲出来，甚至诉诸文字，好家伙，你这人岂不就太庸俗，太低级趣味，太不高尚了吗？

怎么才能高尚呢？

闷在肚子里，别说出来呀！

然而，老詹是个爱讲真话的人，既要实话实说，却又遮遮掩掩，羞羞答答，你这实话还说不说了？

嘿嘿，干脆直说了吧，甭管那么多啦，爱谁谁！

其实，级别这玩意儿，老詹哪里懂得！记得1982年初，刚到北京那会儿，老詹（时称小詹）虽然已经三十有二，但对于什么级别待遇之类，一无所知。只晓得到了报社，就是记者。当了记者，就得写文章。既要写文章，就得尽最大努力，把文章写到最好。起码，得写来让自己满意吧。

当时，老伴（时称爱人）杨乔带着儿子詹越远在四川老家。我独自一人，在京城打拼。每天工作之余，便抓紧时间学习。学什么呢？从最基础的学起，通读《辞海》！边读边做笔记，一年多时间，每天扎扎实实，补文字基本功。至1983年底妻子从四川调来，《辞海》已经读完，收获委实不小。

刚进入报社，分在思想教育部，部里新办一《年轻人》专版。因我在年轻人中已经不算年轻，办事比较稳重，所以叫我临时负责。每个星期，绞尽脑汁，想各种办法，把专版办得生动活泼，让读者喜欢。记得曾想出一主意，当时央视不是有一帮年轻人吗，什么杨柳啦，杜宪啦，罗京啦……每人写一专访，再配上照片，取名《中央电视台的年轻人》，刊出以后，大获好评，总编安岗夸奖说，这个专题好，就这样子办！

除了办好专版，每天精力尚有富余，那就看看其他各版，哪些地方有什么专栏，可不可以再弄点文章发上去。闲着也是闲着，多写多练，水平才能提高嘛。正好，副刊版有杂文专栏。于是找来旧报，读了一些，大体摸清脾性，时不时地，写上一篇，发表以后，再来一篇。

就这样，小詹渐渐崭露一点小小的头角了！1983年春，报社得到线索，河北沧州有一企业家，敢闯敢干，是难得的改革典型。任务便落到我的头上，让我带上年轻记者庞淳（现为日本知名画家）前去采访。七天七夜，我们每天睡得很晚，起得很早，脑子里全是如何见面、如何提问、如何搜集材料、如何确定主题、如何设计结构……干得特辛苦，但却很充实。

回京以后，7000字长篇通讯，初稿已经完成。交上去之前，我改了又改，每天晚上睡下，因是集体宿舍，怕打扰别人，便在黑暗中背诵通讯，从头至尾，一遍一遍，哪里有不合适的地方，立即起床，打开手电，改好文章，又再躺下，继续背！文章发表以后，引起小小轰动！大家没有料到，刚毕业的小詹，竟能写出这样的文章！

就这么着，小詹给人留下两个印象，一是非常勤奋，二是能写文章。加上我这人比较忠厚，与人为善，从不惹事，所以，同事关系、上下级关系都处得比较好。到了第三年，大概 1985 年秋吧，报社准备任命一批年轻人担任部门负责人，协助老同志工作，我便顺理成章成了国内政治部负责人。

自那以后，工作更加努力，而努力所得到的回报，也愈加丰厚。

1986 年，老范（范敬宜）从文化部调来当总编后，报社上下，勠力同心，心气很足，报纸办得生机勃勃，充满活力！老范是爱才惜才之人，对年轻人特别提携。当时，我评上主任记者（副高）刚刚三年，还有两年才能申报正高。但老范竟亲自命题，叫我单考英文，并向上面申报正高，未久即评为高级记者。为了锻炼年轻人，他又安排时任工交部主任的我和记者部副主任庹震到河北挂职，当了一年多副市长。回北京后，庹震被提为记者部主任，我则进入报社领导班子，成了最年轻的编委。未过多久，我担任了副总编辑。

回顾这些，说这么多，并非炫耀，而是确有一番感慨。说实话，当时那样的环境，那样的风气，那样的领导，全给俺赶上了，确实不容易！都说官场盛行暗箱操作，没有后台，不凭关系，甭想升迁。就我的经历看，此说虽有道理，但亦并不尽然。你看我吧，一普通百姓子弟，没有任何关系，更无什么后台，但是，从一般记者到报社副总编辑，其中真是半点没靠关系！就是仨字，好好干！别的，没有考虑，也无须考虑。

我心里明白，只要努力工作，机会总是有的。尤其报社这样的新闻单位，干得好不好，稿件会说话，合适不合适，大家都有数。而每一次干部选拔，差不多都要搞民意测验，既然你很出色，群众看在眼里，当然就会选你。在经济日报社，周围和我差不多的副主任、主任、副总编辑们，不说全部，起码绝大多数是凭本事上来的。

全是群众说了算，干得好就能上吗？也不尽然。到了报社副总编辑这一级，再往上走，或许群众意见的分量就渐渐小了，其他因素的权重会大大增加。比如我吧，经济日报社两次班子变动，排在我后边的两位副总编辑，噌、噌、噌、噌，全上去了，我却一次又一次，原地不动！是老詹表现不佳，群众不满意了吗？当然不是。啥原因呢？当时并不清楚，现在也不大清楚。反正人家当了总编辑，你就认了、服了，好好配合呗！这是我的真实想法，也是唯一选择。

记得 2005 年 5 月，新社长、总编刚一上任，就提出搞“改革开放调研行”，一个省一个省搞起，副总编辑和部主任带队，五人一小组，天天走，天天写，就在一版，天天刊登！这主意不错，我带头报名，带着第一批年轻人到了河南，马不停蹄，整整跑了 30 天！每天一篇稿件，从题目到构思，从完稿到修改，我都要过目，没半点马虎。最后，还亲自出马，采访省委书记徐光春，写出长篇述评《一个农业大省的转型之路》，为河南之行画上了圆满句号。报道刊出以后，河南省委非常满意，徐光春专门写信，表示感谢！记得回到家里，老伴说，咋一个月就整得这么黑、这么瘦嘛？站地秤上一称，好家伙，轻了整整 8 斤！

河南采访回来没多久，正在中央党校学习，报社通知我，回去参加经济日报社选拔一名部级领导民主推荐会，中层以上干部都要参加，人人投票。又没多久，2006 年冬，我接到通知，到人民日报社担任编委兼海外版总编辑。

自那以后，算是又上一“台阶”吧，在海外版度过了一生中“最为踏实、最为舒畅、最为痛快，也最有成就感”的四年岁月。

俱往矣！以上所说，都是些旧事，也全是真事。前些日子，跟几位同行聊天，说起人生成长与进步，年轻人大有“时下风气真够呛，没有后台难升迁”之叹！我说，作为一唯物主义者，我承认，有后台、有关系，确实各方面容易占优，有时候干部队伍风气的确也并不尽如人意，但是，作为我们这些百姓子弟，“正因为没有后台，所以才更要努力”。这是我积大半生实践得出的结论，也是我们唯一正确的选择。

怎样与上司相处，记住四个字足矣

前些日子，老詹公众号发了篇《正因为没有后台，所以才更要努力》，有网友点赞，表示认同，也有网友建议，詹老师能否再讲一讲，刚进入职场的年轻人，怎样与上司相处？

与上司相处，是年轻人必须面对的课题。倘若处理不好，不但心情郁闷、干活没劲，而且发展下去，对工作十分不利，甚至影响前途。

具体如何相处，先看一文章吧。

文章作者，人民日报海外版科教部原主任傅振国，曾在人民网发了一篇《律己与示儿》，谈及如何与上司相处，相当精彩，兹录于后。

> 与上司处好并不难，我一生的经验是“以简单对复杂”，不必曲意奉迎，不必送礼贿赂，不必拍马溜须。

只需：

一、干好你分管的工作。

本职工作干得越好，就是对上司的最大尊重、最大支持、最好报答。明智的领导、真想自己的工作出成就的领导，自然就会跟你亲，关心你，支持你。如果你的工作干得真好（不仅仅是自己觉得好，要有客观评判标准），领导还是对你不好，这样的领导，你也不必在乎他。

二、对领导有礼貌。

三、如果和领导有工作看法上的分歧，要友善地、平静地向领导提出自己的建议；陈述完了，不管领导接受不接受，服从领导。

四、领导也是人，换位思考宽容他。

五、摊上一个坏领导，一是忍耐，等待大领导来换他，但不可把关系搞白热化了，大面上过得去；二是跳槽，炒他的鱿鱼。

各位不妨仔细品品，老傅所列五条，是不是有点道理？能够总结出如此人生哲理来的人，与上司相处，想必也差不到哪儿去吧？

事实证明，果然如此。

记得2006年冬，我从经济日报社调人民日报海外版任总编辑，傅振国是科教部副主任兼头版言论专栏《望海楼》主编。我和他之间，上下级关系，用以上五条对照，老傅（虽然比我小，但我从来如此呼他）处理得如何呢?

您还别说，老傅的确是言行一致，说到做到，凡事皆“以简单对复杂”——对老詹这顶头上司，既没有“曲意奉迎”“拍马溜须”，更没有“送礼贿赂”。我们之间，颇有一点“淡如水”的味道，他很少到我办公室来“坐一坐”，我也很少去他那里“谈一谈”，除必要的工作交往外，楼道里碰到，顶多点一点头，微笑示意而已。

然而，因为老傅本职工作干得十分出色，《望海楼》办得相当不错，所以，上司老詹端的是“跟他亲，关心他，支持他”。记得我到海外版第二年，老傅便从科教部副主任提为主任。虽是群众推荐，但作为单位一把手，老詹的意见确实起了作用。

第三年，我又力荐其负责之《望海楼》专栏参评全国好新闻，并竭力在人民日报社（海外版隶属人民日报社，统一向上申报）为其游说。在报社范围内尚有不少专栏也希望提名的情况下，《望海楼》最终脱颖而出，推荐上去，被评为全国名专栏，同时荣获全国好新闻一等奖。此事当然并非个人所为，但老詹确实使出了吃奶的劲儿!

作为一上司，说句实话吧，对于下级，除基本的“人品正派”这一条外，我没别的要求，只看重四个字：肯干，能干。

肯干——指的是态度。能力可以有大有小，但态度必须积极、主动，有责任、敢担当。能干——说的是水平。一件事本来只可能干到七分，你愣干成了十分，这就是能力。

一个既肯干又能干的下级，上司能不喜欢，能不重用吗?

说到如何与上司相处，补充一建议，叫作“三不要”。

第一，不要拍马屁。

领导都是喜欢听好话的，这没错，但不能因为领导喜欢听好话你就投其所好，大拍其马屁。这样做，一是对领导不好，他听惯了吹捧，会头脑发热，看不清自己，这就要误事，越是权重位高，越要耽误大事。二是对你也不好，群众看你动不动就低三下四，拍领导马屁，会背后戳你脊梁骨，小瞧你的，这又何苦呢？

第二，不要乱顶撞。

领导肯定会有失算甚至犯错误的时候，作为旁观者，你或许晓得错在哪里，但我不建议你立即指出来。下级当面指出上司错误，好嘛，你叫他如何应对，承认还是不承认？怎么下台？即使有意见，最好背后提，当面先稳住，切莫乱顶撞。年轻人容易犯的一个错误就是“反正我是出以公心！”因而理直气壮，不管不顾。出以公心，你就可以率性而为，不考虑后果吗？

第三，不要送礼物。

下级与上司相处，非常忌讳送礼物。你送领导礼物，到底啥意思嘛？是你格外关心领导，还是希望领导关键时刻关照你？其实，你这点礼物，对领导能有多大用处？他收还是不收？收了，有可能违反纪律，倘若礼物很重，那就叫受贿，甚至属于犯罪，岂非害了领导！如果他不收，驳了你面子，叫你如何下台，岂不弄得彼此尴尬？

说到这里，有人不免嘀咕，倘若碰到一个人品不怎么样甚至比较坏的领导，既喜欢拍马屁，还乐意别人送礼，那又怎么办呢？

我的看法，照样，不拍也不送！还是四个字，肯干，能干，有此足矣。肯干、能干的下级，即使运气再差，也差不到哪里。真遇到坏领导当政，当然你也没辙，要么干脆炒他的鱿鱼！要么你就认了吧，只怪自己运气差，所谓人生不如意十有八九嘛！反过来说，倘若投其所好，又拍又送，甚至削尖脑袋挤进“小圈子”，或许你一时会尝到甜头，但从长远看，滑入卑贱和堕落的泥潭，你的内心将从此浸泡在矛盾与痛苦之中，永无宁日！

言谈及此，不由想起经济日报社总编范敬宜，我非常敬重的上司老范。虽然，我对老范打心眼里十分佩服，但是，从来没有当面吹捧过他。老范家住哪里，从不打听，也不知道，更谈不上送礼。然而，老范对我们年轻人却是关爱有加。记得有年冬天，我和老范上同一期中央党校，我进地厅班，他在省部班。有天晚上，礼堂看完电影回宿舍，老远看见树丛之中有一人影。走近一看，是老范！他说，今天我们班里聚会，桌上有几样好吃点心，我带点回来给你尝尝！寒风中，老范从手提纸袋里取出两个餐盒，里面装有各种小吃！此事至今想起，心里依然一热！

扪心自问，小詹哪小詹，你小子何德何能，老范凭什么对你如此关爱，这般照拂？除了多年共事结下友谊，不也因为年轻人肯干、能干，为老范所领导的报纸做出了些许贡献吗？

怎样和上司相处，记住四个字足矣。

人生最大的失败，就是没有找到自己

人这一生，最大的失败，就是没有找到自己。

这个道理，过去没弄明白，走了不少弯路。后来，渐渐明白，也渐渐找到自己了，可是，人已经渐渐进入老境，非但体力不济，心劲儿也不足，折腾不了多少日子了。

什么叫找到自己呢？

人这一生，好比到剧院看戏，谁都想找个好座位。你刚坐到1排1号，别人告诉你，对不起，这不是你座位，请你起来！于是，你到5排5号，又不是你座位……等你终于找到合适座位，刚刚坐下，人生的大幕，已经快落下了！

这比喻挺有意思不是？可那不是俺讲的，是20世纪80年代在复旦大学念书时，一位叫卢新华的同学讲的。卢当时上的是中文系，我们在新闻系。此人虽然瘦小单薄，其貌不扬，但才华横溢，聪明绝顶，还没毕业，就神不知鬼不觉在《文汇报》发表了一中篇小说《伤痕》，整整两个版，轰动全中国！

自那以后，《伤痕》成为一个时期反思文学中的领军之作！

后来，不知哪股筋搭错，这小子跑美国去了，东晃西晃，一事无成，最后，到拉斯维加斯赌场给人发牌去了，要说混得也真够不容易的！再后来，回归文坛，重新创作，惜乎才华已逝，江郎老矣，痛定思痛，这才发出了看戏找不到座位的感慨。

成功者也有，而且不少。比如，成龙大哥，刚入行时，专搞武打，卖力得很，干了十几年，伤痕累累，默默无闻。后来，不知哪股筋一下搭对了，改演喜剧，搞冷幽默，再加上武打，这就自成一派，卓然而立，谁也比不了！于是，越演越红，到如今好像都有点儿发紫了。

例子还多，不举了吧。

怎么才能找到自己呢？关键的关键，还是得认清自己，弄明白自个儿到底能吃几碗干饭，短处在何方，长处在哪里。

人的长处，有些比较明显，一望可知，比如姚明，未成年就长两米多一大个儿，动作比较协调，蹦蹦跳跳都成，一看就是吃篮球饭的料，再加上勤奋好学，到了NBA，一年挣好几个亿就是顺理成章的事了，前不久还当上了中国篮球协会主席！若不是早年间扬长避短，定位准确，如今在上海滩当苦力扛大个也未可知。

若干年前，东方歌舞团有个团员叫朱明瑛，老在大合唱里凑数，站成一排，引吭高歌，总觉着没劲，一辈子完了！后来琢磨，自己曾经跳过舞呀，和别人一比，这长处就显出来了！于是，把脸涂黑，装非洲人，且歌且舞，在团里算是独一份，红极一时，成了全国皆知的大明星!

人活到这份儿上，该算是找到自己了!

学过经济学的人都知道，世界上任何事情，按经济学眼光看，都是在寻求资源的最佳配置。找自己，也就是寻找自己的最佳配置。您这百儿八十斤，到底是块什么料，究竟配置到什么地方才算最佳?怎么才能既可以为世界发出最大的光和热，自个儿又干得顺风顺水热血沸腾无怨无悔在所不惜呢?这中间学问可真是大了去了。

听到一说法，挺逗，很有意思。

找到自己，你就是在干事业。

没找到自己，你就是在混差事。

怎么判别你是在干事业还是在混差事呢?

干事业就是，时间到了，你还迟迟不肯下班。

混差事就是，时间没到，你巴不得早点下班。

有人问了，老詹，究竟怎么才能找到自己呢?这个嘛，还真不好说，老詹找自己找了几十年，到如今好像才有点儿整明白，这码字工匠么，恐怕正是最适合自己干的活儿哩!

可不嘛，自打开了公众号以后，每天在家吭哧吭哧码着字儿，乐此不疲，高兴得很，挺来劲儿的!

这不就是干事业，不就是找到自己了吗?!

吃完这块比萨饼，明白人生一哲理

周末无事，打算看场电影。到了影院，离开映还有半个多小时，正好没吃午饭，街边有家比萨饼店，于是抬腿进去，要了一客。

稍坐片刻，热腾腾的比萨端了上来，红黄白绿，煞是喜人。

操起刀叉，切下一块就往嘴里送，“啊哟，好家伙，真烫！呸呸呸呸！”刚咬一口，不得不吐了出来。

于是改变策略，先切小块，略凉片刻，再慢慢送进口。如是者再吃了几块，抬腕看表，只十多分钟，电影就要开映，赶紧加快速度吧，管它热不热烫不烫的，稀里糊涂，把那红黄白绿三下五除二全整了下去！

进得影院，已是满头大汗，湿透衣衫，嘴也烫得没了知觉。若问比萨饼好不好吃？我看这玩意儿比麦当劳肯德基可就差远了，啥味道没尝出来，只剩下一个字：烫！

其实，比萨饼并不难吃，此后不久，又吃一回。

也是周末，与老伴到西单购物，走着走着，前面有谁叫了一声爸，抬头一看，儿子儿媳正带着孙女孙子逛街呢！儿子说，老爸老妈，今天中午，请你们吃比萨吧！

我说不吃不吃，那玩意儿一点也不好吃！儿子笑道，你说比萨不好吃？有没有搞错？我带你吃，包你满意！

于是，来到西单文化广场地下一层，进了比萨饼店，这里环境优雅，食客不多。一家六口，找个地方坐下。儿子儿媳拿来菜单，细细挑选，边挑选边向爸妈普及比萨饼常识，这叫什么，好在哪里，那叫什么，哪里最好。

不一会儿，各种比萨陆续上桌，每人要了一杯清凉饮料，一边逗着孙女孙子，一边天南海北聊着闲天儿，再学着儿子儿媳，手执刀叉，优雅地将比萨饼一块一块，细细切开，慢慢送进嘴里，体味品尝。

嗨，您还别说，这玩意儿真是好吃，挺香的，确实比麦当劳肯德基要胜一筹！

同是吃比萨，为何感受如此不同？

仔细琢磨，关键在两个字——心境。

由此想到人生值得提倡的一种态度：慢慢品。

人生是什么？或许一百个人，会给出一百种答案。

笔者以为，人生嘛，就是一种体验。回想咱们走过这几十年，风风雨雨，酸甜苦辣，上上下下，沉沉浮浮，最后留下什么？啥也没有，不就留下各种体验的片段回忆吗？既然是体验，那就不妨让自己的身体、器官和心灵都平和下来、放缓下来，从从容容去面对你不得不面对的一切吧，酸也好，甜也罢，苦也好，辣也罢，慢慢地品，细细地尝。

倘如此，你的人生将会丰富得多，细腻得多，也有味道得多。

悟出慢慢品的人生道理，清晨与老伴到门口小店吃早点，再也不是慌慌张张，对付两口了事。须得等到有了空位，先掏出餐巾纸，将桌子擦得干干净净、清清爽爽，待到馄饨、豆腐脑、豆浆和小笼包子，都摆放好了，这才招呼老伴，坐下坐下，咱们吃饭！

当此时也，甭管小店多么简陋，环境多么嘈杂，老两口坐在那里，一边慢慢品，一边聊聊天，嗨，您还别说，真有点烛光晚餐的意思呢！

事到一半刚刚好

我这人做事，容易走极端。

碰到爱吃的伙食，拼命吃，吃得肚皮鼓鼓，饱嗝连连，甚至抬腿过门槛都有点困难。

买来一本好书，拼命看，不休息，直至熬个通宵，第二天一早起来，两眼红得像兔子。

遇到谈得来的朋友，热情万分，滔滔不绝，恨不得什么都掏心窝子，只听见自己在那里哇啦哇啦，停不下来。

其实，这是要不得的，是心理不成熟的表现。

如何才算成熟，怎样做才合适呢？

四个字，适可而止。

通俗点说，事到一半刚刚好。

举例说吧。那天，参加一朋友宴请，七碗八碟，丰盛极了。要在往日，还不放开肚皮，胡吃海塞，整它个肚儿滚圆？

然而，老詹已经成熟（年过七旬还不成熟，何时才能成熟？），我知道“凡事适可而止”，信奉“事到一半刚刚好”。于是，并不着急，有分寸、有意识地尝了尝几个特色菜肴，待到七八成饱时，便停了下来。只是聊天、应酬、喝水，再不动筷子。

这一顿饭，感觉好极了！菜肴鲜美，印象深刻。回到家里，肚子也很舒服，当晚睡得特别香。这就尝到“事到一半刚刚好”的甜头。说到此，想起四川老乡魏明伦一篇《半遮的魅力》的小文，他写道：

> 艺术是个精灵，这家伙千变万化，其中一招是遮掩。神龙见首不见尾，遮去一半。雪上空留马行处，掩去一半。待月西厢，迎风户开，妙在一半。怀抱琵琶，美人遮面，魅在一半。江湖术士称“半仙”，地头土豪称“半城”，风雅宰相贾似道自题“半闲堂”，风韵梁妃半老徐娘常作“半面妆”……大千世界，众生百态，半遮半露，引人入胜。君不闻成语“欲盖弥彰”乎？这一招的发明权应归原始女人，是她们首先掩去全裸，创造了上古时代的“三点式”。在道学家看来，这是人类的性遮羞。在美学家看来，这是人类的性诱惑。是强调，是衬托，那三点不遮则已，一遮反而更加“三突出”！

老魏是个文人，说话文绉绉的，但仔细想想，还真是这么个理儿。

为什么事到一半刚刚好呢？我以为，原因有三。

其一，事到一半，往往正是高潮之时，精彩之处，立马打住，可留下难忘印象也。

其二，事到一半，常常还有空间余地，可以开拓，方便进取，能留下发展空间也。

其三，事到一半，刚刚使出半分精力，可以调整，甚至拐弯，不至于走投无路也。

话虽如此说，真要做到事到一半刚刚好，其实并不容易。因为，此时正是兴头之上、巅峰之时，吃得正有味道，做得正当来劲，玩得特别开心，突然，“咔”一下，立即叫停，戛然而止，确实有些扫兴，有点不甘心。

况且，咱们的思维方式，又常常是什么事都喜欢走极端，不做则已，要做就做到极致，做到尽兴呢。

试试吧，事到一半刚刚好，十有八九会见效。

甭管各位信不信，俺可是非常相信，坚决照办。

此文刚刚写完，正在兴头之上，本想再弄一篇，但也坚决打住，关上电脑，睡觉去也……

面对挫折打击，老詹如何应对

5 月 12 日，中国人民永远难以忘却的日子！

一想起 2008 年的这一天，桩桩往事，历历在目……深深地、深深地刻在我们心上！

汶川地震，给了我们太多震撼、太多泪水、太多悲伤！

这真是一场从天而降，突如其来，平生从未经历过甚至连做梦都没有梦见过的大震荡、大冲击哪！

我有时想，震荡完了，冲击过了，难道咱们也就心平气和，一笔带过，不在自己记忆中留下点什么，记取点什么吗？

应该不是，肯定不是！

近些天来，想得比较多的一个问题是：挫折灾难降临，我们到底咋办？

回答之前，先看镜头。

震后第三天，中央电视台记者来到绵阳体育中心采访受灾群众。看到靠墙边坐着一中年女子，记者走了过去，问：大嫂，家里情况怎么样啊？

女子伤心地说，老公死了，娃儿也死了，公公婆婆都死了。房子全毁了！除了我自己，啥子都没有了！

说此话时，女子有气无力，双目呆滞，表情麻木。

那悲哀，那绝望，那无助，让人心里哀伤，久久难忘！

又记得，央视一位女记者到北川山区一农家实地采访。主人公姓何，记者叫他何大哥。何大哥和妻子回到已被震得歪斜破碎的老家，从废墟里刨出遇难的11岁儿子前些天写的作业本，轻轻拍着上面的灰土。

作业本上，留有儿子写给爸爸妈妈的话，字体稚嫩，充满感情。

夫妻俩一边轻声念叨着，一边小心拭去灰尘，睹物思人，不禁双手颤抖，老泪纵横！

女记者一旁亦无语，只有默默流眼泪……

唉，如此惨剧，虽然发生在别人身上，但作为观众，我们感同身受，心里充满同情，常与主人公一起悲伤，一起哀叹，一同流泪。

当时，一边悲伤，一边不由就想，倘若真有那么一天，巨大打击也降临在自己头上，我们如何应对，怎么承受得了？

猝然而至的巨大打击，常常使人一时回不过神来，发蒙，发木，甚至发狂！一位被送至广东治疗的小姑娘，班上同学几乎全都遇难，只有她还活着！昨天，大家还一起说笑玩耍，今日，小伙伴们就已撒手西归！她实在接受不了，已经十多天了，从不说话，别人问什么，她也双眼发呆，表情木然，不予回答。

另一位曾经在废墟中埋了一百多个小时，好不容易被救出来的幸存者，因承受不了两腿被锯、亲人亡故的双重打击，也是沉默无语，甚至多次想到自杀！

电视告诉我们，这时候，就需要心理干预的介入了。

何为心理干预？过去没能搞懂。看了大量报道和案例后才发现，心理干预，说复杂挺复杂，以至连哪些话不能说，哪些动作不能做，都规定得非常详细。比如，有心理学家就规定了心理干预的“20个不能说”，包括“你活着已经够幸运的了”“时间会治疗一切创伤”“你会走出来的”……

但是，要说简单，也比较简单。笔者所在的人民日报海外版曾派出年轻记者，跟随救援队到灾区孤儿中实施心理干预。记者回来告诉我，其实，灾区孩子们的心理非常单纯，也相当坚强，他们最需要的心理干预，简单说来就是两个字：关爱。

当记者像亲人一样接近这些孩子，轻轻抚摸着他们的头，拉着他们的手，像亲人一样用头贴在孩子们脸上时，孩子们泪流满面，泣不成声！和记者紧紧地搂在一起，久久不愿分开！

是的，这就是心理干预！一位心理学家说得好，遭受巨大打击和创痛后，此时最需要一根“心灵上的拐杖”，让他们能够及时撑一撑，把这段艰难时期度过去。

言谈及此，回到正题。假如我们也碰到巨大打击——人这一生，谁没受到挫折——我们该怎么办呢？

是的，倘若这打击来得实在太突然，且又太巨大，以至于你我一时难以承受的话，那就坦坦荡荡去找心理医生干预干预，给一根“心灵上的拐杖”，先支撑支撑吧。

但是，“支撑”过后，还得自己想辙，个人独自承受。此时，我们应该怎么办呢？

近一个月来，看了不少案子，听了不少故事，经过认真思索，加以归纳总结，我把遭受打击后所应取的态度，概括为“三要”。

首先，要接受。

人们碰到意外打击，本能的第一反应就是坚决排斥，不肯接受！北川中学校长在抢救瓦砾中的学生时，反复叮嘱孩子们的一句话是：同学们，你们一定要接受，要承认哪，千万不要反抗，不要挣扎，老师一定会来救你们的！

是啊，事情既然已经发生，再也无可更改，十分想不通也好，万分痛苦也罢，你唯一的无可选择的选择，就是接受！“存在即是合理”，此话确是真理。再突然再离奇再不公平的事，既然已经降临到你的头上，你只有接受，别无选择。

其次，要应对。

接受之后，还得应对。北川山村那位何大哥，震后没几天，就回到自己家园，与妻子一道，重整河山。何大哥说，现在想做的事情，就是先把房子修好，地种下去，以后再生个孩子，好好把他养大，就像养第一个娃儿那样，再苦再累再穷，也要供他念书……这就是应对，就是积极的人生。

最后，要放下。

接受了，应对了，这一页哪怕再沉重，再痛苦，再刻骨铭心，你迟早得将它翻过去，一定要放下，甚至在一定时间和一定程度上，还得尽量将它忘掉。放不下就想不开，想不开就要出毛病——身体和脑子，都会出毛病。

不妨设想，倘若你动不动就翻开那“痛苦的一页”，随时沉浸其中，那么，你的工作还能干得好，你的生活还能正常得了，你的身体还能承受得了吗？“选择性失忆”，话是一句，却是我们应当终身修炼的一门本事。

反过来，不接受，不应对，不放下，结果又会怎么样呢？

有的人，碰到打击后，脑子里翻来覆去想的是“怎么会这样呢？”“为什么恰恰轮到我呢？”“实在想不通想不通想不通呀！”这就是“不接受”。

有的人，一遇打击就麻木了、呆滞了、心灰意冷了，啥也不想干，连饭也不想吃，水也不爱喝了，这就是“不应对”。

有的人，事后老是后悔，老是叹息，“唉，假如那天早点上街就好了”“如果我出差还没回来，就不会出事了”“倘若孩子吃饭慢一点，没去上课就不会压在里面了！”这就是“不放下”或者“放不下”。

这样做，如此想，有用吗？当然没用，不但没用，还会落下心理疾病，留下精神后患！

灾难降临时，请记住这三条：要接受，要应对，要放下。

灾难再大，其奈我何！

只能如此，必须如此。

我们别无选择。

人要活得有意思，还是活得有意义？

有一问题，存在脑中，纠结许久，找不到答案。

人这一辈子，到底是要活得有意思，还是要活得有意义？

先不说结论，听听别人咋说的吧。

曾看过一专访，有记者采访冯小刚，问他，您拍了这么多电影，大都比较受欢迎，到底有些什么诀窍？拍电影需要考虑些什么呢？

冯小刚说，我拍电影，首先考虑的是，您得拍出来有意思。故事，要吸引人；情节，要打动人；说话，要感动人。有意思的电影，观众才会感兴趣。

记者问，那考不考虑电影的意义呢？

冯小刚说，至于意义嘛，只要电影有意思，意义也就在其中了。

冯小刚这话，乍听有点拗口，细想想还真是这么回事。

我们办报纸、写文章，不也一个道理吗？

首先，您得让您这报纸上的文章有意思，要好看，有可读性，能吸引人。

然后，再去考虑报纸和文章的导向问题、教育和感化人等所谓的意义。

报纸办得没有意思，别人看都不看，那意义何在？当下我们的不少报纸，恐怕都存在这个问题。

好了，不说报纸，说说咱自己吧。

呱呱坠地，慢慢长大，老师和父母教导我们，人这一辈子，一定要活得有意义，要全心全意为人民服务，要为人类做出自己应有的贡献。

这话对不对？当然对，非常对。但是，仔细想想，究竟什么叫作意义？到底怎样一种生活，才能算是有意义呢？

这好像不是一两句话能够说清楚的。

比如，咱们办报纸，每天八小时上班，无论你是编辑采访也好，搞行政后勤也罢，自然是在做有意义的事情，为人类做出了或大或小的贡献。

但是，下班以后，八小时之外，吃饭、休息、娱乐、睡觉。商场购购物啦，影院看场电影啦，街边大排档吃点小吃啦，这也有意义，也算是有意义的生活吗？

再往下说，退休了，没事干了，一不写稿办报纸，二不搞行政后勤了，没法为人类做什么贡献了，您这人生，还是有意义的吗？

常常为此而困惑，找不到答案。

后来，终于想通。

我是这样想的。人这一生，固然要活得有意义，要为人类做出贡献。但是，人类究竟是一个什么概念？怎样才算是为人类做贡献呢？

所谓人类，须由一个一个具体鲜活的“人”组成。这具体鲜活的人当中，自然就有你、我、他，有咱们自己这一分子在。而且，还有咱们这一个一个小家庭在。您自个儿把自己和事情给安排好了，把家庭给安排好了，一家人和和睦睦，健健康康，无病无灾，不惹是非，自个儿过得有意思了，不白活了，这也就是有意义了。

每一个人、每一家庭都活得有意思了，这个世界不就有意义了吗？

当然，你这有意思，必须建立在不妨碍别人、不损害公众利益的前提下，这是无须说的。

老詹退下以后，因为喜欢写作，不愿把笔丢下，先是开了专栏，为报纸杂志写点文章。后来又开了微信公众号，取一名儿叫“码字工匠老詹”，每天像一老工匠一样，吭哧吭哧，在电脑上码字。

文章写出以后，发至公众号上，立即有人阅读，而且有人留言，或点赞，或呼应，有赞成，有商榷，有时，难免还招来一两句讽刺甚至谩骂。

听到点赞呼应，老詹哈哈一乐；看到讽刺谩骂，也是嘿嘿一笑！从来不以为意，当然更不计较！嘿嘿，虽说“躲进小屋成一统”，却也“心怀四海观天下”，现实世界，虽然只有老詹一人，网上世界，却是熙熙攘攘，热闹非凡，五湖四海，神州山川……

写着写着，竟写出点儿名堂来！公众号文章 10 万 + 已经不算稀奇，有的阅读量竟然达到了 100 万 + ！那天在今日头条发一“微头条”，短短 24 小时，竟有 1200 万人阅读！

1200 万人，好家伙，相当于一个大城市的人口了吧？

暗自思忖，这网络，好厉害！

有时，身体不大舒服，或者，思想有点懒惰，三五天没有动笔，公众号里，便会有人打听，詹老师，是不是病了？为什么不写了呀？

没想到自己老了老了，却还有人惦念，还能够为他人创造一点儿“阅读价值”。

一件原本为了消遣，自个儿觉得有意思的事情，做着做着，竟渐渐有了意义！

语云：被需要就是幸福。

这么说来，老詹也算是幸福的了？

应该是吧。

幸福就是，你自己觉得自己幸福。

让今天成为今后的美好回忆

那天我突然问自己：

老詹，你活了 70 多岁，都留下些什么呢？

仔细想想，好像什么也没有留下。

留下的，只有回忆。那些美好的终生难忘的回忆！

——还记得，50 年前，经人介绍，到县城郊区，与公社广播员杨乔“谈恋爱”。第一次见面，都不好意思。杨乔从“宝塔糖”玻璃瓶里，舀出满满两大勺白糖，放进杯子里，搅啊搅，搅啊搅，化了一杯糖水，递到我手中。两人的事情，就这么“定”了……

——还记得，国庆节，新婚夜，县文工团演出结束，同事们卸了妆，蜂拥而入，挤进县文化馆那间小小新房。房屋角落，堆满送来的脸盆、圆镜和玻璃杯。大伙儿吃糖，起哄，说笑，打闹！杨乔穿的是几年前妈妈缝制的素色衣，我穿的是件灰色工作服，洗得很干净……

——还记得，那年冬，考试完，正等通知。知青朋友们预料到我与杨乔就要分别，在家中鼓捣了一桌好菜，算是提前饯行。正要动筷子，邮局传来消息，叫我拿录取通知书！兴冲冲回到家里，大家站起来，举杯相祝，我清楚地看见，杨乔的眼眶里，闪着泪花……

——还记得，放暑假，回老家，给儿子带的礼物，是一盒上海奶酥饼干，那是从每月饭钱中抠出来的。给杨乔带的是一枚“上海市三好学生”奖章，金光灿灿，相当好看。杨乔擦了又擦，摸了又摸，从此挂在墙上，天天下班回家，都要看看……

——还记得，毕业近两年后，杨乔被调到北京。没有大学文凭的她，安安心心在报社通联部处理群众来稿，剪信封。内部刊物《经济报人》上，常有她清新脱俗的文字。因为待人处事周到细致，一个部门想调她去做办公室负责人。杨乔一再请辞，婉言谢绝。直到退休，她带回家的是一把剪刀，以及右手指节磨出的老茧……

值得回忆的往事，还有许多……

每天晚上，熄了灯，躺在床上，与杨乔说会儿话，各自便不再吱声，我想，此时，杨乔也和我一样，在静静回忆那一件一件难忘的往事吧！

人老了，越发感觉，日子过得太快了！

不知不觉，就是一天！

不知不觉，又是一年！

心里明白，今天很快就要过去，消失得无影无踪，留不下任何痕迹！

能不能做一两件有意思的事情，让今天成为今后的美好回忆呢？

应该可以吧！

于是，每天，我和杨乔都要一起外出，买买菜，遛遛弯儿，散散步，或者，到玉泉营花市，拍几张彩色照片，做一个音乐相册，再买几束鲜花，插在阳台……

每天的回忆，都是那么美好。

让美好的回忆，留在自己记忆中，永远不要消失！

老詹喜欢简单化

简单化，乍一听是贬义词。其实大多数情况下，简单化并没有错，不但不应被否定，还值得充分肯定。

举例说吧，北京安贞医院，有位医学专家叫洪昭光，从医多年，经验丰富，在中央国家机关开了一堂名为《生活方式与身心健康》的大众健康讲座，颇受欢迎，轰动一时。

洪教授讲些什么呢？主要讲他从医多年看到听到的各种病案故事，什么老板难长寿啦，高干得怪病啦之类，离奇古怪，闻所未闻。说完病案故事，再引申开来，讲一些养生的道理和常识。

按理说，如此精彩有趣的养生报告，听后总该受些启迪，有所收益吧？

实则不然。好几位同事告诉我，听洪教授报告，听时非常新鲜，觉得很有意思，听完没有几天，忘得一干二净！

回头想想，这报告岂不白听了？

我说不会的呀，向您介绍一行之有效的方法，您就不白听了。

啥方法？简单化。

怎么个简单化呢？您哪，只消把洪教授所讲的种种道理之中，您认为最适合于你、你最欠缺，因而也是你最应该做到的，来个简单化，归纳成一条两条，认真记住，坚决实行，这就齐了。

比如，洪教授说，要想长寿，须合理膳食。啥叫合理膳食？记住一句话即可：饭吃八成饱。

也就是说，从今往后，您哪，每顿饭——哪怕是高级宴请、山珍海味、不要钱的高级自助餐……只要八成饱时，您就得提醒自己，喂老兄，可别只顾大快朵颐，洪教授讲了，饭吃八成饱哦！再吃，对身体可就大有害处了！

得，只此一条，牢记在心，认真实行，您就将终身受益！

不信您看老詹我吧，年过七旬，耳不聋，眼不花，不肥胖，不臃肿，“三高”不高——血压很正常，血糖并不高，血脂也未超标。有啥诀窍呢？没啥诀窍，只是坚决做到一条——“饭吃八成饱”，这就齐活，非常见效！

这，就叫作简单化。

简单化的例子，还有不少。

——军人的行为准则是什么？“三大纪律，八项注意”，编成歌曲，一分钟就能唱完。

——宣传舆论的功能是什么？“以科学理论武装人，以正确舆论引导人，以高尚精神塑造人，以优秀作品鼓舞人”，四句话一概括，既简单，又明确。搞宣传工作的人，再不觉得干活没有抓手，自己工作是可有可无的了。

——朱镕基给统计学院题词，就四个字，“不说假话”，一语中的，掷地有声！

难怪圣雄甘地说：简单是宇宙的精髓。

话说到这份儿上，您还不认真琢磨琢磨，好生实践实践吗？

为什么简单化是行之有效的方法呢？仔细琢磨，这是由人们日常认知和实践行为的简单化所决定的。

人的大脑，精妙无比，可以储存数以亿计细微复杂的海量信息。但是，我们日常行动所需要的，或者说我们的大脑平时所遵从的，只是简简单单明明白白一两个指令。这就需要对复杂信息进行加工处理，概括提炼，将其简单化为一两个明白清楚、可以立即判断遵从的信息。

从这个意义上说，能够将日常纷繁庞杂的现象和事物抽象化、简单化，概括成几句话或者几个字，既是一种方法，也是一种本领——咱们搞新闻的，不就最清楚“概括也是本事”这个道理吗？

记得若干年前，老詹到北大讲课，向学生传授新闻采写体会。我将几十年的体会概括为五句话：带着问题写新闻，水平高低在选择，言论写作三要素，述评写作三段式，最高境界是通俗。

我说，今天，我可能讲了5550个字，但是，同学们只消记住五句话就OK了。

多年以后，有人看了我这视频说，詹老师，您说的“带着问题写新闻，水平高低在选择……”我可是记住了。

还有一次，一位年轻同事因升迁问题想不通，找我聊天。我给他讲了自己的类似经历，告诉他，其实，道理说多也没用，你只消记住八个字就行了：大命由天，小势可为。

想想我们这一生，凡自己不能左右者，大命也，你是违拗不了的。我们所能做的，就是尽自己所能，做最大努力，小势有时也能发挥作用。

后来，没多久，这位年轻同事告诉我，老詹，我想通了，彻底想通了！

而且，再后来，他也升迁了。

由此可见：

简单化，不简单。

真践行，大有益。

年过七十，真的老了

十年之前，老詹杨乔刚退不久，曾在四川一起工作的一位同事，被我们称为曾姐，来北京旅游，相约见面。

多年不见，相谈甚欢，曾姐拉着杨乔的手，十分感慨，乔娃呀，真羡慕啊，才 60 多岁，看着还这么年轻！人哪，只有年过七十，你才会感觉到，真的老了！那才真是老人了！

曾姐这话，语重心长，给我们留下深刻印象。

然而，我们当时也才六十出头，身体没啥毛病，此话便没放在心上。直到前两年，我与杨乔，先后年过七旬，这才渐渐体会到，人哪，还真是，年过七十，真的老了！

我明显感觉，走路不像从前了。过去走路，咚咚咚咚，踏地有声，步履轻松。如今呢，还是走路，脚有些提不起来，时而发软，擦地而行。有时早晨外出，想上台阶，左脚有些不得劲儿，须右脚先上一级，把左脚一带，拖上一级。不过，偶尔双脚又有所恢复，上下楼梯，好像不成问题。什么原因，搞不清楚！

体力渐渐不支，腰腿不再灵活。过去干活，什么洗衣服洗碗啦，拖地换水啦，轻轻松松，没当回事儿。如今可不成喽，洗几个碗，得歇一会儿，伸展伸展，否则，腰受不了，酸酸地疼！那天，马桶坏了，买来零件，想自己修，然而，水箱下面一个螺栓总拧不紧，怎么使劲也拧不紧，一打开就漏水！只好请来物业，十来分钟，立马搞定。

吃饭不如从前了。从前是，吃嘛嘛香，胃口大开。一碗米饭，呼噜呼噜，三下五除二，很快下肚。如今呢？饭量明显减少，吃多了就不舒服，尤其晚上，会睡不着，顶得慌。一根香肠，就那么短短一截，切成小片，蒸了出来，我与杨乔，竟然一顿没有吃完！

睡觉没有过去香了。过去是，头挨枕头就睡着，呼噜一打那叫欢！如今呢，半夜三更，会突然醒来，虽然啥也没想，却又啥都在想。一个一个主意，咕噜咕噜，从脑子里冒出来，当时觉得非常精彩，相当绝妙，可谓灵光乍现！早上一醒，全都忘了！即使记得几个，仔细想想，也一般般，平常得很，不值一提。

身体零件，一件一件，开始出现毛病。血压开始不稳定了，血脂已经升高了，血糖也上来了。一会儿，牙疼了，莫名其妙地疼。一会儿，腿又酸了，无来由地酸，酸得几乎抬不起来，仿佛有一根筋，绊在肌肉里面，一扯一扯，扯得生疼。

到医院检查，照X光片、CT，甚至核磁共振，啥也查不出来，一句话，退行性病变。结论是，不是病了，而是老了！

是的，不是病了，而是老了！

年过七十，真的老了！不服不行，谁也不能违背规律，创造奇迹。于是便想，70 岁以前，真是好啊，那么年轻的身体，那么自如的行动！那么灵光的大脑，那么沉稳的睡眠！

我们真应该珍惜那样的年华！

发现自己终于老了，怎么办？还是老办法：一、接受，二、应对，三、放下。

应对之策，就两句话，秋天不要干春天的事情。老人就要过老人的生活。既来之，则安之，平静坦然，开朗乐观。

哦，我们终于走到了人生第三阶段。今天是最美好的一天。老伴杨乔，经常说这话。

是的，今天是最美好的一天。

好好珍惜吧，年轻的和不再年轻的朋友！

年过七十，终于明白

有些道理，是要到一定年纪才会明白的。年过七十，终于明白一些道理，稍加归纳，辑录于后。

年过七十，终于明白，人生是有命的。人生是有命的吗？过去不信命，如今相信了。

命者，环境制约也。任何人，都生活在一定环境中，有些环境，会影响甚至决定人的一生。

此时此刻，你在这里，为什么不前不后，不迟不早，正好在这里？这就是命。生于什么年代，遭逢何种变故，遗传哪些疾病，这都是命。“大命由天，小势可为”，道出客观环境与主观努力之奥秘。悟透这八个字，你会平心静气，接受当下之“命”，积极应对，以求“势”之可为。

年过七十，终于明白，世界是现实的。世界原本是现实的。物竞天择，哪里都不相信眼泪。久病在床，孝子也感力不从心。

成则为王，因为世界已经属于你，历史将由你来书写。

败则为寇，因为世界已经撇下你，还会屏蔽你的声音。

成功是成功者的通行证，失败是失败者的墓志铭。人们并不在意你曾经有多么努力，只会根据你现在的位置，仰望或者轻视。

年过七十，终于明白，真理是简单的。真理是从复杂事物中抽象出来的，大道至简。

这是我经常宣扬并信奉的四个字。简单是世界的精髓。有本事的人，能将复杂的事情说得简单，还可以将复杂的问题用简单方法搞定。没本事的人，喜欢将简单事情说得复杂，一件原本很简单的事情，也被他弄得挺复杂，一团糟。故，成大事者，大都信奉简单二字。鉴别某些“理论”是不是真理，用简单常识一量，大抵错不了。符合常识，则是真理，反之，则不要信它。

年过七十，终于明白，幸福是容易的。幸福，其实就是一种感觉。你感觉幸福，你就是幸福的，哪怕地位卑微，十分清贫；你感觉不幸福，你就是不幸的，即使家财万贯，声名显赫。从心理学看，需求的满足，就是幸福。要想幸福，就得减少不切实际的欲望，这才不会产生需求难以满足的痛苦。从比较学看，幸福总是相对而言，纵向比，横向比，就看你要怎么比。路上行人万万千，到底幸福不幸福，感觉全在自己。

年过七十，终于明白，万事是有度的。任何事物，都有恰当尺寸。奋斗，可以！急功近利，毕其功于一役，身体弄垮了，一切等于零。享受，当然！整日沉溺其中，何异于行尸走肉。认真、敏锐、追求完美，皆是优良品质，倘若走到极端，则变成抑郁症患者三大性格特征。吃饭只需八成饱，儿孙宜爱不可娇。对好人不要太好，太好他会认为你太好说话。对恶人不要太恶，太恶终究会把他逼入绝境，掉转身来，以死相搏。

年过七十，终于明白，爱情是永恒的。人这一生，最后陪你上医院的，一定是你老伴儿。没错，父母对儿女的付出，是人间最伟大最不计报酬的付出，然而，父母终究要老去，岂能陪伴你终生！好的爱情，也是伟大而不计报酬的。宁愿你吃得更好，穿得更舒服，心情更舒畅。担心对方甚于担心自己。不奢求改变你，只努力改变我。经常祈愿，下一辈子，还做夫妻。这就是最好的爱情。

年过七十，终于明白，存在是合理的。世间林林总总，各种现象，有的让人感觉美好，认为十分合理；有的让人感到恶心，认为很不合理。仔细想想，既然存在，必有其存在的理由，不然怎会在这个世界存在？明白这个道理，你会多一些宽容理解，少一些愤世嫉俗。举目四望，天宽地阔，万千蚂蚁，来去匆匆，你们我们，其中一员而已。鸡蛋不要看不起鸭蛋，不存在什么高下之分。

年过七十，终于明白，减法是明智的。人这一生，先是简单，继而复杂，最终回归简单。儿时无忧无虑，十分单纯。进入社会，奋斗打拼，名誉、地位、金钱，什么都想多得一点。老了老了，这才发现，原本不需要那么多，多了反成累赘。再多名誉，再高地位，统统都将归零。至于金钱，少了固然不爽，囊中羞涩，再多又有何益，不花出去，一些数字而已。

年过七十，终于明白，心态是关键的。人生在世，活的就是心态。心大了，事情就小了。心小了，满脑袋都是别扭。一束玫瑰，有人看见花的下面，全都是刺；有人看见刺的上面，全都是花。艰难困苦，种种曲折，有人埋怨命运不公，怎么如此倒霉！有人则视同体验，曲折愈多，磨难愈甚，种种体验焊接起来，人生反倒愈加精彩，格外丰富！

年过七十，终于明白，成功是相对的。人人都希望成功。你所追求的，到底是别人眼里的成功，还是自己体会的成功？挣大钱挣得心力交瘁，寝食难安；当大官当得谨小慎微，首鼠两端。这样的成功，究竟有多大意思？做着平凡小事，挣着不多小钱，一家人尊老爱幼，亲与朋其乐融融，难道不是人生成功？渐至老境，蓦然回首，诸事皆已尽力，从来未曾消极，平和坦然，心静如佛，这辈子已经算是成功，夫复何求！

板桥有云："咬定几句有用书，可忘饮食。"人生道理，汗牛充栋，咬定几条，践行足矣！

搁笔之际，不禁感慨，老詹杨乔，一生于西昌，一长于自贡，距千里万里，竟牵手终身。

缘分者，命也。感谢上苍，将这份最珍贵的礼物，恩赐于我！

死亡随想

突然想到死亡。

并非与自己有关，我活得好好的。而是，突然看见朋友死亡，死得那么仓促，那么突然，上个月他还好好的，我们还曾见面。一早起来，突然得到消息，他已经走了，就在昨天下午！从此，世界上再也没有这个人，我们，再见不到他熟悉的身影！令人感慨，黯然神伤，浮想联翩，唏嘘不已。

目睹死亡是在40年前，我在复旦新闻系念书，在湖北日报社实习。实习结束，乘车返校，行至长江大桥，突然，看见前面栏杆上，坐着一白衣女子，秀发披肩，长裙飘飘，面朝江水，背向大桥。她要跳水！话音刚落，女子撒开双手，跳了下去！像一只蝴蝶，轻轻飘落江面……

啊呀！众人大声惊叫，受到强烈刺激！活得好好的，为什么要死呢？带队老师说，你认为她活得好好的，她却认为她活得不好，生不如死！但凡做此种选择者，肯定认为，死比活好。

最怕死时，是小时候。有天半夜，突然醒来，想到一个奇怪问题，假如我死了，会是什么感觉？肯定没有感觉呀，死都死了，还有什么感觉！一旦没有感觉，我还存在吗？已经没有感觉，当然就不存在了。你和这个世界，再也没有任何联系，永远没有！和爸爸妈妈，亲戚朋友，老师同学，都没有联系，再也见不到他们……

想到这里，心里非常害怕，痛苦不已！但又无可奈何，因为，这个结局谁也改变不了！

渐渐长大，渐渐成熟，想到死的时候，反倒少了。我渐渐意识到，人活着，其实就是一种体验。能够体验，证明你还活着。没有体验，你就已经死亡。所以，要活着，就要好好体验，体验生命中一切，酸甜苦辣，悲欢离合，意外相聚，突然别离……

人的一生，就是由一个一个体验焊接起来的一整段岁月，曲折啦，打击啦，孤独啦，无助啦……都是体验，因而也都是生命的一部分。体验越多，越是丰富，越是曲折，你的人生就越是精彩。

怀着体验的目的去生活，你会坦然面对一切，该来的终究会来，不必回避，也回避不了。

人都是怕死的，这是一种本能。谁都明白，死而不可复生，任何人都没有特权，哪怕你是伟人、领袖、科学家、艺术家，是多少年才出一个的天才！所以，对罪犯最严厉的惩罚，就是死刑，让他在这个世界永远消失，再也没有任何体验和感觉！

正因此，死亡，是人类最难承受之重，最为残酷的惩罚！

亦因此，当死刑之剑高悬，恶人就会有所畏惧，有所收敛，就晓得他不能干得太出格。社会也就能够避免诸多冲突和不幸，保持平衡稳定。

一个人太怕死，固然不对，然而太不怕死，亦非好事，甚至更加可怕！几个月前，山东某小镇发生一起杀人案，两户农民因宅基地发生纠纷，争吵起来。其中一人，用尖刀当场捅死对面一家三口！四条鲜活生命，在世间消失（杀人者必死无疑），死得太随便，太轻率，太不值当！

事实一再证明，冲动是魔鬼。魔鬼附身，普通人也会做出离奇之恶。光天化日，有人竟然拿刀去捅幼儿园孩子！有人竟然将一车人开湖里淹死！有人竟然将宿舍同学用药毒死……失去理智的人，比一头咆哮的猛兽还要可怕。所以，防止个人失去理智，是社会治安一项基础工作，不要把人逼急了，这是一个基本道理。每个个体，每个单位，每个政府，都要明白这个道理。

生老病死，人皆如此。生而为人，老之将至，病痛缠身，死乃归宿。作家周大新在《天黑得很慢》里，描述老人必须面对的四种风景。

一是，陪伴你的人将越来越少，你会越来越形单影只，越来越感到寂寞。

二是，社会将越来越不关注你，甭管曾经如何辉煌，光芒终将暗淡，你会被人遗忘。

三是，你将长期与病痛打交道，带病生存，各种疾病，接踵而至，你无可回避，只能咬牙与之相处。

四是，你将重新回到床上，由人照顾，不能行走，越来越奄奄一息，越来越有气无力，油尽灯灭，徒唤奈何……

周大新的描述，似乎有点消极，让人看了感觉心头沉甸甸的，好生难过！然而，冷静想想，确实如此，也只能如此！这就是人生，生是偶然，死则必然。大命由天，别无选择。

说到生老病死这个最终结局，有人害怕，有人回避，然而，也有人非常冷静。陈司寇老师，北京 101 中学教师，清华著名教授赵宝煦夫人。96 岁生日以后，各种疾病，接踵而至，身体脏器，迅速衰竭。意识到自己将不久于人世，她告诉子女，别管我了，病情已不可逆转！

从此，每天只是喝水，不再进食。子女请来保姆、叫来医生，她坚决拒绝。

2017 年 10 月 21 日，耗尽所有体力的她，安详地合上双眼。九旬清华名教授夫人断食结束生命，成为当年坊间一大新闻。

如此迎接死亡，堪称壮烈。那么冷静，如此决绝。

越来越多的人，看淡死亡。台湾作家琼瑶，专为自己的死，给儿子儿媳写了公开信。

名曰：预约自己的美好告别。琼瑶说，写信目的，是生怕你们对我的爱，成为我“自然死亡”的最大阻力。她叮嘱家人，做到五不。

一是，无论生了什么重病，不动大手术，让我死得快最重要！

二是，不要把我送进“加护病房”。

三是，无论什么情况下，绝对不能插“鼻胃管”！

四是，同上一条，无论什么情况，不能在我身上插各种维生的管子。

五是，最后的“急救措施”，气切、电击、叶克膜……这些，全部不要！帮助我没有痛苦地死去，比千方百计让我痛苦地活着，意义重大。让我变成“求生不得，求死不能”的卧床老人，那才是你们的“大不孝”！

公开信写于2017年，琼瑶79岁。

人一旦死去，将一无所知。然而，不少人还是要提前操心身后之事，悼念啦，评价啦，火化啦，埋葬啦，墓碑啦……其实这一切，他都不知道！既然不知道，又何必操心！

越是生前贫贱，越是看重死后哀荣，现代社会，安排日趋简单，逐渐做到三不：不通知，不告别，不安埋，或撒入大海，或填进树根……不留一点痕迹，乃是最佳归途。

琼瑶在公开信中谈及后事，亦叮嘱不发讣闻，不公祭，不开追悼会。她说，死亡是私事，私下家祭即可，不要麻烦别人。以后清明也不必祭拜，因为我早已不存在。“死后哀荣”是生者的虚荣，对于我，一点意义也没有。

人这一生，说长很长，说短很短。越是年老，越感觉时间过得太快。一转眼，七十多年已经过去！

前二十年，快乐读书。

中四十年，努力工作。

后二十年，安度晚年。

真能安度吗？或许能吧，平静地，无所欲、无所求地过好每天的日子，顺其自然，开开心心，平平淡淡，走完人生最后一段里程。

拙荆美文

下篇

XIA PIAN

杨乔的文章，写得比我好

老詹写了一辈子文章，自认为写得还算不错。

然而，自从杨乔发表文章，人们阅读之后，不少人的评价却是，老詹呀，杨乔的文章，写得可是比你好哟！

晓得晓得！我点头应承，心里却不以为然，比我好就比我好呗！即使真比老詹好，不也是老詹的老伴吗？不是外人，何论短长！

但是后来，我渐渐明白，人们说的，并非客套！认真琢磨推敲，我不得不承认，杨乔的文章，确实写得比我好。

正因此，我在微信公众号的后面，为杨乔专列一栏，加以推介。而且，我出这本《听凭风雨来——老詹人生的七个拐点》，也将杨乔文章放在这里，作为全书不可分割的部分。

杨乔文章到底好在哪里？一两句话，说不清楚。就是感到，读起来非常朴实自然，十分清丽流畅，就像同你讲故事，拉家常，娓娓道来，相当亲切。有些语句，严格说来，并不规范，但恰恰就是这不规范，不但不妨碍阅读和理解，反而有其独特韵味！

比如，杨乔写《公社故事》，如此描写老社长彭再玉宰羊。

> 先把羊前蹄和后蹄分别捆起来，喝了两口白酒的老社长手提一把磨得很锋利的尖刀，吐着酒气向温柔的山羊走去，他这时很像一个屠户，向山羊的前胸偏心脏处用力地一捅，一刀见血！山羊痛苦地抽搐一阵后便被倒挂在一棵大树上。老社长很熟练地把羊皮剥下来贴在墙上，让它风干不长虫子。紧接着是开膛，取出山羊的五脏六腑，同头蹄肉一块儿，剁成块状。过去只知道羊肝好吃，其实羊肠子也很香。老社长把羊肠掏出来，用力一勒（挤），把肠子内部的东西挤压出来，不洗，切成数段，那边临时架起的一口大铁锅早已炉火正旺，开水沸腾地等候在那里了。老社长说，羊是吃草的，不脏。

这段文字，并不修饰，一气呵成，生动极了！说句实话，这样的文字，我是写不出来的！

同篇文章，还有一段描写公社干部种菜。

> 公社干部吃菜全靠自己种。可是我们没有土地，公社来了个一平二调，把生产队的土地划了一小片给公社机关。老社长一回公社，就带着我们去种菜。种菜的心

情是轻松愉快的，男同志浇粪、女同志浇水。我们在老社长的带领下辛勤地劳动着，这汗水变成了又大又红的灯笼海椒（辣椒），变成了又大又红的番茄（西红柿），变成了宽边青菜、圆秆青菜、葱和蒜……每当收获的时候，就是老社长最得意之际，他干累了，就一个人坐在井边大柳树下，脱下他那四季常穿的黑色灯芯绒夹衣和那顶已变旧的蓝色布帽，嘴里含着又长又细的旱烟袋，卷上一卷烟叶，“吧嗒、吧嗒”地吸几口烟，又长长地吐口气，闭着双眼，得意极了。

好家伙，真精彩！我常常想，这段文字，倘若被拍成电影，不就是一幅生动传神的乡村干部工余劳动图吗？

杨乔的文章，写得并不多，都是她在报社做信访接待的空隙有感而发，匆匆为文。为什么一个业余写作的人，竟然写得比我这专业人士还好呢？

琢磨许久，我得出结论，杨乔善于为文，源于她的三性。

一是悟性。

写文章必须有悟性。啥叫悟性？一时半会儿，说不清楚。比如，文章的选材、结构，行文的长短、气韵，既需要理性，更要靠悟性。有悟性的作者，题材就是这么选的，就是这么个结构，语句宜长则长，该短则短，一切顺势而为，如行云流水般流淌而出，毫不做作雕饰，这就是悟性。

杨乔写《公社故事》之武装部长罗瑛，前边若干描写，都很详细，最后罗瑛去世，只寥寥数语。

> 等我从自贡探亲回来时，公社胖秘书李明干沉痛地告诉我："罗部长死了！"
>
> 他是家里要修房子，上山伐木，下山时，脚一滑，摔了。木头顺着身子滚，打中了头部而去世的。

叙述极短，戛然而止，给人以人生无常、哀思无尽之叹。反之，老社长劳动间隙时休息，则如此描述。

> 脱下他那四季常穿的黑色灯芯绒夹衣和那顶已变旧的蓝色布帽，嘴里含着又长又细的旱烟袋，卷上一卷烟叶，"吧嗒、吧嗒"地吸几口烟，又长长地吐口气，闭着双眼，得意极了。

不厌其烦，详细描述，生动传神，如在眼前。

二是记性。

写文章要依靠记性。尤其写回忆文章，主人公的过往，到底有哪些有价值的故事？哪些细节值得拿出来说道说道？记性好，记住的东西就多，选择的余地自然也大，下笔也就游刃有余。

《我的邻居汪曾祺》中，有这么一段。

1997 年 5 月 11 日，我清楚地记得那是一个星期天。我同老公一早经过老先生的门口，见他穿着浅灰色的西装，笔挺；一双新的黄色皮凉鞋，很精神的样子。我说：老先生有什么外事活动？他十分高兴地说：香港回归前 50 天，作协要搞个活动，非叫去不可。我说：那你又得去画幅画啰？老先生说：早就画好啦，那么多人围着，画什么呀！到时再写几个字就行了。买菜回来，看见老先生还在门口，等着车来接。中午，我同老公去西单，看见老先生正从大门往院里走来，我说您怎么这么早就回来了？他不好意思地笑着说：记错了，是明天。

奇了怪了，我与汪老也是邻居，但是，杨乔笔下这些精彩细节，我却没有什么印象，文章自然也是写不出的。

有意思的是，我的高中同学张集贵，到北京送他儿子读大学。我们只吃了一顿饭，见过两次面，杨乔竟然写出洋洋洒洒数千字的《同学张集贵》，真令我大吃一惊，自愧不如。

三是人性。

写文章写的就是人性。你是什么样的人，就写什么样的文。杨乔的文章，意境很美，人挺善良，无论是怀念儿时生活的《我的老师们》，还是记述知青生涯的《公社故事》。其实，那些日子，她吃过多少苦，受过多少委屈，只有自己才晓得！但她总是选取美好的细节，描摹善良的人性，就那么平静地回忆着、叙述着，看似娓娓道来，却能深深动人！

我们与汪老先生的交往中，有这样一段故事。

> 记得刚搬到福州馆宿舍不久，发现在出大街拐弯路边的房角下，长着一丛一丛绿色的野菜，这不是老先生文章里提到的灰菜吗？于是，马上拿出塑料口袋，将那灰菜一点一点地选掐下来，洗净后给老先生送去，他高兴地大声说：这是好东西，裹面蒸，好吃！但胡同里的灰菜毕竟有限，我突然想起原来住回民中学宿舍时，楼下草丛里有一片灰菜，再给老爷子奉献一次吧！于是，礼拜天叫上老公，坐6路车到牛街下车，奔到回中一看，傻了：一片空地，一棵灰菜也没有！扫兴而归。

说实话，杨乔把她和她老公的善良热情，写得活灵活现，连我自己都被感动了！

善良与善良，最容易沟通。写《同学张集贵》，写《王镇苏、林先生和我》，写《我的邻居汪曾祺》，都是源于人性的善与美。有感而发，笔下自带感情，定能动人三分。

悟性，大约是爹妈给的，后天很难学来，即使刻苦，也是白搭。

记性，也是一种天赋，凡事皆过目不忘，历历在目，是真本事。

人性，更是天性使然，柔与刚，雅与俗，江山易改，禀性难移。

就这三条，杨乔都比我强。我要想学，很难学会。所以，要说写文章，尤其写人物，我确实写不过她。

不止一人看了杨乔的文章后感叹，可惜了呀杨乔，其实你应该以写作为生，多写一点文章，那该多好！

闻听此言，杨乔一笑，什么可惜不可惜呀，现在这个样子，蛮好的，我挺知足。

好呀杨乔，如此淡然！难怪你的文章，写得比我好。

我的邻居汪曾祺

杨　乔

我总觉得，与汪老一家处邻居是一种缘分。

1996 年春，报社分房，我家乔迁福州馆宿舍，与汪曾祺一家正好在同一层楼，我们成了邻居。

其实，早在 14 年前，我就认识汪老了。

那时，我还没有调来北京，来京探亲期间，老公陪我上医院看病，一连串的排队等候，让我这个病人既烦躁又无可奈何。好在老公善解人意，让我坐在一旁看书等候。书是《汪曾祺短篇小说选》，老公给我推荐了其中一篇《黄油烙饼》，看后很难过，也很压抑。书中主人公小胜子（萧胜）的命运深深地打动了我。我一下觉得，自己就是小胜子，他的奶奶就是我的外婆。自那以后，我特别喜欢看汪老的书。去书店时，只要见到有汪老的书，必买。汪老在书中曾说过:“……喧嚣扰攘的生活使大家的心情变得很浮躁、很疲劳，活得很累，他们需要休息，需要安慰，需要一点清凉，一点宁静……”汪老那平淡而精彩的文字，常将我们带入那样的境界。

“文如其人”，读了文章，还想见作者。这下我们同住一层楼了，几次路过想举手敲门去看一眼我们尊敬的老先生，可又怕打扰，始终未敢。还是我在经济日报社的同事、老先生之子汪朗善解人意，刚搬新居不久，汪朗就托我将报社发的 5 斤鸡蛋给他父母送去，我说: 我不敢，汪朗咧着嘴慢悠悠地笑着说: 这不是找个由头让你去见见老爷子吗?

记得那天下班后，我提着鸡蛋，还未来得及回家，便按响了汪老家的门铃，第一次走进了 405 的门，第一次见到了汪老先生和老太太。我向他们自我介绍: 我姓杨，住 401，同汪朗在一个单位，也是朋友，以后有什么事，请不用客气，随叫随到。到了第二个月，又去问汪朗，还送不送鸡蛋呀? 结果当然又是提着鸡蛋，随着 405 音色响亮的“咪哆咪哆”门铃声，又一次迈进了他们家门。

一回生，二回熟，从此，我们家同汪老一家开始有了来往。没过几天，老太太就叫老爷子画了张画给我们送来。画面是用淡墨和淡蓝、淡黄三色点染的几枝古藤，仿佛在淡淡的月光下，散发出淡淡的清香，上面题字: 满屋明月梨花白——国枢乔勋同志饰壁，1996 年春。

没过多久，老太太又让老爷子送来一个包装十分精美的木鱼石茶杯，老先生说，用这杯子泡茶，几天不会馊……

作为家庭主妇的我，比较爱烹饪，总愿将生活中的五彩缤纷在餐桌上体现出来。正好汪老又是文坛著名的美食家，我曾看过不少他写的美食小品，既亲切又馋人！除了如法炮制，便是前去请教。一次，老公在农贸市场上见到卖大排，勾起了他对大学时清苦生活的回忆：在上海，大排叫“大扒”，老公在复旦念书时，虽说只花两毛钱就能吃一块，可也只能偶尔为之，打打牙祭。

我决定做大排，又从没做过，便去向老先生请教。老先生告诉我：大排在红烧之前，要先用酱油、葱段、姜片腌上一小时，味就进去了。我是在上班路过他家门口时匆匆向他请教的，老先生说，我去替你买回来，在你下班之前一小时给你腌好，回来下锅就行了。我怎么好如此打扰老人家呢？于是赶忙跑到楼下去买回一斤大排，提前腌好。

等我下班时，老先生已事先用黄酒泡了干贝，叫小阿姨小陈给我送来。老先生说，烧大排再加点黄酒干贝，更鲜。我如法炮制，果然。

汪老曾在昆明念西南联大，在那里他认识了恩师沈从文、妻子施松卿，他称云南是第二故乡。正好前门大栅栏有个云南商店，是我同老公常去的地方，回来时便给老先生捎回一些他在文章中多次描述过的东西：云南米线、鸡㙡、牛肝菌、韭菜花……这些也是我们在第二故乡四川凉山州非常熟悉的东西，是老先生用他的笔唤起了我们对往事的美好回忆，我们给他捎回这些东西也算是一种“回报”吧。

记得刚搬到福州馆宿舍不久，发现在出大街拐弯路边的房角下，长着一丛一丛绿色的野菜，这不是老先生文章里提到的灰菜吗？于是，马上拿出塑料口袋，将那灰菜一点一点地选掐下来，洗净后给老先生送去，他高兴地大声说：这是好东西，裹面蒸，好吃！但胡同里的灰菜毕竟有限，我突然想起原来住回民中学宿舍时，楼下草丛里有一片灰菜，再给老爷子奉献一次吧！于是，礼拜天叫上老公，坐6路车到牛街下车，奔到回中一看，傻了：一片空地，一棵灰菜也没有！扫兴而归。

开春，市场上又卖起螺蛳，过去没在意，楼下小齐做好请我品尝，一下又吊起了我的胃口，心血来潮，买回两斤，如法炮制。老公说：全北京就数你做得最好吃！虽是恭维，倒也入耳。于是立即给老先生送去，怕他吃了不消化，只端了一小碗。老先生一看，二话没说，转身就往里屋走，以为他对此不感兴趣，没想到他是去拿牙签，把螺蛳放在面前，坐在他常坐的客厅沙发上，用牙签一个个仔细地挑来吃，那神态简直像一个贪吃美食的孩子！我突然想起有人撰文形容汪老先生：酒至微醺状态，他会变得尤为可爱。这下我可看到老先生那可爱的状态了，回家对老公说：以后到老先生家，最好带个相机，随时都有好镜头。

老先生虽是美食家，毕竟年事已高，已少见他亲自下厨了。有天下班还没走到405，就听见老先生用他那独特的响亮的大嗓门在叫“小杨！”我以为出了什么事。只听老先生说：今晚少做点菜，我给你们做了两道菜！

6点半左右，小阿姨小陈把老先生做的菜送过来了，一道叫百叶结，我以为是牛百叶，实际是用质量较好的东北豆腐皮代替牛百叶，一个一个地打上结，用肉汤煮，放小虾米和笋丝，清淡、味美。另一道菜是麻豆腐，是等我回来后才炒的：用羊油，加麻豆腐和青豆。麻豆腐我吃不来，但是，能吃到77岁高龄的汪老为我们安排的菜，不能不说是我这个邻居的独有福分。

4月的一天，我同老公到汪家，看望久病卧床的汪老太太。后来坐在前厅同老先生闲聊，那天他兴致很高，刚画完画，便叫我们品他的画。我指着其中一幅说：这幅好，有生命。老先生说：拿去吧。我说：不要，以前您已送过我们一幅了，拿了第二幅，就叫“索画”了。他说：这有什么呀，这是画画裁下的边角，墨汁也刚好快完，顺手一画。老先生说：我再给你写两个字吧。便从常坐的沙发上撑着站起来，步履蹒跚地走到屋里，写好，盖上章，给我。那是淡淡的两枝荷花，衬着淡淡的两片荷叶，上面飞着一只红蜻蜓，左下方落款：芳邻小杨玩。

1997年5月11日，我清楚地记得那是一个星期天。我同老公一早经过老先生的门口，见他穿着浅灰色的西装，笔挺，一双新的黄色皮凉鞋，很精神的样子。我说：老先生有什么外事活动？他十分高兴地说：香港回归前50天，作协要搞个活动，非叫去不可。我说：那你又得去画幅画啰？老先生说：早就画好啦，那么多人围着，画什么呀！到时再写几个字就行了。买菜回来，看见老先生还在门口，等着车来接。中午，我同老公去西单，看见老先生正从大门往院里走来，我说您怎么这么早就回来了？他不好意思地笑着说：记错了，是明天。

明天，他再也去不了啦！

当晚10点半，我们正准备休息，听到急促的敲门声，是小陈！她说：爷爷吐血了！我同先生急忙跑到405，可吓坏了。老先生正倒在卧室里，大口大口地喷血，床上、地上全是！老公急忙打120叫来急救车，又叫来几位邻居，一道将老先生送到了友谊医院，那真是一场生死搏斗啊！

在整个过程中，老先生没有惊慌，没有呻吟，没有痛苦，他是我们最大的镇静剂。

他的女儿汪明后来告诉我们：老先生说，见到我们，他就踏实了。

是的，老先生是平和的，从不张扬，即使是病危，也怕给别人添麻烦，心静如水。

那几天，老先生的女儿常过来告诉我们汪老病情稳定的消息，说他需要休息，不能兴奋，所以我们一直未去打扰。那几天，我做饭，煎鸡蛋，一连几个都是双黄蛋，这是从前未有过的事情。我同老公都十分高兴，认为这是个好兆头。

可是，16日下班回来，听到了老先生过世的消息！我们都不相信。汪老的几个子女，像汪老一样，平和不张扬。父亲突然而平静地离开，虽然接受不了，但他们把悲伤埋在心底，用这样的方式来悼念父亲——

老先生的书房里，打扫得一尘不染，他的书、他的笔、他的纸、他的画，一切依旧。老先生的卧室里，床上铺得整整齐齐，枕边放着一堆他平时常看的书。桌上靠着那张人们熟悉的抽着烟的巨大黑白相片，栩栩如生，双眼炯炯有神，是在与别人谈笑风生，还是老爷子又要“下蛋”了——他的孩子们又要这样为他而“挪窝”了！桌子上还放着最近出版的《汪曾祺散文选集》和《独坐小品》两本书；还有他多年戴习惯了的老花镜，常抽的云南玉溪烟和红塔山烟各一包，一个打火机；中间放着那个外面包着羊皮的不锈钢扁酒壶，里面一定还散发着聂华苓给他盛过威士忌的醇香；新沏的龙井茶一杯，一切依然！

只是，你抬头看见桌上的那盘圣桑的《天鹅之死》录音带，那悲哀的音乐又将你带到5月28日八宝山送别汪老的时刻；

只是，你看见老先生常戴的那只手表，手表的秒针还嘀嗒嘀嗒地摆动，你才感到，他主人的心脏已于5月16日停止了跳动；

只是，你看见他的恩师沈从文的夫人张兆和率孩子小虎和小龙送来的插满了百合、菊花、月季和勿忘我的悼念花篮，黑色的绸子上写着黄色的“曾祺贤契永垂不朽”的挽联，你才会相信汪老真的离开我们了。

不！老先生他没有离开我们，他是随他的老师沈从文，到天国写书去了。

王镇苏、林先生和我

杨 乔

王镇苏是我的知青朋友。他个头不高，衣着朴素，言语不多，音调平和，但心里明白。天生一副笑脸、笑眼，一对眼睛长得比较细长，笑起来只看见牙齿看不见眼睛，常给人带来喜气。

我同王镇苏都是1965年底从自贡市来到金沙江边落户的下乡知青。在老家时，我住贡井市区，他住郊区仲权，互不认识，为了一个共同的革命目标，走到凉山州会东县联合公社根虎岩农场，与天斗、与地斗。他分在鲁南山脉马脖子山脚下的场部，我分在距场部两道山弯的赵家包包。我是班长，因工作关系，常去场部开会，知道了王镇苏是个孤儿。

后来，我们班的女生颜蕴贤（我们叫她颜胖）同王镇苏谈恋爱，对王镇苏就比较熟悉了，知道他的母亲已经去世，父亲去了台湾。还知道王镇苏是仲权中学的，学习成绩一直是全校第一。

后来，农场解散了，我被分到新洪五队，王镇苏同颜胖分在各可五队。再后来，我们各自成了家，又都有了孩子，都留在县城工作。我们两家依然保持着来往。颜胖乐观开朗，热情好客。每年春节，我们都上他们家过年。这份友情一直延续到1983年，国枢到经济日报社工作后，我们举家迁到北京。

王镇苏一家，1985年也调回老家自贡了。那时，他所在的会东县五金厂已很不景气，各路大军纷纷寻找出路，他是厂里的会计，尽管账本上已没钱了，但会计是要坚持到最后的，他没有任何背景和退路。后来，他父亲生前的好友、远在美国已退休的吴伯伯想到了朋友的这个遗孤，于是主动与自贡市对台办公室联系，几经周折，终于打听到远在凉山州的王镇苏。于是，组织出面，将王镇苏全家调回老家。夫妻二人都分配在自贡市鸿化总厂下属，由待业青年组成的大集体鸿兴厂工作，仍然干会计。

从此，告别生活了20年的会东县，告别了生产煮坨坨肉吊锅的会东五金厂。

1988年底，王镇苏从家乡来信，同我们商量说，他父亲的学生林先生将要来大陆，打算与他在北京见面。

王镇苏的父亲王柔嘉，新中国成立前在南京一个大学研究所工作，1948年随学校去台湾，在郑成功中学教语文。王老先生已于1961年因病去世，至今已27年。林先生这次来是遵照先生遗嘱，送骨灰回家。父亲去台湾时，王镇苏刚出生，没留下任何印象。和林先生也从未见过面。对此事，王镇苏百感交集，琢磨如何安排与林先生见面。此事如果在自贡或成都办，都比较为难，不仅开销太大，而且双方都比较麻烦，最后敲定在北京见面，镇苏提前来京，在我这里等候林先生。

林先生是 1988 年 11 月中旬来北京的，见面地点就在我的办公室。林先生 40 多岁，中等个，显得比较壮实，穿着随意，但干净得体，厚道而不失聪明。他的台湾话听起来十分亲切，让人感觉台湾同大陆是那样近！

见到王镇苏后，林先生一双手紧紧抓住，久久不放，长时间地对着王镇苏上下打量，他那要笑无声欲哭无泪的神情，使人感到他是想在王镇苏身上捕捉恩师王柔嘉先生的影子！

林先生从大提包里取出王老师的骨灰，庄重而虔诚地交给王镇苏，深深地出了口气说："我总算给老师了却这个心愿了。"

骨灰盒是用深灰色大理石做的，有天然的黑色花纹，盒子正前方，镶有老师的遗像：眉目和善、神态谦和、西装革履，很有儒者风度。林先生详细地向镇苏建议如何为其父母合葬等事宜后，还给我们讲了有关王先生的一些往事。

王柔嘉老师到台湾后，在郑成功中学教书，我有幸成了他的学生。他教我们语文，不仅课教得好，为人也很好，深受同学们喜爱。老师是个极重感情的人，常常思念远在四川的妻子和儿子镇苏。由于身边没一个亲人，老师就把全部精力用在教书上，视学生为自己的孩子，常常拿出自己的工资，设奖学金，奖励那些出身贫寒但勤奋上进的学生。同学们也视老师为恩师。这些印象，对我以后为人是有很大的影响的。

后来，老师准备同他的好朋友吴伯伯一道去美国留学，但因身体不好，没有去成。他得的是肺结核，身边又没人照顾，人得病时，更加思念亲人。我常听老师惦念着师母和镇苏。那时我16岁。我家的家风很好，爸爸是老中医。他跟我讲，你不要害怕，老师得病了，又是一个人，你要好好照顾老师。我们学医的人要讲医德，做人要讲为人，你如果被传染上了，我给你治。

我爸爸经常开出药方，我把药煎好给老师送去。我们几个同学轮流去照顾老师，希望他早日康复。可是后来得知师母已去世多年，老师的精神一下就垮了！他是1961年去世的。临终前，老师多次流露出一个夙愿：如果两岸开放，就将自己的骨灰送回家乡，与师母合葬。

林先生说，这次其他同学因有工作走不开，他代他们把老师送回来，交给镇苏，了却老师这一愿望。同时，林先生还特地送镇苏相册一本，这几十张各个时期的照片，留下了在老师去世后，27年来学生对老师的片片思念之情。

一张泛黄的黑白照片，是王先生的坟，坟墓是用石灰加水泥砌的，是60年代那种比较传统的墓。圆圆的墓前，立了个石碑。墓的右后方，能清楚地看见另一座坟的碑上刻的醒目的“杨”字。

林先生说，这是学生和家长给老师做的墓。旁边，是座女坟，与师母同姓，让老师感到这就是他的一种归宿。

另一张彩色照片，是林先生同他太太谈恋爱时在老师墓边的留影。谈恋爱时，人是蛮开心的，可照片中的一对青年男女，却是那样忧伤。

一张彩照，原来的墓已面目全非，一座全新的墓地在照片上泛光。地面是用棕红色的大理石筑成，石碑用的是花岗石。墓地周围，种上了松柏，一切显得那样安详。林先生说，这些年他们的经济条件比原来好了，他们几个同学就商量着给老师换个墓。老师是信基督教的，他们就按基督教的方式给老师筑的墓。

一张彩照，婚后的林先生、林太太已是壮年，在他们身边，又增加了四个人：三个女儿，一个儿子。林先生说，每年清明，全家人都要来看王老师，从不间断。

最后一组彩照，是林先生在扶送老师回大陆之前的系列准备工作。

之一，凿坟。照片上，一大堆电钻、锤子等工具，林先生同迁坟人一块干得满头大汗。

之二，拿罐取炭。照片上的林先生正蹲在地上，从被凿开的墓穴里取出一个木桶大的粗瓷坛子，从瓷坛里往外取木炭。林先生说，怕老师受潮，特在他身边放一坛木炭，这么多年了，木炭还很干燥，说明老师没有受潮。

之三，林先生与恩师王柔嘉合影。世上谁见过这样奇特的合影呢？长眠于地下 27 年的王老先生，如今只是一副骨头架子。

马上就要送老师回家了。在火化之前，林先生与老师做最后一次遗体告别！他用右手胳膊将敬爱的老师枕在手弯里，头紧挨着老师的脑骨，留影一张。照片上的林先生平静、安详，一点不害怕，与他 27 年前照顾老师一样。

之四，王柔嘉老师头骨彩照一张。林先生指着布满根根血丝的头骨照片对我们说：这里迁坟的老人说，干了几十年迁坟，从来没有见过这种情况，27 年了，还能清楚看见血丝。林先生深情地说：老师他想家呀！

送完骨灰，林先生就要回台湾了，回去之前，他拿出 100 美元，加上在美国已退休的吴伯伯的 100 美元，共计 200 美元交给王镇苏，作为王镇苏的儿子小王骏以后上学的学费，并希望以后两岸开放后，接他们去台湾做客。

为了表示对林先生的谢意，我们在我家请他吃了顿便饭。我那七十几岁远在四川峨眉山红珠宝宾馆搞篆刻工作的姑父田老先生，刚好也来北京，深深敬佩林先生的为人，特地到琉璃厂买玛瑙石刻印章一枚，送给林先生做纪念。

在我家里，不同姓氏的几代人在一起，说了好多话……

千里送君，终有一别，而这一别，已是 10 年过去了。

1989 年，林先生和太太作为观光团成员到四川观光。在当地停留一天的时间里，他们专程从成都赶赴自贡，看望了镇苏全家。那天天上正下着雨，遍地稀泥，尤其去农村的路更烂。林先生夫妇打着雨伞，步行十几里路，来到老师与师母合葬之地——自贡郊区仲权，在老师墓前留影后，才依依不舍离去。

现在，镇苏仍在自贡鸿兴厂工作，一直没有分到房子，仍然住在当年同妈妈相依为命的那间房子里。颜胖今年就该退休了，退休后工资只能拿到200多元。好在儿子王骏争气，考上四川省粮食学校，现分在自贡粮站工作，并已成家。一家人虽不富裕，倒也和睦。

春节前夕，颜胖特花钱买蜡梅花一束，挑选出其中几朵用挂号快件寄来北京送给我，说乔娃你向来喜爱蜡梅，北京没有，而家乡蜡梅开得正浓，节前寄来，礼轻情重。那黄色透明的蜡梅花，散发出阵阵幽香。

从王镇苏一家，我真正地实实在在地感受到两个字：生活，即生存与活着。

今年春节前夕，我翻出林先生返台后的唯一一封来信，信中说：

詹先生、夫人大鉴：

北京别后已有一个多月了，相信你们一家一定平安幸福，我想北京一定下雪了吧？台湾也一天天冷起来了！

此次得偿夙愿，将王老师骨灰送回大陆亲交镇苏，完成了老师28年前临终遗愿，一切得到贵伉俪之诸多帮忙才能达成，在此深深鞠躬致谢。

在北京承蒙招待送礼，又收了田伯伯亲手雕刻玛瑙印章，都不知如何言谢。

唯一遗憾未能见到詹先生，希望将来两岸开放观光，你们都来台湾一游。

春节到了。敬祝新年恭喜，万事如意。

弟林东星　敬谢！

1989 年 1 月 11 日于台北市

现重读林先生 9 年前的来信，往事犹如眼前。有些事情说起来真巧，王镇苏是 1948 年出生的，他爸爸 1948 年去台湾，林先生 1988 年来北京，今年又刚好是 1998 年！将这些阿拉伯数字从头到尾一算，恰好就是完整的半个世纪——50 年。

这 50 年里，有多少故事哟！林先生在信中提到“北京一定下雪了吧？”我读信时，恰巧北京正飘飘洒洒地下着大雪，整个北京都白了。雪景是很容易让人产生无限联想的，正是这场大雪，才促使我终于写完这段王镇苏、林先生和我的故事。

有些事，并不因岁月流逝而褪去。

有些人，并不因不常见面而忘记。

同学张集贵

杨 乔

张集贵不是我的同学，是我老公国枢"文革"前在西昌高中（现西昌一中）时的同学。那时，西昌高中在整个凉山州是数一数二的，招收的学生都是各县的尖子。国枢那时才 14 岁，考上西昌高中后，想家，曾给远在会东县工作的父母去信，想要回去当炊事员。

多年后，我同国枢谈恋爱时，我那当中学老师的姨父，一听说国枢是西昌高中毕业的，当即表示支持。他说，这孩子不错，西昌高中的嘛！可见这学校之红火。

国枢和集贵都是从边远县城考进西昌高中的，学习成绩都不错。1965 年，临近高考前，眼看距大学校门只有一步，"文化大革命”来了，他俩的大学梦破灭了。于是，国枢回会东县，上山下乡到金沙江边当知青。集贵则回德昌老家当农民。

国枢在经历了知青—文化馆美工—干部—上大学—经济日报社当记者和恋爱—结婚—分居两地这“双轨制”后，最终全家在北京团聚。上班、下班、上班，循环周转地在北京这么工作和生活着。

而集贵一直没有走出家乡。

弹指一挥间，30 年过去了。

近日，忽然接到集贵电话：“我已来北京，住在北锣鼓巷 91 号凉山州驻京办事处。一来想同老同学叙叙旧，二来儿子张建以 561 分的成绩，在凉山州高考中干了个第一名，现已被北京第二外国语学院录取，学的是旅游英语专业。他也想见见詹叔叔和杨阿姨，我还顺便给你们捎了点家乡特产。”

集贵是周五下午到北京的，周六就已经逛了天安门、故宫，还瞻仰了毛主席纪念堂和人民大会堂的外观，准备星期天一早去爬长城……从电话里分明已经感受到了集贵内心的欣慰与欢快！

30 年前，张集贵曾来过北京，接受伟大领袖毛主席的检阅，至今他还清楚地记得老人家那慈祥的面容和频频挥手的姿势。30 年前在天安门见到的是人的海洋，现在看到的是花的世界。那花、那草、那喷泉，同庄严肃穆的人民大会堂是多么协调！党的十五大就要召开了，这场面多热闹，多喜气！这次来北京，能与阔别多年的老同学一同叙旧，是多么不容易呀！更主要的是儿子圆了他的大学梦。

都说外地人能逛，那是因为来一次不容易，来到北京不逛，那来干什么？这是首都，是人们心目中最向往最神圣的地方！一旦来了，再疲倦，该去的地方都要去！集贵也是这样。

集贵是德昌县人，我不止一次地听国枢讲到过他和他们的故事。我曾见过他们俩一张合影，那是1966年串联时的一张2寸黑白照片，半身的，国枢在前，集贵在后，相纸已经泛黄。他们身穿绿军装，左胸佩戴毛主席像章。两个老实厚道的人，如此衣着打扮显得有点滑稽。但他们的神色是幸福而庄重的，因为他们要穿着这身衣装串联到北京，去接受伟大领袖毛主席的检阅。这个伟大愿望最终是实现了，他俩是毛主席第十批检阅的红卫兵。

从北京回来以后，1967年春天，学校出现了矛盾，红卫兵分成两派，甚至对立起来要动武了！“文攻武卫”蔓延到全国各地，西昌也不例外。他俩不愿加入这场斗争，这种想法不敢讲，怕人说不革命，何况家距西昌200多公里，想走也没法走。幸得集贵有个表哥叫李家兴，在西昌邮车站工作，托他的福把他们俩当包裹藏在邮车里，偷偷地离开了西昌。先到了距西昌80公里的张集贵家中住四天后，因串联时锻炼了脚劲，国枢一个人步行三天，回到了会东家里，躲过了那场灾难。对集贵一家的热情接待，国枢是终身不忘的。

生活往往就是这样，有时，时间和空间会把人的距离拉得很长、很远；有时，又会一下子缩得很短、很近。30年后两人再相见，往事犹如在眼前，他们第一次来北京，国枢18岁，集贵20岁，而今国枢已48岁，集贵已50岁了。男人相见不能用“百感交集”

来形容，因为男人是理性的，即使是理性，在这种场合下，话也会多起来的。在鼓楼凌汤元饭庄为张集贵父子接风时，听着他们讲述那过去的事情，我的思绪也随之一块回到那已逝去的一幕幕岁月之中……

因为见过30年前的照片，又常听国枢讲起，所以一见张氏父子，便有似曾相识的感觉，很近。集贵比照片老了，也瘦了，但很精神。因为他家一直在农村，所以看上去很有农民的味道：朴实，厚道。但他又做了多年的中学校长，举止言谈又很有知识，说起话来幽默风趣，有条有理，头头是道，不卑不亢。

1967年，他回家乡德昌乐跃乡务农，后在乐跃中学任教，教政治。1983年任乐跃中学校长，1997年刚调德昌中学。现有两女一男，大女儿在西昌师范毕业后，现在德昌永朗中学教书；二女儿在成都幼师毕业后现在德昌幼儿园当老师。女承父业，都是园丁，培养着祖国的花朵。

儿子张建，是张家三代兄弟中唯一的男孩，既珍贵又争气。这次以凉山州文科第一名考来北京，一切是那么顺心。目前集贵家中还有个81岁的老父亲。农村的人不娇贵，81岁了还能上山放牛、割牛草，还能用竹子编一些竹器。妻子一直在家务农。

说到妻子，集贵的话匣子打开了。教书三十载，根据职称和职务，按政策妻子和儿子可以农转非，解决城市户口。结果只解决了儿子的，因为有了城市户口，即使考不上大学也还有找份工作的希望。老伴就算了，她在城里没有工作闲着干啥？何况一进城，家里承包的那6亩地就会被村里收回去。集贵说，我每月工资加奖金不到600元，两个女儿虽有工作，迟早要有家，她们工资也不多，每月才二三百元，帮不了什么忙，想想也就算了。老伴在生活上要照顾我那老父亲，那6亩地每年可收谷子几千斤，每年可养几只肉鸡，六头肥猪，除过年外，可以卖三头毛猪，儿子上学就是靠这卖猪的钱，家里全靠老伴撑起。

集贵说，如果1966年我考上大学，还不知怎么着。回乡务农，最大的幸事是认识了我老伴，这就叫缘分。

看得出集贵对他的家很满意，对他的现状很知足。“知足”这词儿谁都得知道，可真正懂得知足的人却不多，知足的人是不会患神经衰弱的，是不会有精神障碍的。在知足的集贵背后，有个伟大的老伴——其实集贵所说的这个老伴，才47岁。

集贵把聪明、懂事的儿子张建介绍给我们：“家里都叫他建儿，你们也叫他建儿吧！”我说，都上大学了，叫建儿显得他老长不大，还是叫张建吧。我们特意买了只北京产的手表送给张建，希望他在大学四年里做时间的主人；还送给他一支钢笔，希望他好好学习。张建高兴地说：杨阿姨，我爸正准备明天给我买表哩。集贵说，你可要努力刻苦拼搏，不要辜负詹叔叔、杨阿姨的希望。建儿直点头。

张建一定会有出息的。

集贵拿出千里迢迢给我们捎来的家乡特产。花椒一大包——西昌的大红袍花椒是很出名的，红而透明，他说德昌的花椒更好。新鲜桂圆一大袋——黄黄的表皮里包着白白的厚厚的甜甜的桂圆肉。虽说北京也能买到，但哪有这好吃，这是自家种的。一大袋新鲜的核桃——刚刚剥去了绿色的外皮，核桃壳还没干，里边的核桃仁鲜美清香极了，这也是张家自己家树上的。还有野生黑木耳一大包……他恨不得把家乡所有特产都捎给我们。

因为学校已经开学，德贵就要回德昌去了。他说，下次建儿回家，让他给你们带点白糖来。我说，路这么远，别让建儿背那么重的包袱了。集贵说，是自家种的甘蔗榨出来的白糖，干净。

国枢也说，你不用与集贵客气，我们之间没有客气的！我说，如果方便，以后请建儿给我带两个家乡的竹筛子吧。集贵不解地说，你一不晒咸菜，二不团米，用筛子干什么？我说，我要把它挂在墙上，当工艺品。集贵说，如果做工艺品，那就做密一点才好看，一个大的、一个小的。国枢说，带一个就行了。集贵说，一个是带，两个也是带。

其实，做工艺品只是一个方面，更主要的是，集贵自家编的竹筛子，挂在我家的墙上，它随时可以告诉我们：不要忘记家乡，不要忘记同学张集贵。

公社故事之一：武装部长罗瑛

杨　乔

我在填写干部履历表时，曾写过这么一段经历：1970—1974年，在四川省凉山州会东县联合公社任公社广播员。

那是一个黄昏，我同组里的几个知青扛着锄头，带着一身倦意收工刚回来，屋子里那挂在土墙上的陶瓷片压电喇叭正响着《三大纪律，八项注意》进行曲，这是公社广播站要播送通知的前奏曲。按常规，在播送通知前要先放一首前奏曲，然后插送一句毛主席语录，最后才是正式通知。

果然，前奏曲一结束，喇叭里便响起了公社广播员、成都知青李效成那无比洪亮的声音："联合公社革命委员会广播站，现在播送通知，伟大领袖毛主席教导我们，安民告示。新洪五队的杨乔请注意，新洪五队的杨乔请注意，明天一早，务必到公社。”此通知连播三遍之后，便到此结束了。

公社播送通知是常事，可通知我去公社却是件稀奇的事，因为不知道是去干什么，所以大家也没有议论，都比较木讷，同往常一样，烧锅做饭、种自留地、喂猪、聊天，然后各自回房睡觉。倒是我在睡前想了一下：自农场解散以后，我们被分到天高皇帝远的二半山新洪五队，公社干部很少来指导工作，公社机关是全公社的首脑机关，叫我去干什么呀？想想也没结果，便迷糊而睡。

第二天一早，急忙赶到公社，原来是通知我去当公社广播员。广播站只有两个人，一男一女，男生叫李效成，女生叫戴昌群，都是成都知青。现在小戴要调县广播局工作，谁来接替她呢？公社领导突然想起原来农场有个喜爱文艺的自贡知青，人们叫她乔娃，在教贫下中农普及样板戏时，嗓子还比较亮。一打听，此人就在新洪五队，所以马上通知来公社，当广播员。

生活的转折有时来得很快，从此以后，我“失去”了接受贫下中农再教育的机会，告别了白天背太阳的生活，告别了同我朝夕相处的知青群体，成了令人羡慕的公社干部。

在公社机关四年的日子里，我接触到不少人和事，给我印象很深的是一本成语词典。说到这本词典，就不能不提到公社武装部长罗瑛，因为我的这本成语词典是向罗部长借的。

公社原武装部长刘湘祥调走了，接替他工作的是一位名叫罗瑛的男同志。对此我们都感到好奇：一个整天带着基干民兵进行军事训练、摸爬滚打的武装部长，怎么起了个女同志的名字呀？

罗部长长得虽瘦，但人很精明有朝气，老穿着一件洗得发白、有三个口袋的蓝色的卡衣服。他的脸黑黑的、长长的，头发剪得短短的，有点像现在的寸头。脚上老穿着洗得干干净净的草绿色胶球鞋，就是不知道他当过兵没有。

罗部长调来之后，我们很少见到他，因为公社干部都是分片包干，下乡蹲点，把中央的最新指示带给广大贫下中农，一个月定期回公社，各自总结汇报工作，集中打一次牙祭（改善伙食），有时吃老腊肉，有时吃新鲜肉，有时宰一只羊吃，然后又下去蹲点了。

那天，罗瑛部长回公社来了，他住在一楼，那用土砖砌的房子一点不透气，那间屋子曾经堆过用来当柴烧的松果，此时，那带着霉松果味的房子里散发着洗发香波的味，怪怪的。罗部长正在洗头，我问他，罗部长，有没有好看的书，借给我看一下？罗部长说，我正在洗头，一会儿再给你找找看。果然，一会儿他真的给我找到了一本书，他说，我这里除了民兵训练计划，就是县武装部发的文件，只找到一本成语词典，你看看吧。

正是这本成语词典，当时给了我多少帮助啊！当我思念远方的父母弟妹们时，就翻开它看一看，转移了我思亲的痛苦；当我感到无聊时，看看它，可以让我增长知识。

看到其中一个成语“精益求精”，回忆当学生时，有一次语文考试，其中就是解释“精益求精”这个成语，在一旁监考的班主任金老师十分慈祥地对我们说：同学们，不要慌，慢慢做，好了还要好。金老师把成语都给我们解释出来了，引得全班同学哄堂大笑。多年后，我已为人母，在百倍“享受”分居两地的煎熬时，给儿子的启蒙教育就是让他学会认识成语，解释成语，并用成语造句……这本成语词典，陪伴我在公社度过了很长的时光。

1973 年，我同男朋友詹国枢回家乡探亲。临走时看见罗瑛部长，除了向他道别，我说：罗部长，等我从自贡回来一定还你成语词典。借人的东西，久了不还，总是欠人一个情。罗部长说，不用了，送给你吧。我说，要还。

等我从自贡探亲回来时，公社胖秘书李明干沉痛地告诉我：“罗部长死了！”

他是家里要修房子，上山伐木，下山时，脚一滑，摔了，木头顺着身子滚，打中了头部而去世的。

公社故事之二：地委书记李占林

杨 乔

一天，公社来了一个外省人，这是很稀罕的事情。因为公社干部全是当地人，就连县里的干部都极少来，何况外省人。这人个子很高，肯定有1.8米以上，身材很魁伟，老穿着一件浅灰色的制服，有四个口袋，右肩上老挎着一个黄色的帆布包，沉甸甸的，不知里边装了些什么。他是个络腮胡，满头已经花白的头发，梳理得比较整齐，肤色与当地人不同，在这海拔二三千米的地方，本地人的脸色是呈古铜色。

见到他只是在吃饭的时候，公社是吃两餐，每餐是一饭一汤菜一蘸水（调料）。饭有时是大米，有时是大米同玉米面各半，吃起来很粗糙很难咽，难咽就得喝汤菜。汤菜就是抓几把公社自制的干酸菜加半盆水煮出而成。没有饭桌，几个人自发地围成一圈，蹲地而吃。除了喝汤，便是用酸菜蘸蘸水下饭，蘸水是把烧煳的干辣椒用手搓碎，放点盐，加上汤做成的。因为少有油荤，有的同志一顿能吃上六七两饭，肚皮也不觉得撑。我分管伙食，负责记录每顿吃饭的人及食量，这个外省人的到来，在我的伙食记录本上又多了一个“李占林”的名字。

李占林不爱与人交往，比较沉默，他一般是早上在公社吃完饭后就出去了。出去干什么，我不知道。下午回来有时吃饭，有时不吃饭，他在哪里吃的饭，也没人知道。他回来吃不吃饭，也没人去问。他住在原武装部长刘湘祥那间屋，进屋后便不再出来，直到深夜，那间屋的灯还亮着，不知道他在干什么。

那天，公社革委会王国强主任（原党委书记）对我说：“乔娃，你在管伙食，对李书记要多照顾一下，上了年纪的人，不能老吃苞谷面饭。他是山西人，给他煮点面条，山西人喜欢吃醋，叫小老三（炊事员）去买点醋。”公社动力站加工的面条虽然又黑又粗，但是当我把再加工做成的有着蒜味、飘着葱花的山西风味的醋汤面送给李占林后，他说他仿佛又回到了家乡。于是同我们的关系逐步融洽起来，尽管当时他已不再任职，但我们仍然亲切地称他为李书记。

李书记对我比别人还好，不仅是吃了我为他煮的醋汤面，也不仅是长辈对晚辈，主要是因为我是知青。他对我讲，他有个儿子，在西昌高中上学，一个女儿正在上大学。“文革”一来，儿子就下乡去了，女儿也去搞社教，他见到我就思念起他那一双儿女来。他问我们知青的生活情况，我说我们生产队是二半山，一半田，一半山，一半是吃大米，一半吃洋芋（土豆）、苞谷（玉米）、四季豆。我说我最怕的是推磨，有三个脸盆大的石磨，一个人推不动，要两个人推，石磨中间横穿一根碗口粗的木头压在肚子上，围着磨按顺时针向前转，放一把泡涨了的苞谷要转好几圈，转得头昏想吐直冒冷汗，我说我推磨转的路程都能从凉山走回自贡去看我爸爸妈妈了，这话没说完就看见李书记的眼睛湿润了……

他问我晓不晓得自贡有个叫李堂基的人，原来是市委书记。我说我晓得，见过一次，1967年回自贡时看见造反派在批斗他，跪在台上胸前挂个牌子，天不冷他却穿着厚厚的蓝色棉布大衣，剃了个光头圆滚滚的，同他跪在一起的是市长王复元。李书记说他同我是一块从山西南下的老乡。停了一会儿李书记告诉我：他最怕坐喷气式。我说什么叫喷气式？他立起脚掌，双手往后伸展做了个飞机状给我看。他说，这是造反派在斗我时最厉害的一招，把我的胳膊用力往后扳，还用双手掐住我的穴位，一点动不了。汗水、口水和鼻涕一块往下淌。我说，残忍！

后来，李书记下队蹲点的次数少了，进县城的时间多了。终于，他离开公社去西昌（地委所在地），临走时没告别，因为我的机房门口挂着个木牌写着：播音时间。李书记怕打扰我。

后来，李书记从西昌来县城，住在县委招待所，他叫我和信用社小王一块儿去，说他真的要回地区去了，临走时送我们一人一包高级软糖，我吃了很久。

最后见到李书记时，我已不再放广播了，而是公社妇女干部。

那天我背着孩子进县城开会，正赶上李书记来县城参加全县三干会指导工作。他已官复原职，被很多人围着。我一眼就看到了他，但没有前去打招呼问候。李书记看见我了，他从人群中走出来，一直跟着我走了好远才回去。我一直没有主动向李书记打招呼。我知道李书记刚刚恢复工作，很忙。他刚刚舒心一点，你去给他提什么？提醋汤面？磨苞谷？喷气式飞机？都是些让人扫兴的话，不高兴的事情还是不提为好。后来很多人为我惋惜，我说我没有什么事情要求李书记的。

后来听说李书记退居二线了，又听说他已不在西昌到省城成都去了，是四川省顾问委员会委员，再后来，他因病去世了。

但是，在我的心里，会永远记得住李占林这个老人的。

李占林：1917 年生，山西五寨人。1937 年 5 月参加革命，同年 10 月加入中国共产党。1949 年南下入川，任西昌地委第一书记兼军分区政委。“文化大革命”中受迫害，恢复工作后任凉山州委第一书记兼军分区第一政委。1983 年 1 月任四川省顾问委员会委员。中共八大正式代表。1990 年 9 月 8 日在成都逝世。

公社故事之三：老社长彭再玉

杨　乔

我所在的公社有两个彭社长，一个名叫彭再祥，一个叫彭再玉。他们都是老高山堵格公社的人，都是五十开外的年纪。为了便于区分，人们把彭再祥叫老彭社长，把彭再玉叫小彭社长。后来，老彭社长退休了，人们很自然地将小彭社长称老彭社长，再后来，干脆就叫老社长了。

老社长其实不老，腰板直直的，身体壮壮的，走路咚咚的，脸膛黑黑的，很像电影演员朱时茂，老是似笑非笑，老歪着个脖子。他常年下乡，少有回家，他以公社为家，只要回公社，公社就成了他的“家”。

公社干部吃菜全靠自己种。可是我们没有土地，公社来了个一平二调，把生产队的土地划了一小片给公社机关。老社长一回公社，就带着我们去种菜。种菜的心情是轻松愉快的，男同志浇粪、女同志浇水。我们在老社长的带领下辛勤地劳动着，这汗水变成了又大又红的灯笼海椒（辣椒），变成了又大又红的番茄（西红柿），变成了宽边青菜、圆秆青菜、葱和蒜……每当收获的时候，就是老社长最得意之际，他干累了，就一个人坐在井边大柳树下，脱下他那四季常穿的黑色灯芯绒夹衣和那顶已变旧的蓝色布帽，嘴里含着又长又细的旱烟袋，卷上一卷烟叶，“吧嗒、吧嗒”地吸一口烟，又长长地吐口气，闭着双眼，得意极了。

我们种的菜，除了平时食用、喂猪外，更多的是制作过冬吃的干酸菜，所以我们种了大批的圆秆青菜（有的地方叫雪里蕻）。先将大批的青菜洗净倒挂在公社大院里，等风将水汽吹得半干、叶子发黄时，女同志们一齐动手，开始制作干酸菜。先把青菜切得细细的，加盐、加花椒、加木姜子，使劲揉，揉得熟透为止。再将酸菜压在事先准备的坛子里，每个坛子能装上几十斤青菜，要装十几坛。装满之后用洗净成段风干的谷草（稻草）加压塞上，再用调好的稀泥巴将坛口加固封闭起来。半年后开坛，香气四溢，再配上胡海椒做蘸水，很下饭。只是每次制作完毕，我们的双手都会受到不同程度的创伤：或被刀子切破、或被刀背磨出水泡，伤口被盐巴蜇得生痛。

每逢公社召开三干会时，正是老社长最忙、最显身手、最得意之际。先派高山大队干部拦来 1—2 只肥肥的黑山羊下来，让山羊禁食两天，使它们的肠胃蠕动和消化得差不多了，便开始宰羊。先把羊前蹄和后蹄分别捆起来，喝了两口白酒的老社长手提一把磨得很锋利的尖刀，吐着酒气向温柔的山羊走去，他这时很像一个屠户，向山羊的前胸偏心脏处用力地一捅，一刀见血！山羊痛苦地抽搐一阵后便被倒挂在一棵大树上。老社长很熟练地把羊皮剥下来贴在墙上，让它风干不长虫子。紧接着是开膛，取出山羊的五脏六腑，同头蹄肉一块儿，剁成块状。过去只知道羊肝好吃，其实羊肠子也很香。老社长把羊肠掏出来，用力一勒（挤），把肠子内部的东西挤压出来，不洗，切成数段，那边临时架起的一口大铁锅早已炉火正旺，开水沸腾地等候在那里了。老社长说，羊是吃草的，不脏。

我同炊事员小老三负责兑蘸水，我们把新鲜的香菜和小火葱分别切碎，再把新鲜的金条子海椒在炭火上那么一烧、一拍、剁细、加盐，放在一起。最后到井边的花椒树摘花椒，新鲜花椒放在一个大碗里，用烧开的油往上一浇，那香气让人的嘴还没吃就已经麻肿了，特别解馋！再冲上滚开的羊肉汤，这蘸水就配成了。当人们喝完这白花花的鲜汤后，会发现沉积在锅底的那厚厚一层山羊胃肠里的残渣，不过，没有人恶心。

我是公社食堂的事务长，主管领导就是老社长。老社长常常安排我做事情，这是对年轻人的信任和锻炼。有一次我在计算伙食时出现了麻烦，每人的伙食费摊下来比较高，每顿 0.27 元，我不知道怎么处理。

想来想去，原因有二。第一，在客餐的收费问题上，有漏收的现象。公社开饭的时候，常有客人到来，客人大都是来公社办事的大队和生产队基层干部，赶上吃饭，招呼一声，蹲下就吃。有时吃了也没记账，这样我的账就会有出入。第二，库存的食物对不上账。保管室的钥匙有两把，一把是小老三保管，另一把由老社长保管。

公社信用社出纳员刘华意告诉我说老社长有钥匙，可以在保管室里进进出出。他还有消夜的习惯，常叫小老三下点面条，煮点老腊肉。刘华意还说，有天晚上她亲眼看见老社长在保管室里背了一背篓干海椒，天不亮就回堵格公社他家里去了……可老社长是领导，我怎么能向他讲出来？但我的账目收支不平伙食费偏高又怎么办？

谁知这时候，刘华意虽然当着我的面说老社长，却又背着我在我公布的伙食单旁边写上又粗又大的“贪污”二字，气得我欲哭无泪！我把这事汇报给了公社王主任。公社机关内部开会时，王主任说，老社长工作太忙，希望以后食堂事务长要为老社长分忧，伙食上的事彭再玉同志要放手多让年轻人干。会后，老社长就把保管室的钥匙交给了我。老社长从此再也没开过小灶，但他的干劲同以前一样，既是领导又是前辈，大家关系融洽。

出乎意料的是，刘华意竟然贪污公款800元！她把这些钱都花在平时的打扮上了。老社长说，这丫头出事是迟早的事。后来，我调到了县广播局，再后来，又随夫迁居北京。每每想到老社长彭再玉，那“杨乔娃、杨乔娃”安排我做事情的声音犹如在耳边。

我的老师们之一：音乐老师降香文

杨　乔

童年生活难以忘怀，我的童年是在欢乐中度过的。

50年代“大跃进”的时候，我上小学了！学校是和平路小学，坐落在四川省自贡市贡井区贡井街旭水河畔。我们的教室很陈旧，不知道为什么，每个教室相邻的墙都是半截，所以我们可以在老师不在的时候，同另一个班的同学“打电话”。

我们的班主任是个女老师，五十开外，姓金，教我们的语文。她看上去身体不太好，很瘦，个子又小，老戴着顶帽子，讲一会儿课，歇一口气，有气无力的。牙全没有了，安的是口假牙。

金老师没有用普通话教我们，也没有教拼音，她是用地道的自贡话讲课。第一课的内容是：一、上学，我们上学。学校里，那么多老师，那么多同学。

后来，我真的认识了那么多老师，那么多同学，印象最深的就是音乐老师降香文。

那时候的降老师很年轻，耳朵背后有一对编得很精致的辫子，一般人梳小辫用三股头发编，降老师爱用五股。弯弯的眉毛下长着一双笑眼，嘴角往两边微微向上翘起，显得一直很开心。

降老师个子不高，干净利落、衣着得体，走起路来一步一个脚印、步子很稳。降老师的胸前经常飘扬着鲜红的红领巾，那红领巾是绸子的。她除了教我们音乐课，还是我们的中队辅导员，她告诉我们：红领巾是五星红旗的一角，是用烈士的鲜血染成。因此我们对红领巾非常地向往，戴上它感到无上的光荣，每天睡觉前都把它叠得整整齐齐，很少清洗，生怕掉色。

学校没有固定的音乐教室，所以降老师上课是轮流到各个班的教室上，事先由几个大个子男同学把老师的教具——一部陈旧的脚踏风琴抬到教室，等待着老师的到来。

音乐课上，降老师把事先抄写好的新歌张贴在她背后的墙上，这是一张大歌单，然后用她的双脚和双手弹出优美的曲子，再用嘴巴唱出歌词。老师的声音有些沙哑，每当唱到高声部和低声部时，脚踏风琴会很巧妙地带过去。

降老师喜欢把一首歌反复地弹上几遍，我们一边听曲子，一边对照墙上的歌单对号入座，音乐课上完，我们不仅学会了新歌，还学会了识谱。

我们学会的第一首歌是《中国少年先锋队队歌》。歌词是：“我们新中国的儿童，我们新少年的先锋。团结起来继承着革命的理想，不怕艰难不怕担子重。为了新中国的建设而奋斗，学习伟大的领袖毛泽东。”全歌分上下两段，词作者是名人郭沫若。

每当唱着这首歌时，我们都无比地振奋，有一种使命感，那就是：为了新中国，时刻准备着！一直唱到60年代中期，1978年新的少先队队歌接替了它。那是电影《英雄小八路》插曲，它的歌名就叫作《我们是共产主义接班人》。

降老师教育我们热爱红领巾，教我们唱歌、跳舞，其中印象最深的就是跳菊花舞。

小学三年级的时候，不知道什么原因，我们学校种植了大片的菊花。每个班以队日活动的形式开展竞赛活动，我们栽苗、培土、浇水……到秋天时，学校是满园花开，一派生机。

我们这些被称为祖国花朵的儿童，看到通过自己辛勤劳动变出来的朵朵菊花，我从来也没有见过这么多、这么大、这么艳的菊花，它们的学名叫作“龙爪菊”，真的就像龙爪一样，以后再也没有见过这种龙爪菊了。

菊花的清香不仅引来了蝴蝶和蜜蜂，还把外校的老师和同学们吸引过来，区里的领导也来我们学校参观。

这期间降老师为我们编排了菊花舞，把各班的文艺骨干抽到一块，每天放学后在学校的操场里排练节目。歌词、歌曲全由降老师创作，我们在音乐伴奏中，不断地变换队形、边舞边唱。歌词是：“秋风吹来菊花朵朵开，菊花开得朵朵逗人爱，红的红呀白的白，紫的紫呀黄的黄，篱笆下边把队排。”

全歌共分三段，服装道具也由降老师设计，我们被打扮得很像小喜儿和小刘巧儿：耳朵上边扎着一对漂亮的蝴蝶结，脸上扑着桃红色的胭脂，还抹着鲜红的口红，身穿蓝布裤子和中式红碎花小布衣，黑色的小围裙上贴着降老师用红纸剪成的各种菊花造型。我们白天在学校练，晚上在降老师家中练，那时没有穿衣镜，我们就借用灯光看墙上的影子来对照自己的动作……

通过我们的歌舞，把从种菊花辛勤劳动过程到收获的喜悦心情在舞台上重新展现出来。菊花舞最后在贡井区小学生会演中获得优秀奖并代表贡井区到市里参赛，捧回二等奖奖状一张。

那时，降老师心里真是乐开了花，这种荣誉感无论是老师还是学生都会在心里永远扎下根的。

只有我在这中间曾经有过闷闷不乐。我在菊花舞中扮演一个比较可爱的中心人物——菊花姑娘，衣服打扮动作同其他同学一样，最后，由我手举各色盛开的菊花以马步的姿势半蹲在中间，众同学围着我做一个定型动作而结束。

降老师让我演菊花姑娘是对我的信任，可是我仍然闷闷不乐，原因是我们一块表演的同学中，有一个叫李汝华的同学，大家叫她李华。我总感到李华长得比我好看，动作也比我跳得优美。我也想跳得同她一样好，心里直着急，越急越跳不好，怎么也高兴不起来。

那时正放映电影《三毛流浪记》，想到李华的鼻头有点圆大，就给她取了个绰号叫作“三毛鼻子”。这件事传出去了，李华后来就来找我……我们都哭了，又笑了，最后成了很要好的朋友。

人，一旦放下思想包袱，就会一身轻松。并感受到了：因为别人比自己好而难受是很伤神的；得到别人的宽容是很幸福的。从中悟出：人与人之间有差距产生矛盾是自然的，嫉妒别人的日子是很不好过的。

降老师教会我们跳菊花舞，不仅获了奖，还从中逐渐懂得了一些做人的道理。不久，我们初小毕业要升高小，从此告别了母校，离开了降老师。但降老师的乐观、向上、创新意识，使我明白了这种精神在人类生命中占有重要位置。

我的老师们之二：班主任张莲初

杨　乔

和平路小学只有初小，所以我被分到一个新的陌生的学校上高小。新学校叫向阳街小学。

我周围很多熟悉的同学都被分到距家近，又有点名气的贡井区小学和建设路小学。不知道为什么，我被分到很远的一个大家不熟悉的向阳街小学。想想平时学习成绩优秀的谭志珏和刘智一也分在向小，心里就踏实了许多。

于是，利用假期我探听到了向阳街小学的基本情况，并熟悉了去向小的路程。从我家后门出去便是市三中的大操场，学生上体育课、区里召开群众大会、小规模的篮球足球运动会，以及后来“文化大革命”时批斗走资派原市长王复元、市委书记李堂基都在这里举行。

这里过去叫贡井公园，说是公园，既没有花，也没有草，只是有两个大水池子，分上堰塘和下堰塘，很久以前，这堰塘里种过席草，所以席草田小学、席草田居委会都设在这里。

堰塘里面的水静静的，四季发绿，但不臭。周围稀稀拉拉地长着老柳树和老洋槐树，有些光秃。过了堰塘是贡井区电影院，门口经常变换电影宣传画，当时的全国大明星王心刚、秦怡、白杨，以及头上披着轻纱的大美人王晓棠的照片，就是挂在这里让我从此知道了他们。

过了贡井街横穿贡井大桥，旭水河的对面就是筱溪街了，新学校就在筱溪街。

爬上一个坡要经过最大的综合市场（北方叫农贸市场）。上综合市场专卖鸡、鸭、鱼、肉，各类蔬菜水果，农民自产自销。下综合市场卖油、盐、柴米、针头麻线，还有看西洋镜的。再穿过一个长巷子，过一座名叫星拱桥的小桥，路边有一个很大的粮库。

在粮库门口，我常能见到一个绾着发髻的老太婆，她脸色茶黄，目光呆滞，脖子上勒着一根布带，支撑着胸前的一个竹筐，里面放了几包火柴，嘴巴里高一声低一声地叫道："卖……洋火，擦！卖……洋火，擦！"随着这声声叫卖声，我们的新学校——向阳街小学就到了。

向阳街小学紧贴着张家花园（张伯卿公馆，现贡井区人民公园），据说学校就是张家的房子。这学校有点怪，大门对着张家花园，学生没事去花园干什么？所以学生上学、放学习惯走后门，这样方便。后门很小，进出只能容纳一人。四周围墙很高，人是爬不上去的。

学校除了教室，后院坡上有柚子树一大片，柚子树开花时满校一片清香，柚子结果时沉甸甸地往下垂，距地2—3尺，学校里有明文规定：学生一律不得随便进入柚子林。所以在向小上学的两年时光里，我没有越柚子林一步。

向小同和平路小学不一样，不种菊花，但操场里有两株特大的白玉兰树，比我在北京饭店门口看见的还要大，此后我再也没有见过这样大的玉兰树了。春天里，课间我们常去看它含苞、开花，直到变成绿色的叶子，有时也喜欢去抢被风吹落下来的片片玉兰花瓣。

教室向阳的那堵墙，是半截墙。那时学校一般不装玻璃，也没有电灯，半截墙光线好。教室的墙是用竹条子交错编织而成，糊上加谷草的稀泥巴，待风干后刷上一层石灰。

我上学时，石灰和泥巴已经风化脱落，能透过稀稀拉拉竹条子看见隔壁教室的同学，离我最近的是一名叫尧文华的女生，高我一班，我很敬佩她是大队长，能歌善舞，我们常常通过竹条子墙交换小人书。她给我看的连环画有《三毛流浪记》、外国漫画《闵豪生奇游记》，使我的眼界大开。我们还互相取绰号，尧文华的眼睛长得很有特色，又大又黑的丹凤眼，于是我叫她“尧眼儿”，她叫我“乔娃儿”，从此，这绰号一直陪伴我，直到1983年上北京为止。

我们的班主任叫张莲初，兼教我们语文，40岁左右。她是个表情十分严肃的老师，长得瘦高，穿着虽旧但洗得干净，衣服穿在她身上显得空荡荡的。她的嗓门比较大，每个字仿佛都是从丹田里发出来的。她上课时眼睛总喜欢平视前方，好像透过那半截子墙看外面的天空，讲完，下课就走，干脆利落。

张老师上课，我们不能有半点马虎，不敢做小动作，不敢同“尧眼儿”打电话，也不敢打瞌睡。但是我们又很喜欢听张老师讲课，尤其盼望着星期六下午的到来。

星期六下午，张老师安排有两节课：1. 劳动课——大扫除，2. 课外阅读。劳动课我们很喜欢，可以下河啦！那时学校里没自来水，同学们要从河里打水来洒水扫地，擦桌椅。河水是现成的，就在学校旁边的星拱桥下，一条静静流淌的小溪，筱溪即小溪的谐音，筱溪街以此得名。

张老师对我们讲：筱溪街的这条小溪的水，流到贡井区的旭水河，流到自流井区的斧溪河，再流到内江的沱江、三峡的长江，最后归到大海。使我们从中理解到水向东流，水流千转、水归大海，这是万物的必然趋势。

那时空气污染不严重，水土流失也不严重，所以我们这条小溪静静地、缓缓地唱着歌儿向旭水河流淌着，水很透明，我们快乐地把脚泡在水中，捞青苔玩，搬开石头捉缝里的小螃蟹，把黑黑的拖着尾巴的小蝌蚪装在玻璃瓶子里带回家去。

我们喜欢把教室打扫得干干净净的，在这种环境中倾听张老师带着感情地朗读一篇篇她筛选过的课外阅读的书籍的章节。印象最深的是长篇小说《林海雪原》，张老师朗读道：203首长少剑波率小分队赴遭土匪许大马棒血腥镇压的县城，但为时已晚，鞠县长等人已惨遭杀害。烟还在冒，血还在流，少剑波在惊呆、愤怒之后，悲痛地追忆着姐姐鞠县长和姐夫、小外甥对他的点滴骨肉之情，决心化悲痛为力量，为民除害……

又是一个星期六的下午，张老师没有朗读课外书籍，而是用一种喜悦的心情为我们讲述了一位同学的范文，内容是，这个同学离开了她熟悉的学校，要到一个新学校的心情，整个作文真实，有对比，实话实说。张老师特别提到其中一句：第一次迈进新学校的门口时，大家都用惊奇的眼光看着我，我也怪不好意思的。说这两句话有呼应，一下就把这种心情表达出来。

最后，张老师对全班同学说，这个同学就是新同学杨乔。我记得整堂课我的脸都在发烫，心儿却在歌唱。由于张老师点评了这篇作文，从此使我自信心增强，但也从此偏文轻理了。

上六年级时，正值困难时期，取消了星期六课外阅读，也不能下河捉蝌蚪了。周六、周日要参加劳动——为“大炼钢铁”运矿石。那时，饥饿对于人类来讲是不分男女老少的。我们这些十二三岁的孩子，要用瘦瘦的肩膀、嫩嫩的骨头，加上老是吃得不饱的肚子，用箩筐、扁担，从贡井区—自流井区—返贡井—郊区雷公滩，把矿石从山沟里挑到目的地，一天来回跑四次，往返七八十里路。当时年龄小，不知道累，何况还有张莲初老师带着我们干，一个月下来，张老师更瘦了。

劳动的报酬是给每个同学发鲜肉半斤，在那个年头是很令人振奋的事情。由张老师事先分好，用旧报纸包好，每人一份，当我把连皮的五花肉用双手捧回家时，我那万分慈祥的外婆当晚就把肉做出来为我们解了馋。

只是，吃完肉以后，就没有再见张老师来给我们上课，以为她调走了……终于有一天，我在上学路经下综合市场时，看见张老师在摆地摊儿卖针头麻线！我老远就看见她了！我一直远远地看着她，没有向前去。她比原来更干瘦，脸色蜡黄，衣服也没有以前干净了。

后来，我常想不通，张老师为什么不教我们了，丢下我们这么多学生？我知道她是很热爱教师工作的。究竟为什么？我常常在想。人在遭到不幸的时候，有两种情况：一是很希望别人过问一下，以示关心；二是不愿意别人触及，这是怜悯。同样，人在关心别人时也有两种情况：一是要雪中送炭，关键时刻显真情；二是回避，揭别人的伤疤看别人的伤口，人家会更痛。

很多年来，对遇到不幸的人我一般采取后者，我当时不去叫张老师，不知是对还是错。但是张老师讲课时的音容，永远印在我的脑子里。

我的老师们之三：中学老师康筱维

杨　乔

我的中学是在九中（现自贡市田家炳中学）上的，九中建在筱溪街，所以也叫筱溪中学。

老师名叫康筱维，男，教我们语文兼副班主任。听同学说，康老师的原名与维新人物康有为同音，大学毕业后被分配在筱溪中学，就把名字中间那“攸”字改成了“筱”字，就成了现在的名字康筱维。这件事情我没有考察核实，但老师的筱字同学校的筱字一模一样，说明这是巧合，也是缘分。

那时候的康老师有 30 多岁，听说他是南充师专毕业，他是哪年分到九中的，我不知道。

康老师个子高高的，长得不像四川人，四川人没有这么高的。

但他的确是四川人，他平时说标准的四川话，但一旦上了讲台，便是坚持讲普通话。那时还没有在全国普及普通话，这对我们这些在小学上课听惯了四川方言——自贡话的学生来讲，增添了一份新奇。所以，康老师上课，我们是专注的。

上课前，康老师是不会在教室门口停留、徘徊的，更不来教室寒暄，他在做课前准备工作。只要上课铃声一响，康老师一定会准时出现在讲台。同学们齐声喊“老——师——好”后，康老师不会立即呼应，而是比较严肃地把目光定在教室后排的墙上，从左向右那么一扫，然后把点定在墙正中偏左，头微微地向下一点，很像现在北京交响乐团的指挥谭利华的神态，然后说一声“同学们好”，便立即进入角色——讲课。

专注、投入、形象、生动，是康老师上课的特点。

上基础训练课时，老师从字、词、句、词组、介词、介词结构到主语、谓语、宾语，结合刚刚学完《长征》一课，老师把“宣言、宣告、宣布”三个词写在黑板上，让同学们举手发言，分别讲出这三个词共同的和不同的地方，老师最后归纳总结，老师讲得一环扣一环，我们的眼睛盯着黑板，耳朵听着老师讲，脑子里在逐渐地吸收、消化，手在不停地记笔记，一堂课下来，老师的教学目的在学生心中就画上句号了。

上作文辅导课时，老师把好的和差的作文挑选出来，不点名地宣读分析，同学们对好的范文口服心服，决心迎头赶上，对差的作文引以为戒。老师对我们如何写好作文拟了四点八个字：审题、立意、布局、下笔。根据这四个要点，无论是作文，还是看书，进步果然。

康老师上课，不是单纯地重复课文，而是活灵活现地讲演，他简直完全进入人物的角色中去。在讲《范进中举》一课时，康老师闭着双眼，头发两边自由摆动，很有点之乎者也的派头。

当讲到范进几次考举不成，穷困潦倒，最后沦落到集市上卖鸡的地步。那母鸡身上扎着根稻草，这是卖鸡的标志。后来范进真的中举了，他欣喜若狂到了疯癫的地步，嘴里直叫“中了，中了，中了”。老丈人胡屠户上前给了他一巴掌，打在水塘里，此时的范进已是披头散发，一身落汤……封建科举制度害人矣！当时的康老师，让人觉得他就是范进！

在上《岳阳楼记》一课时，老师让我们听录音，那时没有录音机，是听唱片。康老师把那墨绿色的留声机放在教室中间，同学们围坐在四周，老师让大家不要出声。那唱针轻轻地放在旋转着的黑色硬膜唱片上时，“岳阳楼记，范仲淹……”清脆、甜美的女播音员，用那标准的普通话把我们都带到课文里，带到洞庭湖去了。

听着、听着，女播音员变得有气无力了，原来是留声机的发条松了，没有了“动力”。于是，康老师把摇把儿插进孔里，摇啊，摇啊，待发条旋紧后，女播音员又变得充满“活力”了。一会儿，又没气了，又摇啊、摇啊。

一节课下来，录音听完了，康老师恐怕也累坏了。这手摇式的留声机，让我和我的同学们，充分地领略到了洞庭湖那烟波浩渺的风光。

那时的康老师，已是三个女孩的父亲，他的妻子吴老师身体不好，因此我常常看见康老师走路是带小跑。家中的辛劳、苦劳和疲劳，困难一定很多。但在中学的几年里，课堂上，我从来没有见到老师把家中的情绪带到学生中来。

很多年后，我已为人母。我的儿子已经到了我当时的年龄，上中学了。他回家常向我报告："妈，我们老师今天生气了，她的孩子没有进到幼儿园。""妈，我们老师今天不高兴，她的孩子生病了。""妈，我们老师今天特懊丧，她的钱被人偷了。"……

听着孩子一声声报告，再想想当年的康老师，更感到他的不易和可贵。

那时的我，活泼、淘气。我的活泼，常常给同学们带来欢乐，我的淘气，有时也会影响到同学们的学习和老师的讲课。

康老师的大女儿宗英，那时才 3 岁，长得很乖，像个洋娃娃，我们都很喜欢她，趁康老师不在，常把她带到教室来玩。要上课了，我会把宗英藏在教室门背后，等老师上课了，一关门，才发现剃着光头，满脑袋洒满痱子粉的小宗英还躲在门后，惹得同学们哄堂大笑。

有一次，快上课了，我跑到讲台上，对全班同学宣布：同学们，请注意，我给大家表演一个魔术。于是又把小宗英放在宽大的讲台桌下层老师们放教学用具的地方。等康老师来上课时，小宗英突然在桌子里面叫一声：爸爸。同学们自然又是一阵大笑。

那时的人真单纯，我没有想过这样做会有什么后果，同学们也没有打小报告揭发我，康老师更没有批评我。就是这种宽松、自由的气氛，形成了我无忧无虑的心态。

快上初二的时候，我的注意力老是集中不到学习上来。原因是我那万分慈祥的外婆不再照顾我们了，她要去重庆照顾多病的姨和年幼的表妹。父母也是忙得很哟！他们要忙着大炼钢铁，要忙着赶英超美，那时没有节假日，他们常常加班加点，回不了家。于是，家务的重担就落在了我的肩上。

哥哥很早去世，我这个“杨二”便成了老大，妈妈一个月交给我现金 20 元，这是我同四个弟弟妹妹的伙食费，从此与“万恶”的家务劳动结上了缘，小小年纪便知道了“不让自己十个指头闲着”。早上 5 点起床，做饭，把弟妹打发完毕，收拾一切善后，锁门上学。中午在回家路上到综合市场买菜，回家做午饭。下午上学时，手提木桶一只，装上要洗的东西或衣服或鞋或被子或棉衣，那只漆了桐油的木桶放在黑板旁边是全班同学非常熟悉的，下午放学后路经旭水河在河里把东西洗完再回家做饭。

还没进家门，弟妹如同鸡要进圈一样等在门口直叫饿。如此循环周转慢慢地我上课不太专心了，康老师课讲得再好我也要走神，老喜欢打瞌睡。

康老师好像从来没发现我在睡觉，也许他发现了，但他没有罚我站起来，或者站到教室外去。康老师在作文分析中已没有我的作文，换上了别人的。但从进中学到毕业，我一直是班里的语文科代表，当我到康老师办公室，把已批好的作文本拿到班里发放给每个同学时，我还有点自信心，到今天我还是说，谢谢你，康老师！

值得一提的是，康老师的爱人吴资琼老师，因身体不好在我们学校的图书室工作。我是班里的图书管理员，每周去图书室义务劳动一次。在吴老师的指导下，把各班同学还的书清理、修补、归顺，按编号放回原处，编号是 1030 的归在中国小说一类，编号是 1031 的归于外国小说。

我很喜欢这项工作，一来可以看自己喜爱的书，二来把各班同学要借的书送到他们手中，看着他们满足的神态，给予是一种幸福的感觉从此产生。

中学毕业时，正值“文化大革命”，我走上了“知识青年到农村去，接受贫下中农再教育”的道路，到遥远的凉山州去插队。从此告别了我的母校筱溪中学，告别了康老师。

那年，我 16 岁。

跋：父辈的经历，我们的财富

詹　越

有人说，经历即是财富，此话大抵没错。

倘若追问一句，是否自己亲身经历才会成为财富？别人的经历，能否成为自己的财富呢？

我想，答案应该是肯定的。

比如，父亲老詹的经历，或许就能成为我们晚辈的财富。

父亲这本书，大部分我看过。因为，其中主要内容，曾经在他公众号发表。而他的公众号文章，我几乎每篇必读，只要我有时间。

父亲有一特点，一生喜欢写作。他到复旦读书时，我才4岁，便依稀记得，父亲与母亲每逢双周的某一天，总会收到彼此来信，信都写得很长，厚厚的，七八页甚至十几页。这大概也在无意间为他们日后的写作生涯做了些准备吧！

父亲到京工作以后，当记者自不用说了，即使当了总编，也从未停止写作。他最幸福的时刻，就是回家以后，诸事完毕，打开电脑，独自伏案写作。看着他那心无旁骛、物我两忘、沉醉其中的样子，确实令人羡慕。

记得读初中时，我曾写过一篇文章，记述自己的数学老师，发表在报社内部刊物后，父亲很是惊喜，曾试探地问我，高中毕业，是否愿意报考中国人民大学新闻系？我摇头不屑，父亲亦未勉强。他就是这么个人，为人比较宽厚。我今天能够从事自己喜欢的职业，得感谢父母的理解与宽容。

父亲此书，取名《听凭风雨来——老詹人生的七个拐点》，显然，他是把自己一生中比较关键的节点，做了一些筛选。此书上篇，专门记述父亲人生的七个拐点，以及他在面临拐点时的各种考量和选择。父亲是新中国同龄人，他们这一代人，留下了他们特殊的时代印记，以及他们独特的人生轨迹。父亲这些经历，对后辈是否会有参考价值呢？我想，只要我们做个有心人，对于父亲所讲述的故事，认真研读，仔细体会，自然是会有所收获的。比如，父亲曾经下乡插队，备尝艰辛，吃尽苦头，但他从不退缩，总是迎难而上，去忍受那些苦，体味那些苦，进而让这些苦难变成人生难得的一笔财富。这样一种人生态度，是值得我们后辈学习的。

父亲是“40后”，我是“70后”，我的两个孩子是“00后”——说来也巧，每代之间，刚好相隔近30年！父辈的经历，经过回忆，诉诸文字，传承下来，这是一件好事。衷心祝贺父亲此书出版，希望有更多读者喜欢。